# La Sorcière oubliée

Du même auteur
aux éditions Gallimard Jeunesse

*Billy Elliot*
*La Dose*
*L'Homme aux oiseaux*
*Junk*
*Nicholas Dane*
*La Première Fois*
*Une promesse pour May*
*Le Visage de Sara*

MELVIN BURGESS

# LA SORCIÈRE OUBLIÉE

*Traduit de l'anglais (Angleterre)*
*par Laetitia Devaux*

GALLIMARD

Titre original : *The Lost Witch*

Édition originale publiée au Royaume-Uni en 2018 par Andersen Press Ltd.

*À Charlie, pour sa patience, son implacabilité,*
*son œil de lynx, mais aussi l'enthousiasme*
*sans bornes qu'elle met à éliminer les personnages féminins.*

PREMIÈRE PARTIE

# Le second monde

# 1

Il pleuvait à verse. Des semaines que ça durait, mais ce jour-là, ça atteignait des sommets. Les bourrasques de vent secouaient la voiture et projetaient de la pluie comme des coups de canon contre les vitres. L'eau qui se déversait du ciel inondait les champs obscurs, dégoulinait sur le pare-brise, dévalait la route transformée en rivière.

Les Wilder rentraient de vacances dans une ferme sur la lande du nord de l'Angleterre où ils étaient restés coincés pendant quinze jours à cause de la météo. Bea n'en pouvait plus : ses amies étaient parties en Italie, en Espagne, en France, et même, pour l'une d'elles, en Floride. À l'inverse, elle venait de passer deux semaines en plein marécage. Ses parents se chamaillaient depuis qu'ils avaient pris la route et son petit frère, Michael, pleurnichait dans le siège bébé. Tout le monde rêvait de rentrer à la maison. Ils n'étaient plus qu'à vingt minutes de chez eux quand ça se produisit. Des lumières dans la campagne – un véhicule qui dévalait la colline. Par ce temps !

– Mais regardez-moi ça, s'exclama la mère de Bea. Faire du quad sous ce déluge ! C'est terriblement dangereux. Il roule très vite, en plus !

– Ça doit être un fermier, marmonna le père de Bea, qui s'accrochait au volant comme à une bouée. Il cherche sans doute une brebis égarée.

– Il faudrait bien davantage qu'une brebis pour me faire faire ça, répliqua sa mère. Jamie, regarde ! Il n'y en a pas qu'un. Là, et là, aussi !

Bea regarda par toutes les vitres. Des gens fonçaient vers la route, certains sur des quads, d'autres à moto, et même à pied. Ils glissaient et s'embourbaient presque sur la lande détrempée. Certains avaient déjà franchi les murets et les barrières qui délimitaient la chaussée. Des chiens galopaient devant eux.

– Mais qu'est-ce qui se passe ? demanda la mère de Bea. Qu'est-ce que c'est que ça ? On dirait une battue, ma parole !

À cet instant, le regard de Bea fut attiré par quelque chose non loin de la voiture. Un lièvre. Non, deux. Et même trois ! Trois lièvres trempés jusqu'aux os, les pattes boueuses, qui bondissaient sur la route, l'air épuisé.

– Des lièvres ! s'écria-t-elle.

Le père de Bea freina. Bea baissa la vitre pour mieux voir. L'un des lièvres, une grande bête maigre au museau gris, était borgne. Ce fut à cet instant que la vie de Bea bascula, l'instant où celle-ci cessa de se limiter à sa famille et à son entourage, pour devenir autre chose. À de nombreuses reprises, elle regretterait son geste, et pourtant, elle n'oublierait jamais le frisson d'excitation qui parcourut sa colonne vertébrale, puis fit se dresser les poils sur ses bras et sa nuque.

Le lièvre la regardait. Bea fixa son œil borgne et y vit...

Des mondes, des mondes et encore des mondes. Une infinité de mondes, certains semblables à celui-ci, d'autres si différents que c'en était inconcevable. Ils s'emboîtaient à la manière de poupées russes – on aurait dit qu'il y avait dans cet œil davantage de mondes que d'étoiles dans le ciel ou d'atomes dans l'univers.

Bea recula, stupéfiée par l'immensité et la splendeur de son propre univers. À cet instant précis, les quads et les motos surgirent sur la route. Leurs moteurs rugissaient, leurs phares les aveuglaient.

Mais ce ne fut pas tout.

Le flanc de la colline était entièrement éclairé. Il n'y avait plus aucune ombre, ni sur la voiture ni dessous. Les motos et les quads, les hommes et les chiens, tout était baigné de lumière. On aurait dit que l'atmosphère elle-même était lumineuse.

Deux lièvres, dont le borgne, plongèrent sous la voiture, mais le troisième tenta autre chose. Il bondit et se retourna, ses puissantes pattes arrière prenant appui sur le muret, puis atterrit. Sur les genoux de Bea. Il avait franchi la vitre ouverte de la voiture et retomba avec un bruit sourd et humide sur ses genoux.

– Il est entré dans la voiture, il est entré dans la voiture! hurla Bea paniquée.

Le petit Michael poussa un cri puis posa une main sur sa bouche, un geste étonnamment adulte, sans plus quitter des yeux l'animal à côté de lui. Le lièvre griffa douloureusement les cuisses de Bea, puis se roula en boule sur ses genoux. Il était gros pour un lièvre, il avait presque la taille d'un petit chien, et il pesait lourd sur ses cuisses égratignées. Il avait beau être frigorifié, humide, boueux, au bout de quelques instants, la chaleur de son corps se communiqua à Bea. Il ne bougeait plus, seul son cœur continuait à battre furieusement.

Bea comprit aussitôt qu'elle devait offrir sa protection à cette créature sauvage.

– Qu'est-ce qu'il fait là, mais qu'est-ce qu'il fait là ? beuglait sa mère.

Le lièvre sursauta. Bea jeta un coup d'œil à Michael, qui était comme hypnotisé. Elle lui sourit pour le rassurer, et son petit frère lui rendit son sourire. La lumière omniprésente rendait le moindre détail visible. Chaque goutte d'eau, chaque poil sur ses bras ou sur le dos du lièvre. Le vent et la pluie pénétraient par la vitre ouverte, mais Bea n'osait plus bouger. Elle s'immobilisa comme le lièvre, et sentit Michael faire pareil. Elle serra les coudes et les jambes pour se faire le plus petite possible. Elle était à la fois terrifiée et émerveillée. Qui aurait cru ça ? C'était à elle que ça arrivait. À *elle*.

Contrairement à sa mère, le père de Bea était calme. Comme toujours. Il lui jeta un coup d'œil par-dessus son épaule.

– Ça va, Bea ? lança-t-il.

Elle releva la tête. Elle le voyait parfaitement dans cette lumière. Elle distinguait chaque tache de rousseur et chaque poil sur son menton, chaque ride autour de ses yeux gris. Elle lui fit un petit geste, et il lui répondit de la même manière.

– Calme-toi, Kelsey, c'est juste un lièvre, dit-il. Bea le protège, n'est-ce pas, Bea ?

Bea lui fit un signe de tête reconnaissant. Sa mère posa une main sur sa poitrine.

– Mais quelle bête est capable de faire une chose pareille ? Et puis, elle doit être infestée de puces !

Couché sur les genoux de Bea, le lièvre ne bougeait pas, en revanche, son cœur battait toujours la chamade. Il était gigantesque. L'idée qu'un lièvre, ce n'est qu'un gros lapin, est totalement erronée : cette bête aurait pu vous briser le nez, si elle l'avait voulu. La mère de Bea la regardait avec des yeux écarquillés. Le petit Michael tendit une main potelée vers le dos de l'animal, qui sursauta, et se blottit encore plus sur les genoux de Bea. Michael fit un grand sourire à Bea. Sa bouche exprimait du délice pur.

– C'est une battue. On sauve ce lièvre de ces salopards, d'accord ? déclara leur père.

Ils réfléchirent un instant.

– Il n'y a presque plus de lièvres par ici, souffla leur mère. Dire que ces types s'amusent à traquer les derniers !

– Ce sont des dingues, cracha Bea.

Et voilà. Ils étaient à nouveau soudés. Chez les Wilder, ça arrivait qu'on se dispute, comme partout ailleurs. Mais si nécessaire, la famille faisait bloc, et là, plus rien ne pouvait la séparer.

La battue s'achevait. Le père de Bea remonta la vitre et enclencha une vitesse, mais avant qu'il puisse avancer, une Land Rover surgit sur la route devant eux en projetant de la boue partout. Ses essuie-glaces étalaient de la saleté sur son pare-brise, si bien que Bea chercha en vain à distinguer quelque chose à l'intérieur. Un grand type en cape de pluie apparut, sa silhouette se découpant dans la lumière des phares. Tout à coup, il y eut du mouvement dehors : un chien avait glissé sa grosse tête sous leur voiture, il grognait et il aboyait. L'un des lièvres réfugié là s'échappa, mais ce fut uniquement pour se jeter dans la gueule d'un autre chien.

Il y eut un claquement sonore quand le chien mordit l'air : le lièvre avait bondi vers la vitre de Bea, comme son compagnon avant lui. Mais cette fois, la fenêtre était fermée. Il retomba au sol, puis se releva. Et sauta sur le toit de la voiture – ils l'entendirent atterrir dans un bruit sourd. Il cherchait désespérément une prise avec ses griffes sur cette surface lisse.

Sur les genoux de Bea, le lièvre releva la tête, la gueule

ouverte. Au-dessus, le lièvre glissa sur le pare-brise, sa fourrure laissant une traînée boueuse. Il chuta ensuite du capot jusqu'au sol.

Les chiens se jetèrent sur lui. Dans la lueur des phares striée de pluie, la famille vit avec horreur le lièvre projeté dans les airs. L'animal blessé tournoya et atterrit de nouveau sur le capot. Il tenta de s'échapper, mais il était à moitié assommé. Il retomba sur la route.

Les chiens étaient toujours autour de lui. L'un d'eux l'avait attrapé par les pattes arrière et le secouait dans tous les sens comme un chiffon humide. Malgré les cris des gens et les aboiements des chiens, ils entendirent le lièvre hurler de terreur et de douleur quand le chien le broya entre ses crocs. Le lièvre borgne était sorti de sa cachette sous la voiture. Il se dressa sur ses pattes arrière et se mit à boxer la tête du chien pour lui faire lâcher prise. Mais les autres se jetèrent sur lui, et il dut regagner son refuge sous la voiture.

Le lièvre sur les genoux de Bea regardait par la fenêtre, les pattes sur la poignée de la portière, et se tourna vers elle comme pour la supplier. Elle sentit son cœur se briser, l'entoura de ses bras et fondit en larmes.

Mais le lièvre se débattit.

– Laisse-moi sortir ! cria-t-il.

Elle appuya sur le bouton de la vitre. Le vent et la pluie s'engouffrèrent, et le lièvre se retourna vers elle, l'air reconnaissant. Elle avait compris ce qu'il voulait ! Elle le vit faire un petit signe de tête avant de bondir hors de la voiture. Il heurta le muret et tomba sur le flanc, mais se reprit et sauta sur le chien qui tenait l'autre lièvre dans sa gueule.

C'était incroyable de voir un lièvre s'en prendre à un chien. À l'intérieur de la voiture, il semblait étonnamment gros, mais à côté de ces immenses bêtes avides de sang, il devenait si fragile. Les tentatives désespérées des lièvres pour sauver un membre de leur famille, car Bea ne doutait pas qu'ils forment une famille, lui allèrent droit au cœur. Et là, il se produisit quelque chose de magique – une porte qui ne se refermerait plus jamais pour elle. Bea sentit quelque chose monter des profondeurs de la terre, une force à laquelle elle ne put résister.

Elle se pencha par la fenêtre et ouvrit la bouche, d'où jaillirent ces mots :

– J'EN APPELLE À VOUS, VOUS AUTRES SEIGNEURS DES BOIS, J'EN APPELLE À VOUS DEPUIS VOTRE SOMMEIL, J'EN APPELLE À VOUS ET J'EXIGE VOTRE APPARITION !

Cette voix ne provenait pas uniquement d'elle, mais de bien plus loin, de si loin que c'était comme si elle prononçait ces mots à la place de la terre.

– Bea ! s'écria sa mère.

On n'aurait jamais cru un tel son capable de sortir d'une si petite gorge. Son père la regarda d'un air étrange.

– Qu'est-ce que c'était que ça ? demanda-t-il, et Bea comprit tout à coup qu'il n'avait aucune idée de ce qu'elle avait pu raconter.

Soudain, tout changea. Des ombres surgirent. Des cerfs ? Oui, des cerfs ! Pas ces chevreuils qu'on voyait souvent bondir sur la lande, mais des gros cerfs avec d'immenses bois semblables à des couronnes en train de franchir les murets et les clôtures. L'un d'eux baissa la tête pour éperonner un chien, le projetant dans l'air. L'animal jappa et se tortilla dans sa chute, puis rampa pour aller se cacher sous la Land Rover. Les hommes hurlaient et tombaient dans la boue comme les cerfs les chargeaient et les harponnaient avec leurs bois.

Ça dura quelques minutes, puis les cerfs disparurent. Les lièvres aussi. La lumière surnaturelle qui baignait la colline n'était plus. Il ne restait que des gens pataugeant dans la boue. Un instant plus tôt, il y avait là tout un troupeau de cerfs ! Qui avait permis de mettre un terme à la battue.

Le vent qui pénétrait par la vitre baissée agitait les cheveux de Bea. La pluie tombait toujours à seaux. Dehors, les hommes se relevaient péniblement. Les quads et les motos étaient tous à terre. C'était incroyable : il n'y avait plus aucun cerf dans la région depuis très longtemps, les derniers ayant été abattus des dizaines d'années plus tôt.

Le père de Bea mit la voiture en route. Il avait juste la place de passer, mais avant qu'il puisse filer, le type de la Land Rover frappa à leur vitre. Le père de Bea ouvrit. Le type se pencha par la fenêtre.

– Voulez-vous bien descendre du véhicule, s'il vous plaît, monsieur ?

Le père de Bea eut tout à coup l'air inquiet. Le type avait perdu sa capuche, si bien que ses cheveux bouclés étaient plaqués sur son front à cause de la pluie. Il avait un petit sourire, pourtant le ton était très ferme. Il y eut un bref silence, puis le père de Bea fit un geste vers sa ceinture de sécurité. Là, sa mère posa une main sur la jambe de son mari et se pencha par la vitre.

– Nous n'avons rien fait de mal, n'est-ce pas ? demanda-t-elle.

– C'est juste un contrôle de routine, madame.

– Vous êtes policier ? demanda-t-elle.

– Nous avons la police avec nous, si... (Le type se redressa pour crier :) Faites venir Charles ! La p'tite dame veut la police !

Puis il se pencha à nouveau par la vitre, les mains agrippées au rebord, et observa Bea. Il la regarda droit dans les yeux. Elle ne baissa pas la tête, mais se sentit obligée de détourner le regard.

La mère de Bea tapa les mains du type.

– Mais comment osez-vous ? Pour qui vous prenez-vous ? Retirez vos pattes de là ! glapit-elle.

Surpris, le type se redressa. Elle insista :

– Et puis, qu'est-ce que vous fabriquez dehors par ce temps ? Vous vous croyez en safari, ou quoi ? Allez chasser ailleurs qu'ici !

Ahuri, l'homme regarda tout autour de lui. Le père de Bea saisit cette chance pour faire rugir son moteur et démarrer en trombe. Il fit une embardée, raya la voiture contre le muret en pierre, mais réussit à contourner la Land Rover. Ils étaient partis ! Derrière eux, le chasseur se protégea le visage pour éviter la boue projetée par leurs roues.

– Les Wilder sont de retour ! rugit sa mère.

Avec des cris de joie, ils dévalèrent la colline. Ce n'était pas la première fois que sa mère faisait son petit numéro de « regardez-moi déstabiliser un flic ». Elle était connue pour ça, mais Bea ne l'avait encore jamais vue à l'œuvre.

– La tête qu'a faite ce type ! Vous avez vu, un peu ?

Même son père, d'habitude si réservé, souriait. Ses yeux pétillaient derrière ses lunettes.

– On aurait dit qu'il venait de voir un fantôme ! s'écria sa mère.

« Ou bien d'entendre un lièvre parler », pensa Bea.

– Vous l'avez entendu parler, n'est-ce pas ? demanda-t-elle. Le lièvre ? Vous l'avez entendu ?

– Ce hurlement que tu as poussé, ma chérie, renchérit sa mère. Je croyais que tu étais en train de vomir, ou quelque chose comme ça.

– C'était effrayant, reconnut son père.

Bea l'observa dans le rétroviseur. Il fronçait les sourcils. Elle baissa le regard. « Les lièvres ne parlent pas », se dit-elle. Pourtant, ça avait l'air si réel ! Comment aurait-elle pu imaginer une chose pareille ?

Et pourtant.

Ils continuèrent leur route en commentant ce qui s'était passé sur la lande. Ces cerfs ! Mais d'où venaient-ils ? Une battue ? Personne n'avait jamais entendu parler de ça dans le coin. Et puis ces gens dehors par ce temps abominable, comme s'il n'y avait rien de plus important que d'attraper des lièvres. Et ce type qui avait voulu les arrêter. Mais qui étaient-ils donc ?

Michael attrapa Bea par le bras.

– Papin, dit-il. Papin, Bea.

– Non, lièvre, Michael. C'était un lièvre.

– Lèvre, fit-il.

Bea l'observa. L'aurait-il entendu parler, lui ? Michael regarda par-dessus son épaule d'un air inquiet. Elle lui attrapa la main, qui était encore boueuse à cause de la fourrure de l'animal.

Quelle soirée ! Bea ne savait déjà plus faire la différence entre ce qui s'était réellement passé et ce qu'elle avait imaginé. Un lièvre qui parle. Une voix qui surgit des profondeurs de la terre par sa bouche. C'était tellement dingue !

Ils atteignirent la ville et parcoururent ses rues trempées. Malgré la pluie et le vent, il y avait du monde dans les cafés, et on voyait des silhouettes par les fenêtres brillamment éclairées du pub à l'angle.

La voiture s'attaqua à la colline au sommet de laquelle ils habitaient. Sa mère disait parfois que le meilleur moment des vacances, c'est quand on rentre chez soi. Cette fois, se dit

Bea, le meilleur moment s'était déjà produit. Mais comment le qualifier ? Ces sensations, ces impressions. Quelle aventure !

Dans son lit ce soir-là, Bea songea au lièvre qui parlait et à cette voix qui avait surgi depuis les profondeurs de la terre et s'était emparée d'elle pour donner vie à la nuit.

« Qu'est-ce qui se passe ? » se demanda-t-elle. On aurait dit une enfant qui assiste à une pièce de théâtre et prend pour argent comptant tout ce qui se passe sur scène. Dans sa famille, ils avaient une petite tendance à être rebelles – athées, républicains, pragmatiques. La magie, ça ne pouvait pas exister, et ça n'existait pas. C'était regrettable, mais c'était comme ça.

Elle s'endormit bientôt. Elle avait déjà commencé à ne plus y croire.

# 2

Bea se réveilla au petit matin. Elle alla regarder par la fenêtre de sa chambre avec l'espoir que le monde ait changé, mais il était strictement identique : les arbres, la pluie, et Bea derrière sa vitre. Elle jeta un coup d'œil à un message sur son téléphone – une amie lui demandait si elle était de retour. Elle se recoucha et se rendormit, ne se levant qu'en début d'après-midi, attirée par une délicieuse odeur de bacon grillé.

Ses parents déjeunaient de sandwichs avec un thé dans la cuisine. Depuis sa chaise haute, Michael agita une biscotte toute mouillée à son intention et lui proposa une bouchée, qu'elle accepta – un petit coin sec.

– Tiens, une revenante ! s'exclama sa mère. Tu n'es pas malade, au moins ? s'enquit-elle en se levant pour poser une main sur le front de Bea.

Bea se blottit contre elle en disant :

– Non, je suis fatiguée, c'est tout.

Elle resta un moment dans les bras de sa mère puis se redressa, prit un sandwich sur l'assiette au centre de la table et s'approcha de la fenêtre. Le soleil dardait quelques rayons à travers les nuages, ce qui illuminait les arbres et la route humides.

Elle sortit son téléphone et entreprit d'envoyer des messages à ses amies.

– Je pense que tu devrais rester au chaud aujourd'hui, annonça sa mère.

– Maman ! Je sors de deux semaines d'emprisonnement !

– Tu es toute pâle. Et pourquoi tu es si fatiguée, d'abord ? On rentre de vacances. Tu n'as absolument rien fait.

– Justement.

– Tu pourrais venir m'aider à la boutique, proposa son père. J'ai des tonnes de trucs qui m'y attendent. Je ne suis pas contre un coup de main.

Le père de Bea était bijoutier – un homme méticuleux qui taillait des pierres si jolies que ça vous en brisait le cœur. Bea était toujours émerveillée que son père d'apparence si quelconque produise des objets aussi fabuleux.

– Papa, j'ai envie de voir mes amis ! supplia-t-elle.

Il haussa les épaules d'un air résigné. Sa mère fit une moue de désapprobation, et Bea reprit son téléphone. Elle donna rendez-vous au parc, rassura sa mère sur son état de santé en engloutissant une tranche de cake et une banane après son sandwich – jamais une personne malade n'aurait pu faire ça – puis enfila ses bottes en caoutchouc et son imperméable pour dévaler la colline.

La rivière était si haute qu'elle touchait presque le dessous du pont que Bea franchit en direction du centre-ville. Elle s'arrêta près de l'écluse pour observer le bouillonnement de l'eau à la fois marron et pleine d'écume. Un instant, elle y vit non plus de l'eau, mais des chevaux luisants de sueur lancés au grand galop sur la ville...

C'était n'importe quoi. « Arrête, Bea », se dit-elle en se

dépêchant d'aller rejoindre ses amis pour profiter de ce qui restait des vacances d'été.

Pourtant, il n'y avait pas grand-chose à faire. Tout était boueux. Le terrain de football n'était plus qu'une immense flaque. Quelques jeunes profitaient du skatepark, tandis que Bea et ses amis se racontèrent leurs vacances en observant les skaters.

Il y avait sur les rampes un nouveau garçon un peu plus âgé qu'eux. Il s'appelait Lars. Des diodes orange et rouges clignotaient furieusement sous son vieux skate, ce qui était très kitsch. En revanche, pas de doute, le gars savait skater. Sa planche tournoyait sous ses pieds, illuminée comme une enseigne publicitaire. Il avait beau ne pas être protégé et ne porter qu'un short et un T-shirt, il exécutait des figures diaboliques, ses longs cheveux roux retenus par un bandeau. « Quel frimeur », se dit Bea. Et pourtant, elle ne parvenait pas à détacher son regard de lui. Il volait, littéralement. Et donnait envie à Bea de voler, elle aussi.

Les filles le dévoraient toutes des yeux. Quand il leur proposa de faire un tour de skate, elles ne se firent pas prier. Il se tenait au bout de la planche et plaçait la fille entre ses jambes, puis il l'emmenait dans la pente, plaquée contre lui. Elle criait et gloussait tandis que les autres regardaient la scène d'un air ironique. Bea avait les bras croisés sur la poitrine. C'était ridicule ! Pathétique, même. Mais quand Lars lui proposa de faire un tour, elle accepta aussitôt avec un sourire idiot.

Lars la fit monter sur le skate, puis l'enveloppa de ses bras.

– Sers-toi de moi, souffla-t-il. Je vais te guider. Prête ?

Bea eut un petit rire et lâcha :

– Oui !

Il prit de l'élan. Bea chancela un instant puis se détendit et se laissa aller contre lui comme il naviguait en prenant doucement les rampes. C'était si facile ! Les autres filles n'arrêtaient pas de tomber, alors que Bea épousait le mouvement comme si ça lui était naturel. Quand elle descendit enfin du skate avec un bond léger, elle était la seule à être restée dessus jusqu'au bout.

Le garçon lui fit un grand sourire.

– Bravo, dit-il en se tournant vers la suivante.

– Alors, ça t'a plu, finalement ? demanda une fille plus âgée.

Gênée, Bea s'éloigna.

– Pas lui, mais le skate, oui, déclara-t-elle à ses amies.

Ça avait été magique ! Tout à coup, elle ne rêvait plus que d'avoir un skate sous ses pieds.

De retour chez elle, Bea supplia ses parents de lui faire ce cadeau, et le lendemain, elle surgit au skatepark, son nouveau jouet sous le bras, des protections aux genoux et aux coudes, pour une première séance d'entraînement. Elle n'était pas peu fière, mais quand elle posa le skate et monta dessus, la magie qu'elle avait connue avec Lars avait disparu. Elle ne fit que tituber et tomber maladroitement.

Elle fit de nombreuses tentatives, qui ne furent pas davantage couronnées de succès. Dès que le skate se mettait à rouler, elle chutait. Pour ne rien arranger, le garçon aux cheveux roux la regardait. Au bout de dix minutes, tout égratignée et humiliée, elle voulut renoncer. Lars s'approcha.

– En fait, tu t'en tires très bien. C'est cette planche qui est nulle, dit-il en désignant son skate tout neuf. Elle a l'air bien, mais elle vaut rien. Mon vieux skate a vécu, en revanche, il est équilibré. J'en ai peut-être un autre pour toi. Tiens, entraîne-toi avec le mien en attendant. Je vais voir à la maison.

Il savait y faire. Bea passa une heure à chercher son équilibre sur le skate d'emprunt, puis Lars réapparut avec sa jolie tête et son sourire charmeur. Sous son bras, il tenait un vieux skate encore plus abîmé que le sien.

– J'ai appris avec ça, fit-il. Peut-être que toi aussi, ça va te permettre d'y arriver.

Les jours suivants, Bea se réveillait couverte d'égratignures et de bleus, courbatue de la tête aux pieds, mais ça lui était égal. Lars l'avait prise sous son aile, alors le reste du monde n'existait plus. Ses parents, ses amis, tout ça semblait appartenir à une vie antérieure. Les lièvres sur la lande, cet aperçu d'un autre monde ? Même si elle y avait cru sur le moment, ce souvenir s'effaçait peu à peu. La seule chose qui l'intéressait, c'était le skate. Elle dévalait les rampes, tournoyait, sautait, tombait encore et encore, dans ses tentatives d'apprivoiser chaque module du parc.

Ses amies ricanaient. Elle était amoureuse de Lars ! Elle passait tout son temps avec lui ! Bea est amoureuse !

Et là, Bea rougissait des pieds à la tête.

– C'est juste pour le skate, rétorquait-elle.

Mais le soir dans son lit, elle serrait son oreiller contre elle en souriant dans le noir. « La vie est belle, se disait-elle. La vie est vraiment belle. » Mais pas à cause de Lars. Bien sûr que non !

Sa mère s'inquiéta de la voir passer autant de temps avec un garçon bien plus âgé.

– Tu ne sors pas avec lui, tout de même ? demanda-t-elle, ce qui rendit Bea folle de rage.

Comme si l'amitié entre garçon et fille, ça n'existait pas ! Comme si elle ne savait pas qu'il était bien trop vieux pour elle !

Mais comme si, en même temps, ça l'inquiétait...

# 3

La rentrée des classes n'était plus que dans dix jours, et le soleil surgissait parfois entre deux gros nuages blancs : l'été arrivait enfin au début de l'automne. Bea ne bouda pas son plaisir. Elle s'entraînait à de nouvelles figures, elle dévalait une rampe et remontait l'autre avec un demi-tour au sommet. Encore et encore. Pour l'instant, son record était de cinq allers et retours consécutifs.

Pour la dixième fois ce jour-là, elle roula sur le dos dans le fossé entre deux modules. Elle regarda le ciel et là, elle vit quelque chose d'impossible.

Un cavalier dans les nuages.

Elle s'immobilisa, et son ventre se noua. C'était n'importe quoi ! Elle ferma les yeux, mais quand elle les rouvrit, le cavalier était toujours là.

– Qu'est-ce que c'est ? s'écria-t-elle, et tout le monde se retourna.

– Quoi ? demanda quelqu'un, et là, Bea comprit qu'elle était la seule à voir la scène.

Pour la première fois depuis des jours lui revint un souvenir… un lièvre borgne dans l'œil duquel elle avait entrevu une infinité de mondes. Et un autre lièvre qui lui avait crié : « Laisse-moi sortir ! »

Elle alla s'asseoir un peu à l'écart sur l'herbe, comme si elle faisait une pause. Et quand elle fut certaine que personne ne la regardait, elle leva la tête pour jeter un petit coup d'œil en direction du ciel.

Le cavalier était toujours là. Il portait des vêtements d'un autre temps, même si elle n'aurait su dire lequel. Son cheval était immense, il avait des poils longs sur les membres, et si ses sabots se posaient sur l'air, il paraissait tout de même lourd. Comment ne pas le voir ? Ce qui était pourtant le cas de tout le monde, sauf elle. Bea promena son regard sur le parc et aperçut une fillette de dix ou onze ans près des courts de tennis. Elle aussi regardait le cavalier. Comme Bea ne la quittait plus des yeux, elle lui fit un petit signe en direction du ciel.

Terrifiée, Bea se détourna. Comment une chose pouvait-elle être vue par certaines personnes et pas par d'autres ? Soit la chose était là, soit elle n'y était pas. Elle attendit un peu, puis regarda de nouveau. La fillette la dévisageait. Bea se leva et partit. Quitte à devenir folle, elle préférait que personne ne s'en rende compte.

Une fois hors de vue des autres skaters, elle se mit à rouler. Elle passa le long du terrain de boules, puis par-dessus la rivière pour gagner le jardin du mémorial, où elle trouva un banc. Elle avait fait tout ce trajet sans lever une seule fois la tête, néanmoins toujours consciente de ce qui se passait dans le ciel. Elle s'assit, jeta des coups d'œil prudents tout autour d'elle pour s'assurer que personne ne la regardait, et haussa de nouveau les yeux vers le ciel.

Le cavalier avait fait demi-tour. Il trottait à présent vers elle. Il descendait du ciel comme d'un escalier en provenance du paradis. Mais ce n'était pas après Bea qu'il en avait. Tout à coup, il se pencha, tendit le bras et attrapa quelqu'un dans l'air – une fillette de quatre ou cinq ans. Elle poussa un cri de joie quand il la plaça à califourchon devant lui et s'agrippa à la crinière rêche du cheval. Puis elle se retourna et sourit, aux anges.

– Ils lui échappent de plus en plus vite, maintenant, dit une voix.

Bea baissa la tête. La voix appartenait à la fillette aperçue dans le parc, qui regardait le ciel comme elle.

Bea voulut partir, mais la fille la retint par le bras.

– Je sais ce que tu es, se pressa-t-elle de dire. Je t'ai vue regarder.

Elle désigna le ciel. Les muscles tressautaient dans le cou de Bea, mais elle refusa de lever à nouveau la tête. Elle n'était pas prête à admettre quoi que ce soit. Elle voulut s'en aller. La fillette l'en empêcha.

– Prends ça, lui ordonna-t-elle en lui glissant quelque chose dans la main. La Chasse t'a repérée. Ça te protégera. Je t'en supplie ! dit-elle en voyant le doute sur le visage de Bea. C'était toi, sur la lande l'autre jour, n'est-ce pas ?

Bea dissimula sa surprise en examinant l'objet dans sa main. Il avait tout juste la taille de sa paume, et c'était une chose très, très laide : un long visage tordu avec de petites pierres bleues en guise d'yeux, ainsi qu'une rangée de cailloux marron orangé pour les dents, et un petit os à la place du nez. Il y avait aussi un fragment de miroir sur son front. L'objet était composé de boue sèche, de plumes et d'os. Et pourtant...

Et pourtant, les yeux bleus qui la regardaient depuis sa paume et les dents crochues se reflétaient dans la lumière. Cet objet était laid, mais Bea comprit aussitôt qu'il ne lui voulait que du bien.

Elle était si surprise qu'elle observa longuement la fillette. Celle-ci était de toute évidence pauvre : maigre, avec un tout petit visage, vêtue d'habits usés jusqu'à la corde. Elle portait de vieilles baskets, un vieux bas de survêtement et un pull rose pelucheux. Tout en elle indiquait la pauvreté.

– C'est mon grand-père qui l'a fabriqué pour toi, dit-elle.

Puis elle se tut, comme si elle n'était pas sûre de s'adresser à la bonne personne, avant de reprendre :

– Les chiens, les quads. La Chasse. Tu es une sorcière, non ? Tu nous as sauvé la vie en appelant les cerfs ! Mon grand-père veut te parler. Il t'attend derrière la gare, dans la vieille caravane sur le terrain vague.

Elle désigna la direction d'un signe de tête, visiblement très impatiente que Bea accepte.

Bea acquiesça, car elle ne savait pas quoi dire, et à cet instant, la figurine bougea légèrement dans sa main. Elle cria et la lâcha. Puis, sans réfléchir, elle s'accroupit pour la ramasser. Elle la regarda de nouveau, et la figurine lui fit un clin d'œil. Bea sursauta mais réussit à ne pas la lâcher de nouveau.

La fillette souriait.

– Elle est belle, non ? Elle va leur faire très peur !

– Merci, dit Bea en rangeant l'étrange figurine dans sa poche.

Puis elle fit claquer son skate sur le sol, sauta dessus et partit dans le chemin en pente sans demander son reste. En atteignant la rue, elle sauta de son skate et se retourna.

La fillette n'avait pas bougé.

– Ne la montre à personne ! lui cria-t-elle en levant une main pour lui dire au revoir.

Bea se retourna sans un mot et fila.

«Tu es une sorcière», avait dit la fille. Elle avait vu les visions dans le ciel, elle aussi. Pourtant, c'était impossible. Tout le monde savait que les gens qui avaient des visions étaient fous...

Bea poussa tout à coup un cri de surprise. Mais qu'est-ce qui lui prenait? Une femme accompagnée de ses deux enfants la regarda curieusement, et Bea s'éloigna de tout ça, du cavalier, de la folie, de la fillette, de toutes ces choses impossibles. Elle était à mi-chemin de chez elle quand elle osa enfin reprendre son souffle. Elle s'arrêta pour lever de nouveau les yeux.

Il n'y avait dans le ciel que des nuages et des choucas. Tout ça n'était qu'une illusion. Elle avait été victime d'hallucinations. Quoi d'autre, sinon?

# 4

Bea se glissa chez elle par la porte du jardin et grimpa l'escalier quatre à quatre jusqu'à sa chambre, manquant de renverser sa mère au passage.

– Fais attention, un peu ! cria cette dernière, mais Bea poursuivit sa route sans même s'excuser et claqua la porte.

Là, elle se jeta sur son lit et enfouit la tête dans l'oreiller, rêvant d'oublier tout ça.

Plus tard, quand elle redescendit dîner, elle marmonna de vagues excuses.

– Ce n'est pas grave, dit sa mère. Soyons honnête, c'est de ton âge. Sans doute les hormones qui te travaillent.

Bea leva les yeux au ciel quand sa mère ajouta :

– J'espérais juste que ça n'amplifierait pas ton mauvais caractère.

– Pourquoi tu crois que tout ce que je dis ou que je fais est dû à mes hormones ? s'exclama Bea. Tu n'imagines jamais que je puisse avoir un vrai problème ?

Sa mère agita la tête avec un sourire entendu. Bea bondit sur ses pieds.

– Tu ne me prends jamais au sérieux, hein ? hurla-t-elle.

Craignant de fondre en larmes devant ses parents, elle se

précipita hors de la pièce, mais n'alla pas plus loin que derrière la porte : son comportement ne faisait que conforter sa mère. Elle s'apprêtait à revenir dîner quand elle entendit son père lancer :

– Ce n'était pas très malin, ça, ma chérie.

– Apparemment, elle devient vraiment adolescente, cette fois, soupira sa mère. Je me demande si ça a un rapport avec ce garçon du parc. Il est trop vieux pour elle, et Bea est tellement naïve...

– Arrête ! explosa Bea de l'autre côté de la porte.

– Ça suffit, maintenant ! rétorqua sa mère.

Mais cette fois, Bea était partie. Elle avait franchi la porte de la maison pour ne pas entendre la suite.

Quand elle était petite, ses parents l'emmenaient souvent en promenade dans les bois, mais elle avait beau vivre à peine à quelques centaines de mètres de la forêt, elle n'y mettait plus jamais les pieds. Alors, allez savoir pourquoi, quand elle quitta la maison en cette fin de journée, au lieu de prendre le chemin habituel en direction de la ville, elle se dirigea vers les bois. Au milieu d'un bosquet de hêtres, il y avait un rocher qui dominait la rivière qu'elle avait envie de revoir. Quand elle était petite, elle adorait se tenir au bord de la rivière pour regarder l'eau couler. Peut-être avait-elle juste envie de retrouver ces moments de son enfance, lorsque la vie était plus simple ?

Elle était perdue, contrariée, mais aussi euphorique. Et si elle était en train de devenir folle ? C'était sans doute le cas ! Les fous ne voyaient-ils pas des choses que personne d'autre ne voyait ? Ils entendaient des voix, auxquelles ils obéissaient...

« Laisse-moi sortir ! » avait crié le lièvre.

Et elle avait obéi.

Le rocher était humide, mais elle s'y assit quand même. La rivière était comme d'habitude, c'est juste Bea qui avait changé. Elle lançait des coups d'œil nerveux au ciel. Elle ne voyait qu'un peu de bleu, des nuages, des arbres et de l'eau, et pourtant, elle sentait une présence. Des yeux invisibles dans l'ombre, des visages cachés parmi les rochers, des bras verts, des doigts comme des brindilles qui agitaient le feuillage au-delà de son champ de vision. Qui la surveillaient. Qui la guettaient...

C'était juste son imagination, mais ça lui fit peur. Alors, au crépuscule, Bea sauta du rocher pour rentrer chez elle. Elle courut à travers les bois, ne s'arrêtant qu'à l'orée de sa rue pour apaiser sa respiration, et se glissa chez elle le plus doucement possible. Mais sa mère l'attendait. Elle monta la rejoindre dans sa chambre pour faire la paix et l'obliger à manger quelque chose. Elle s'assit sur le lit de Bea et la prit dans ses bras.

– Je suis désolée, dit-elle, je sais pourtant que je peux être casse-pieds. Le problème, c'est que je ne m'en rends compte qu'après avoir ouvert ma grande gueule.

Bea sourit en se blottissant contre elle. Sa mère reprit :

– Ton père m'a passé un savon. Il a dit que tu avais le droit d'être en colère sans que je mette ça sur le dos de tes hormones. Mais c'est juste parce que je me fais du souci pour toi. Tu le sais, non ?

Bea se laissa entraîner au rez-de-chaussée, où une énorme part de hachis parmentier l'attendait. Elle mourait de faim.

– Je suis vraiment stupide, parfois, insista sa mère. Tu sais que je t'aime, non ?

Bea acquiesça. Elles se chamaillaient souvent, mais se réconciliaient toujours.

– Et puis, il y a cette histoire de garçon, ajouta sa mère.

– Maman ! gémit Bea.

– Je sais, je sais. Mais je suis ta mère. C'est mon devoir. Ce garçon, Lars. S'il avait quatorze ou quinze ans, ça serait différent. Mais ce n'est pas le cas, si ? Quel âge a-t-il ? Tu le sais ?

Bea réfléchit.

– Il est trop vieux pour moi, reconnut-elle.

Là-dessus, elle versa quelques larmes. Sa mère avait raison. Lars lui plaisait. Elle renifla, et sa mère l'attira à nouveau à elle.

– C'est l'hôtel des cœurs brisés, ce soir, n'est-ce pas ? Bea, je comprends mais... Oh mon Dieu, Bea, c'était donc ça ?

Bea éclata de rire et chassa ses larmes.

– C'est ça qui t'a énervée tout à l'heure ? demanda sa mère.

Bea haussa les épaules et prit une bouchée. Puis elle demanda, sans cesser d'enfourner le hachis :

– Les hormones, ça donne aussi des visions ?

– Quelles visions ? demanda sa mère.

– Des trucs. Dans le ciel. Des gens, ce genre de choses. Tu vois ?

Sa mère réfléchit un petit moment.

– Moi, non, jamais, répondit-elle. C'est le cas pour toi, Bea ?

– Non, répondit-elle aussitôt. C'est juste les filles qui racontaient ça.

Sa mère hocha la tête.

– Je crois qu'elles te faisaient marcher, c'est tout.

– Tu as sans doute raison, conclut Bea.

Elle avait terminé son assiette et grattait le rebord du plat.

Sa mère se pencha vers elle en murmurant :

– Ne fais pas attention à ce que disent les autres filles.

Mais Bea connaissait suffisamment sa mère pour voir qu'elle l'avait inquiétée, ce qui lui donnait encore moins envie de lui raconter ce qui lui arrivait.

# 5

Les jours suivants, Bea continua à voir des choses qui n'existaient pas : des visages dans les branches et les buissons, des voyageurs dans le vent, des femmes composées de feuilles vertes qui s'amusaient dans les plants de brocolis de son père. Un jour, elle aperçut un garçon argenté courir à la surface de la rivière. Elle l'appela, il tourna la tête mais disparut dans les remous près de l'écluse. De temps à autre, une vision traversait le ciel : une vieille voiture, des gens en train de discuter, un mouton dans un pré, parfois juste un paysage inconnu. Un cortège funèbre passa un jour à la hauteur de sa fenêtre, et une fois, elle vit un beau jeune homme borgne avec un grand chapeau lui sourire. Elle ne savait pas s'il la voyait ou s'il regardait par hasard dans sa direction.

Tout ça la rendait folle de peur. Alors Bea ferma son esprit à toutes ces choses. Elle marchait tête basse et empêchait ses yeux de s'attarder sur tout ce qu'elle ne comprenait pas. Elle refusait d'y penser. Elle refusait l'idée d'une présence autre, tout simplement. Elle aperçut une ou deux fois l'étrange fillette qui lui avait donné l'amulette. Elle semblait vouloir de nouveau discuter avec elle, mais c'était vraiment la dernière chose dont Bea avait envie. Alors, dès qu'elle la voyait, elle s'enfuyait. Tout plutôt qu'entendre parler de choses qui ne pouvaient pas exister.

Pourtant, elle conserva l'amulette dans la poche de son treillis, et réussit parfois à ne plus y penser plusieurs heures d'affilée, jusqu'à sentir tout à coup sa présence. Là, elle l'attrapait en se disant qu'elle devait la jeter. Mais allez savoir pourquoi, elle ne s'y résolvait jamais.

Ces diversions fonctionnaient jusqu'à un certain point. Il pouvait s'écouler plusieurs heures sans que Bea voie quelque chose d'étrange. Elle chassait ces visions de son esprit comme on oublie ses rêves au cours de la journée – ces gens qui flottaient sous ses yeux, ou bien l'oiseau sur la haie le matin, dont elle n'avait jamais remarqué jusque-là qu'il ne chantait que pour elle.

Elle était obsédée par le skate. Qu'il pleuve ou qu'il vente, elle allait au parc, surtout pour ignorer le carnaval qui se déroulait dans le ciel. Elle était dévorée par la peur. Elle passait tant de temps sur son skate que même Lars commença à trouver ça étrange.

– T'as pas de vie ou quoi ? Un petit copain, des amis… ?

Bea rougit comme une tomate. Furieuse, elle voulut lui donner un coup de pied, mais il lui échappa en riant.

– D'accord, d'accord ! Je posais la question, c'est tout.

Lars adorait se moquer d'elle, ce que Bea détestait. Elle avait beau se savoir trop jeune pour lui, son cœur battait toujours très fort quand elle le voyait en compagnie de filles plus vieilles. Il l'aimait bien, elle en était sûre. Il passait des heures à la regarder, à lui donner des conseils. Si elle tombait et qu'elle se faisait mal, il s'agenouillait pour désinfecter sa plaie et lui mettre un pansement qu'il sortait de sa trousse de secours. Lorsque Bea souriait en le regardant s'occuper d'elle, il lui rendait son sourire.

Si seulement il n'avait pas été aussi âgé... Si seulement elle n'avait pas été aussi jeune...

Un jour, à son grand désespoir, sa mère vint la voir au skatepark avec une amie. Elles s'installèrent sur un banc non loin des modules, ce qui mit Bea terriblement mal à l'aise. Puis, au bout de dix minutes, elles l'appelèrent. Toutes deux lui firent plein de compliments : elle était douée, elle avait tellement grandi, elle se débrouillait vraiment très bien avec son skate...

– Lars, c'est le garçon roux, c'est bien ça? C'est lui qui apprend à skater à Bea, dit sa mère à son amie. Il est plutôt mignon, non? J'aimerais bien faire sa connaissance. Tu nous le présentes?

Horrifiée, Bea rougit jusqu'à la racine des cheveux. En fait, sa mère était venue espionner Lars. Mais c'était hors de question qu'elle fasse les présentations.

Elle tourna les talons et repartit en direction des rampes sans prêter attention à sa mère et son amie, ni à Lars. Elle voulait effacer cette scène. Mais ça ne se passa pas comme ça. Lars sauta sur son skate et la rejoignit au sommet d'une rampe.

– C'est ta mère, non? J'aimerais bien la rencontrer.

– Non, dit Bea.

Pourtant, il avait déjà dévalé la rampe, rattrapé son skate et se dirigeait vers le banc sur l'herbe. Bea le surveilla du coin de l'œil. Il lui fit un petit signe de la main. Elle les rejoignit.

Sa mère fut aussitôt sous le charme. Lars en fit des tonnes quand il parla de Bea. Selon lui, elle était une skateuse-née. Il était étonné que son sens de l'équilibre n'ait pas été détecté plus tôt. Il avait une sœur du même âge à qui il essayait d'apprendre à skater depuis des années, mais elle était loin d'être aussi à l'aise. Il réussit même à faire un clin d'œil à Bea, comme pour dire : «Je vois bien dans quel état ça te met.»

Lorsque sa mère lui dit qu'elle était contente d'avoir fait sa connaissance car elle craignait qu'un garçon trop âgé tourne autour de sa fille, il abonda dans son sens. Sa mère aurait fait pareil. Il était toujours chargé de veiller sur sa petite sœur.

– Eh oui, Bea est à l'âge où..., dit-il avec un sourire.

Le traître! Bea crut qu'elle allait mourir sur place. Elle ne savait pas qui elle détestait le plus : sa mère qui la prenait pour une gamine, ou Lars qui en rajoutait. Et là, l'une des filles plus âgées apparut.

– Voici ma petite amie, dit-il. Je dois y aller, madame Wilder. À plus, Bea.

Lars s'éloigna, un bras sur les épaules de la fille. La mère de Bea était rassurée. Bea fila dans les bois en serrant les dents. Là-bas, elle pleura enfin.

Quand elle revint au skatepark, Lars n'avait pas réapparu. Elle skata comme une folle jusqu'à s'arracher la moitié de la peau d'une cuisse et finit par rentrer chez elle en boitant.

Sur le chemin du retour, l'étrange amulette que la fille du parc lui avait donnée frottait désagréablement contre la peau de sa cuisse. Énervée, elle la sortit de sa poche. La figurine souriait de ses petites dents orange. Bea s'était demandé si elle devait la montrer à Lars. C'était le seul à qui elle aurait osé en parler. Peut-être qu'ils auraient ri de la fille folle, peut-être qu'il aurait dit que cet objet était vraiment magique.

Mais il venait de tout gâcher. De toute façon, ce machin était stupide. C'était juste une histoire de superstition. Ça n'avait pas de sens. Ce jour-là, Bea avait réussi à tenir les visions à distance. Elle haussa les épaules, jeta l'amulette dans une poubelle et rentra chez elle.

# 6

Le lendemain matin, il faisait nuageux et humide. Comme d'habitude, Bea sortit avec son skate sous le bras. La fille qui lui avait donné l'amulette l'attendait au bout de la rue.

Bea voulut passer près d'elle en roulant, mais la fillette la saisit par le bras au passage.

– Tu l'as jeté, dit-elle.

– Quoi ?

– Le fétiche que je t'ai donné. Tu l'as jeté.

– Le machin qui représente un visage ? Et comment tu le sais, d'abord ?

Apeurée, Bea voulut se dégager, mais la fille insista :

– Je suis sûre que c'était toi. Quand j'ai bondi dans la voiture, je me suis blottie sur tes genoux. Tu m'as sauvé la vie ! Maintenant, j'essaie de sauver la tienne, dit-elle en désignant le ciel. Tu les vois. Je le sais.

Mais Bea était bien décidée à ne pas se laisser faire.

– Je ne sais même pas de quoi tu parles, siffla-t-elle entre ses dents.

Elle repoussa rudement la fillette et fila. Mais au bout de quelques pas, elle se retourna pour voir si elle la suivait. Non. Elle était toujours sur place. Elle désignait le ciel.

– Regarde ! cria-t-elle à Bea.

Et malgré elle, malgré sa volonté, Bea ne put s'empêcher de lever les yeux vers le ciel.

Dans la brume du matin, des gens étaient à table. Bea comprit tout de suite qu'il s'agissait d'une réunion de famille. Au menu, une volaille plus petite qu'une dinde qui ne pouvait guère suffire pour les huit ou neuf convives, se dit Bea. C'était Noël, même si elle ignorait comment elle savait ça, car il n'y avait pas la moindre décoration. En elle, en même temps que ce frisson qui lui venait toujours quand elle voyait ces choses impossibles, elle sentait l'esprit de Noël : la joie, l'excitation, tout le monde réuni. Ce qui constituait un étrange cocktail de sensations.

Une famille qui fêtait Noël dans le ciel. Bea entendait le bruit des couverts et leurs rires dans le vent.

– Un dîner de Noël, dit la fillette.

C'en était trop. Bea la repoussa, fit claquer son skate par terre, sauta dessus et dévala la colline.

– Reviens, je t'en supplie, reviens ! cria la fille dans son dos. Ils te cherchent. Ils...

Ses mots se perdirent dans le vent comme Bea dévalait la pente en bondissant sur les trottoirs. Elle fila tout droit, plus vite qu'elle n'avait jamais osé le faire. Elle atteignit le pied de la colline et traversa le carrefour avant d'arrêter enfin son skate.

Sans réfléchir, elle regarda de nouveau le ciel. Peut-être, se dit-elle, qu'elle avait roulé si vite qu'elle les avait semés. Mais au-dessus de sa tête, le repas de Noël battait son plein. Un verre tinta, elle l'entendit très distinctement. Ce n'était pas un bruit aussi réel que le sol ou son skate sous ses pieds, mais c'était plus réel que dans un rêve. Assez réel pour que la fillette l'ait entendu, elle aussi.

Bea soupira. Elle glissa son skate sous son bras et remonta la colline pour affronter la fille.

– Te revoilà, dit la fille. Tu es merveilleuse, tu sais, ajouta-t-elle d'un air timide.

Bea l'observa.

– Tu dois te cacher, reprit la fille.

– De qui ?

L'inconnue cligna des paupières.

– Tu n'y connais vraiment rien, hein ? De la Chasse, bien sûr ! Tu les as vus sur la route l'autre soir. Ils savent que tu es là. On pense qu'ils ne t'ont pas encore identifiée, mais ça va arriver. Mon grand-père t'expliquera. Viens...

La fille fit un sourire encourageant et essaya d'entraîner Bea vers la ville, mais celle-ci resta campée sur ses pieds.

– Pas question.

La fille poussa un gémissement.

– Tu dois parler à mon grand-père. Tu as jeté le fétiche. Il suffit que l'un d'eux te croise, et il saura qui tu es. Je t'en supplie, Bea, je t'en supplie. Viens.

Elle la prit par la manche. Bea s'écarta.

– Je refuse d'aller voir un vieux bonhomme que je ne connais pas.

Elle leva les yeux vers le ciel. La vision du repas de Noël était devenue moins nette, comme couverte de poussière ou cachée par un écran de fumée.

– Qu'est-ce que c'est que ce truc ? Pourquoi personne d'autre ne le voit ? demanda-t-elle.

Puis elle se tut, pas sûre, malgré tout, que la fille le voie, elle aussi.

La fillette leva la tête et déclara :

– Ce sont des souvenirs. Des souvenirs bien plus vieux que nous. Regarde, ils s'éclairaient encore à la bougie, à l'époque.

Il y avait en effet des bougies sur la table. Et, accrochée au-dessus de la table, une lampe à huile. Malgré tout, la scène restait sombre. Les convives portaient des vêtements d'une autre époque. On aurait dit une vieille carte de Noël.

– Quand une sorcière meurt, ses souvenirs s'envolent, expliqua la fillette. Là, il s'agit de ma grand-mère. Tu m'as sauvé la vie l'autre jour, mais le chien l'a attrapée dans sa gueule. Tu te souviens ?

Bea eut un frisson dans le dos.

– Tu..., commença-t-elle, mais les mots ne parvinrent pas à franchir ses lèvres.

Les nuages, c'était une chose, mais ce lièvre était fait de chair et d'os.

– Notre esprit peut se glisser dans un autre être vivant, mais lorsque nous reprenons notre forme, les événements restent inscrits dans notre corps. Ça, par exemple.

La fillette souleva une jambe de son pantalon de jogging pour lui montrer la trace pourpre d'une blessure.

– Quand j'ai bondi de la voiture et que je suis tombée. Tu t'en souviens ?

Bea fit signe que oui.

– Mais le lièvre était réel, lui, balbutia-t-elle, ces mots forçant le passage entre ses lèvres.

– Et mon esprit aussi, rétorqua la fillette.

Elle parlait de ça comme si c'était évident. Elle regarda Bea d'un air étrange.

– Tu es capable d'en appeler aux cerfs alors que tu n'y connais rien au monde des esprits ?

– Je ne vois même pas de quoi tu parles, répondit froidement Bea.

Tout ce qu'elle voulait, c'était retrouver sa vie d'avant, faire du skate, traîner avec Lars. Grandir. Elle se détourna, mais la fille la prit par le bras.

– Je t'en supplie, viens avec moi. Ils sont trop proches. Tu as jeté le fétiche. Tu n'as pas de temps à perdre !

Mais Bea secoua la tête.

– Explique-moi maintenant, lâcha-t-elle.

La fille fit une grimace et regarda tout autour d'elle.

– J'aimerais bien, dit-elle. Mais pas ici.

Bea réfléchit. Elle n'avait pas envie qu'on la voie en compagnie de cette fille bizarre qui la prenait pour une sorcière, avec son pull rose débile et ses cheveux en queue-de-cheval trop serrée. Elles étaient tellement différentes.

– Allons dans les bois, proposa la fille.

Bea haussa les épaules. Sa dernière escapade là-bas ne lui donnait guère envie d'y retourner, mais c'était toujours mieux qu'être vue avec cette fille.

– D'accord, répondit-elle en s'élançant dans la colline en direction de la forêt, la fillette sur ses talons.

Le sentier qui menait à la forêt traversait un champ en friche et un hameau avant de plonger entre les arbres. Bea marchait si vite que la fillette avait du mal à la suivre. Elle prit la direction de l'ancienne usine. Le chemin était couvert de flaques et de pierres, certaines lisses à force d'avoir été piétinées par les grosses chaussures des ouvriers qui y avaient fait d'incessantes allées et venues deux siècles plus tôt.

Quand elles plongèrent vers la vallée, l'une des vieilles cheminées de l'usine apparut au-dessus des arbres. Celle-ci était désaffectée, il ne lui restait qu'une cheminée, l'autre était couchée tel un géant à terre. La vallée était tellement étroite que le soleil n'y brillait jamais. Presque personne n'y allait, il y faisait trop froid et humide : à quoi bon ?

Bea était énervée contre la fille, comme si tout était sa faute, ce qui s'était passé ce soir-là sur la lande, le dîner dans le ciel qui avait fini par disparaître. Le sol était de plus en plus boueux comme elles s'enfonçaient dans les bois et Bea se mit à glisser, alors que la fille, qui portait de grosses chaussures, s'en sortait mieux. Ce qui énerva encore plus Bea. Et pourtant, elle attendit d'être à des kilomètres de toute présence humaine pour se retourner vers elle.

– Bon, dit-elle. Explique-moi ce qui se passe. Comment tu t'appelles, d'abord ?

– Silvis, répondit la fille en se frottant les bras et en regardant tout autour d'elle d'un air inquiet. J'aurais vraiment préféré qu'on aille voir mon grand-père. Il aurait pu te montrer de quoi je parle.

Bea secoua la tête.

– Comment tu... sais que j'ai jeté ce machin ?

– C'est grand-père qui me l'a dit. Il sait tout.

– N'importe quoi. C'est n'importe quoi.

– Tu as pourtant tout vu sur la lande, insista la fille.

– Je n'ai rien vu ! cracha Bea. Pourquoi tu me suis partout, d'abord ? Qu'est-ce que tu me veux ?

Silvis approcha, les mains jointes sous le menton.

– Tu ne te rends pas compte à quel point tu es en danger ! Tu es aussi vulnérable qu'un bébé !

Bea était vraiment en colère. Une fille de dix ans qui lui faisait la leçon !

– Et qu'est-ce que je dois faire ? Appeler la Chasse, c'est ça ?

– Ne dis pas n'importe quoi !

– Ohé, la Chasse ! Par ici ! Je suis là ! Viens me chercher !

– Arrête !

– Par ici ! C'est moi qui ai appelé les cerfs ! brailla Bea.

Silvis se jeta sur elle pour la faire taire, mais Bea la repoussa et la fit tomber.

– Seigneurs des bois, j'en appelle à vous ! cria-t-elle.

Mais de sa propre voix, et non de ce cri profond qui avait jailli depuis la terre.

Silvis se releva et lui sauta dessus.

– Tu ne te rends pas compte ! Tu vas nous faire tuer toutes les deux !

Un instant, elles se battirent en glissant dans la boue. Et tout à coup, Bea le sentit. Comme la fois précédente, sous ses pieds, qui s'accumulait depuis le centre de la terre. La dernière fois, elle avait ressenti de la pitié et de l'amour. Là, c'étaient de la peur et de la colère. Les mots franchirent ses lèvres avant même qu'elle ait le temps de réfléchir :

– J'EN APPELLE À VOUS, VOUS AUTRES CORDES ÉPINEUSES QUI LIGOTENT ET DÉCHIQUETTENT. J'EN APPELLE À VOUS ET J'EXIGE...

Silvis recula en poussant un cri. Elle se débattait comme si elle avait été prise au lasso. Non, elle était prisonnière d'un églantier. Un immense églantier avec des épines comparables à des griffes de chat sauvage. Il avait saisi Silvis par la taille et l'attirait vers le sol. Aucune plante ne pouvait faire ça. Sous les yeux de Bea, l'églantier grandit tout autour de la fillette, lui enserrant les bras et les jambes. Son sang coulait déjà.

Silvis hurlait de douleur et de terreur, mais elle ne pouvait pas avoir plus peur que Bea. Qu'est-ce qui se passait ? C'était elle qui avait fait ça ?

– Arrêtez ! hurla-t-elle.

Elle saisit l'églantier pour libérer la fillette sans prêter attention aux égratignures sur ses mains et ses bras. Une voix retentit, et Bea vit, à sa grande horreur, un visage de femme apparaître au milieu de la plante – un visage fait de feuilles vertes et de tiges rouges. La femme souriait. Ses dents étaient composées d'épines. Elle plongea en avant et fit claquer sa mâchoire. Bea recula. Puis le visage disparut, et il ne resta que la pauvre Silvis qui se roulait en hurlant sur un lit d'épines.

Sous le coup de la terreur et de l'incompréhension, Bea s'enfuit. Elle voulait laisser tout ça derrière elle. Elle partit en courant dans la boue sombre, mais ne fit pas plus de vingt ou trente mètres. Qu'est-ce qu'elle fabriquait ? Silvis avait besoin d'aide. Elle revenait déjà sur ses pas quand elle l'entendit crier :

– Bea, va-t'en ! Ils sont là !

Qu'est-ce qui était là ? Et tout à coup, elle les entendit : les moteurs. De moto. Ou de motocross ? Non, des quads...

Bea se figea. Il n'y avait pas de route au fond de la vallée. Ils roulaient donc dans les bois. Ils dévalaient la colline. Il y en avait d'autres plus loin. Et des chiens. Des chiens qui aboyaient. Puis la lumière réapparut, cette lumière qui avait illuminé la lande une semaine plus tôt. Les bois furent tout à coup baignés de lumière. Les arbres, les feuilles, la boue sous ses pieds : on voyait tout. Chaque trou dans l'écorce de chaque arbre, chaque crevasse, chaque pierre était éclairée. Cette fois, Bea comprit : avec cette lumière, il n'y avait plus nulle part où se cacher.

Elle était terrorisée, mais elle ne pouvait pas abandonner Silvis. Tout ce qu'avait dit la fillette ne s'était-il pas révélé exact ? Or Bea avait conduit cette fille dans la gueule du loup.

Elle rebroussa chemin, mais perçut tout à coup quelque

chose à sa droite : un chien qui courait à toute vitesse sur la rive d'en face en lui jetant sans cesse des coups d'œil. Ils l'avaient retrouvée ! L'eau les séparait, mais la bête immense semblait dotée d'une intelligence humaine – elle courait vers le gué. Bea partit en direction inverse, alors le chien changea lui aussi de sens en bondissant par-dessus les fossés et la végétation, les ruines de l'ancienne usine, les racines et les arbres à terre. Il ne quittait pas Bea des yeux, la gueule béante. Puis, d'un bond, il franchit l'eau.

Il n'était plus qu'à quelques mètres d'elle et il courait aussi vite qu'un engin à moteur. Bea n'avait aucune chance de lui échapper. Elle sentait déjà son haleine chaude ainsi que ses pattes rapides dans son dos. La bête la mordit au pied, et Bea s'étala sur le tapis de feuilles mortes. L'instant d'après, la bête la tenait par la taille dans son immense gueule.

Pourtant, le chien ne mordait pas vraiment, il se contentait de la tenir fermement entre ses crocs et de la presser avec une force déconcertante contre le sol pour qu'elle se tienne tranquille.

Elle entendit des cris en provenance de la colline. Les gens sur les motos et les quads se rapprochaient.

Mais avant leur arrivée, Silvis apparut, couverte d'égratignures, en sang, les vêtements déchirés. Elle se jeta sur le chien, lui tirant les oreilles de toutes ses forces. Le chien se contenta d'agiter Bea entre ses mâchoires en serrant. Bea cria à nouveau, puis se tut comme le chien mordait plus fort.

Ce qui redonna du courage à Silvis. Elle tapa du pied en criant sur le chien, plus furieuse qu'apeurée. Puis elle plongea la main dans une poche pour en sortir un fétiche semblable à celui dont Bea s'était débarrassée, composé de boue, de plumes et d'os.

Elle le brandit devant elle tel un bouclier et l'approcha du chien qui grognait. Silvis prononça quelques mots que Bea ne comprit pas, puis, avec un drôle de mouvement, elle lança le fétiche vers le ciel. Il plongea un peu sur le côté, comme s'il ne savait pas trop où aller, puis se stabilisa et flotta dans l'air, la tête tournée vers le chien.

– Oui ! s'exclama Silvis, comme si elle n'en revenait pas de son exploit.

Le chien grognait sans quitter le fétiche des yeux. Comme celui-ci approchait, il secoua la tête. Pas fort – pas comme un chien agite sa proie, plutôt de peur. Puis il grogna de nouveau. Pas à l'intention de Bea, mais à celle du fétiche.

Le fétiche continuait à approcher. Peu à peu, les immenses mâchoires autour de la taille de Bea se détendirent et finirent par la lâcher : le chien s'éloignait du fétiche, qui se rapprochait toujours. Il ouvrit sa gueule noire et se mit à murmurer à l'oreille du chien dans ce qui ressemblait à un craquement de feuilles mortes. Bea n'entendit pas les mots, mais le ton laissait supposer qu'il disait des choses terribles. Le chien gémit, se tapit au sol, le fétiche au-dessus de lui. Puis le chien recula en rampant sur quelques mètres, jappa comme un chiot et partit la queue basse.

Le fétiche s'éleva dans les airs et lâcha un hurlement moqueur.

Bea était incapable de bouger. Elle craignait autant le fétiche que le chien. La lumière autour d'eux était toujours aussi forte. Silvis ne bougeait pas. Quand le chien eut disparu, elle récupéra le fétiche en l'air, attrapa Bea par la main et la conduisit en silence à travers les arbres. Un instant, il y eut un craquement de branches, et elles s'immobilisèrent, mais le chien ne réapparut pas. La lumière se fit de moins en moins puissante, et les moteurs, les cris et les aboiements de plus en plus faibles. Tout à coup, juste après avoir poussé un petit cri, Silvis se mit à courir. Bea fit de même.

– Cours aussi vite que possible !

Sous les arbres, par-dessus les rochers, vers le sommet de la colline, dans sa pente boueuse.

Elles s'immobilisèrent près de la route pour s'assurer qu'aucun quad ne les y attendait. Puis elles repartirent en courant sur le goudron... Et dévalèrent la colline, le plus vite possible, hors d'haleine... jusqu'à atteindre enfin les habitations.

Là, elles essayèrent de reprendre leur souffle. Dès qu'elle put parler, Silvis attrapa Bea par le bras en disant :

– Maintenant, tu viens voir mon grand-père.

Bea la regarda, cette fille couverte d'égratignures par sa faute, et qui pourtant l'avait secourue. Elle acquiesça. Silvis sourit d'un air triomphant. Puis elle se remit en route, Bea sur ses talons.

# 7

Silvis la guida dans les rues jusqu'à la gare puis elles s'engagèrent sur le terrain vague derrière les voies. Elles traversèrent les herbes humides et arrivèrent devant une vieille caravane affaissée, ses roues cachées par la végétation. Silvis bondit sur les marches tandis que Bea attendait dehors, inquiète.

– Grand-père, elle est là ! Elle en a appelé à l'églantier ! Il a jailli de terre. Elle...

Tout à coup, Silvis se pencha par la porte de la caravane en disant :

– Bea, tu es incroyable !

Bea observa la fillette couverte d'égratignures avec une grimace.

– Ses yeux sont devenus tout bleus, dit Silvis. Même le blanc. C'était fantastique !

Un vieil homme apparut sur le seuil. Il était si grand qu'il ne pouvait passer par l'embrasure sans se pencher. Malgré le poids des années, c'était un géant. Son immense mâchoire était recouverte par une barbe blanche. Ses cheveux, en partie cachés sous un chapeau en cuir fané à larges bords, lui arrivaient aux épaules. Il avait la peau tannée, et il était borgne.

Il observa Bea d'un air sévère en attirant Silvis à lui.

– C'est toi qui as fait ça à ma petite-fille, dit-il d'une voix pleine de reproche.

– Je suis désolée, dit Bea. Je ne l'ai pas fait exprès.

Le vieil homme fit un signe de tête.

– On ne gagne pas sa vie en cherchant à l'épargner, n'est-ce pas ? s'enquit-il, comme si, tout à coup, il doutait lui-même de ses propos.

Bea acquiesça, même si elle ignorait totalement ce qu'il voulait dire par là.

Le vieillard poussa un soupir puis descendit les marches pour lui tendre la main. Il s'appelait Odi. Il l'invita à entrer dans la caravane en décrétant :

– Il y a des choses que tu dois savoir.

Bea le suivit. L'intérieur ressemblait à un atelier. Il y avait une bonbonne de gaz reliée à un feu, un établi, des étagères couvertes de boîtes en plastique et, tout au fond, un petit canapé effondré avec un fauteuil. Sur les étagères, et suspendues au plafond, des figurines comme celle que Silvis lui avait donnée, mais aussi celle qu'elle avait utilisée pour faire fuir le chien.

– Ce sont des fétiches, expliqua le vieux bonhomme en suivant son regard. C'est notre seul moyen de nous protéger par ici. Car Hebden est surveillé par la Chasse.

Bea se passa la langue sur les lèvres, qui étaient desséchées, mais ne répondit rien.

Le vieux bonhomme se tapota la tempe et dit tout bas :

– Bon, où suis-je ?

– Grand-père, nous sommes là ! dit Silvis d'un ton impatient en se laissant tomber sur le petit canapé marron.

– Ça ne m'aide pas, rétorqua-t-il.

Silvis fronça les sourcils.

– Il vit dans plein de mondes à la fois, expliqua-t-elle à Bea. Il sait tout, mais parfois, il est un peu perdu.

– La question n'est pas tant de savoir quand ni où, mais comment, reprit Odi.

Il alla jusqu'aux étagères et y prit quelques boîtes, d'où il sortit des herbes, qu'il jeta dans l'eau bouillante sur le feu. Il mélangea sa mixture quelques instants, puis se mit à genoux devant Silvis. Et avec des gestes très doux, il se mit à nettoyer ses blessures. La fillette était couverte de profondes écorchures. Elle grimaçait, mais se retint de pleurer. Ça devait pourtant faire mal.

– Mais je l'ai ramenée, grand-père ! s'exclama-t-elle.

– Tu es très forte, dit-il.

Il se tourna pour examiner Bea de son œil un peu laiteux. Elle ne réussit pas à soutenir son regard.

– En revanche, toi, Beatrice Wilder, tu es un vrai danger. Un danger pour Silvis, un danger pour nous tous. Mais déjà, un danger pour toi-même. Je ne mise guère sur tes chances de survie sans nous. La Chasse est partout, comme tu as pu t'en rendre compte. Tu ne sais même pas qui tu es, alors comment espères-tu t'en sortir ? Chaque fois que tu en appelles à un esprit, tu révèles ta présence à la Chasse. Il n'y a que nous pour t'aider. Comment vais-je pouvoir t'en convaincre ?

– Je ne sais pas, répondit Bea, ce qui était vrai.

Le vieil homme hocha la tête et se remit à tamponner doucement les blessures de Silvis.

– Elle est obligée de nous croire ! s'écria cette dernière. Elle a tout vu, n'est-ce pas, Bea ?

– Il ne suffit pas qu'elle croie à ce qu'elle a vu, il faut aussi qu'elle cesse de croire à tout ce à quoi elle croyait auparavant. Tu le sais, n'est-ce pas, pourtant ? dit-il à Silvis. Elle peut décider de périr plutôt que de croire. Si tu vas au-devant de ta mort en connaissance de cause, Bea, nous respecterons ton souhait, même si tu pourrais nous être très utile. Mais nous préférerions te voir sauve, ajouta-t-il en se relevant péniblement pour s'adosser à l'établi. Comment vais-je réussir à te faire croire ? Voir, ce n'est pas croire. Entendre, ce n'est pas croire. Penser, ce n'est pas croire. Croire, ça demande juste... de croire.

– Mais dans ce cas..., commença Bea. Comment on sait si ce qu'on croit est juste ?

Le vieil homme sourit en inclinant le bord de son chapeau.

– Bonne question ! s'exclama-t-il. Peut-être que tu deviendras l'une d'entre nous, finalement. Mais pour l'instant, tu as jeté le fétiche que j'avais fabriqué à ton intention.

– Oui.

– Je vais t'en confectionner un autre. Maintenant que l'un de leurs chiens a failli te broyer entre ses mâchoires, peut-être que tu en prendras davantage soin.

Il se retourna et attrapa plusieurs boîtes en plastique remplies de terre, de glaise, de petits os, de bouts de miroir, de plumes, de graines, puis entreprit de façonner un nouveau fétiche pour elle. Tandis qu'il travaillait, les fétiches au plafond et sur les étagères se mirent à murmurer. Bea soupira. Elle ne s'étonnait déjà plus de voir des figurines parler. Et ensuite ?

Elle regarda le vieil homme travailler.

– La Chasse, prononça-t-elle d'un coup.

Il se retourna vers elle.

– La Chasse, dit-il à son tour.

– Qui c'est ?

– Une autre bonne question.

Le vieil homme réfléchit et reprit :

– Nous ne savons plus vraiment qui sont ses chefs. Des gens puissants, de toute évidence. Des gens dans les affaires, la politique. Des gens qui ont du pouvoir.

– Parle-lui du Chasseur, l'encouragea Silvis.

– Le Chasseur. Tu l'as déjà rencontré, dit-il en maniant avec adresse la glaise entre ses mains. Le grand type qui a voulu vous faire descendre de voiture. Si vous lui aviez obéi, tu ne serais pas là aujourd'hui.

– C'est qui ?

– La vraie question, c'est plutôt, c'est quoi ? Un golem. La plupart des membres de la Chasse, de ceux qui nous traquent, sont des golems : des gens à qui on a volé l'esprit pour le remplacer par un autre. Parfois, celui de quelqu'un, mais le plus souvent, un esprit d'animal, en général un chien, car ils sont faciles à dresser. Ils peuvent aussi n'être composés que de glaise.

– Pas seulement de glaise, précisa Silvis. Ils se servent de résine et de plastique, maintenant. On ne peut pas détecter si c'est un être humain, à moins de le toucher.

Odi acquiesça et reprit :

– Tu as déjà entendu parler de Matthew Hopkins ? J'imagine que non. C'était un chasseur de sorcières. Nous pensons que le Chasseur a hérité de son esprit. Son corps est mort depuis longtemps, mais la Chasse a trouvé le moyen de transmettre son esprit à des gens ou des golems. Car lui, il sait comment nous traquer. Il sent nos esprits. C'est difficile de se cacher de lui.

– S'il sait chasser les sorcières, c'est parce qu'il est lui-même sorcier ? demanda Bea.

– En effet, sourit Odi. Mais il considère que ça lui vient de Dieu, dit-il en haussant les épaules. Lorsque les gens sont envahis par la haine, c'est souvent eux-mêmes qu'ils haïssent le plus. Il est dangereux. Même si, selon nous, ce n'est pas lui le vrai chef.

– Mais qui, alors ?

– Sans doute pas une seule personne, dit-il en levant une main. Plutôt un groupe secret.

Bea secoua la tête d'un air agacé.

– Il n'y a pas une réponse plus claire que ça ?

– Je crains que non, déclara Odi.

Il travailla un moment en silence à son fétiche. Bea jeta un coup d'œil à Silvis, à moitié endormie sur le vieux canapé. Le remède dont son grand-père l'avait enduite la faisait somnoler, et ses égratignures étaient déjà moins rouges. Bea s'en voulait terriblement de l'avoir blessée.

– Mais qu'est-ce qu'ils cherchent ? demanda-t-elle.

– Avant, ils voulaient juste nous tuer, répondit calmement Odi. Mais à présent, ils cherchent à nous utiliser, alors ils nous traquent pour nous prendre notre esprit.

Bea fit la grimace en déclarant :

– Je ne crois pas aux esprits.

– Toute créature vivante en possède un, répondit le vieil homme. Même les plus petites. Chaque fourmi, chaque germe, chaque œuf, chaque étincelle de vie, chaque homme, femme ou enfant. Notre esprit, c'est ce qui nous anime. C'est la vie, tout simplement. Même les bois et les rivières en ont un. Sauf toi, apparemment. Le second monde reste inconnu à la plupart des gens, mais nous autres sorciers, avons un lien avec lui. Tu en doutes encore ? Alors que tu l'as vu de tes propres yeux ?

Bea songea au garçon argenté qui courait sur la rivière, aux visages dans les buissons, aux créatures qui jouaient dans le potager de son père. Ainsi qu'à l'églantier qui avait attaqué cette pauvre Silvis.

– Et pourquoi ils veulent notre esprit ?

Odi haussa les épaules.

– Comme toujours : pour le pouvoir. Certaines personnes feraient n'importe quoi pour ça. Or, si on capture l'esprit d'un sorcier, on capture aussi son don. C'est ce qu'ils cherchent. Ils peuvent ainsi manœuvrer leurs engins grâce à notre don et gagner des guerres réelles, voire commerciales. Comment crois-tu que ces quads traversent aussi facilement la lande en pleine nuit ? D'après toi, d'où provient cette lumière qui éclaire tout ? Ces dons étaient autrefois des pouvoirs détenus par des sorciers. Maintenant, leur esprit est prisonnier de machines ou de golems. Le don de certains permet aussi de modifier la pensée. Avec les dons adéquats, ils peuvent manipuler la façon dont tu votes, ce que tu achètes, voire tes rêves. Ils peuvent remodeler le monde à leur image. Et toi, Bea... tu n'es pas n'importe quelle sorcière. Tu as le don de l'appel. Cela fait des générations que nous n'avons pas eu une sorcière comme toi. Tu es capable d'en appeler aux esprits du passé, et à ceux qui sont encore en vie. Si seulement tu maîtrisais ce don... La Chasse veut ton esprit d'incantatrice car pour l'instant, elle doit utiliser un appareil pour nous voler nos esprits. C'est lent. Si cet appareil avait le don de l'appel, son pouvoir serait mille fois plus puissant. Or la Chasse ne supporte pas qu'un pouvoir lui échappe. Elle est prête à faire n'importe quoi pour s'emparer de ton don.

– Il faut que tu viennes vivre avec nous, affirma Silvis.

Bea jeta un coup d'œil en direction de la porte. Et si ces deux-là étaient dangereux ?

Odi fronça les sourcils.

– Si tu veux courir à ta propre perte, je ne t'en empêcherai pas. Mais je ne me porte pas garant pour Silvis.

– Je ne la laisserai pas faire, déclara la fillette.

Elle décocha un sourire féroce à Bea, qui répondit par un sourire prudent, ne sachant pas si elle plaisantait ou non.

Odi sourit à son tour, mais d'un air triste.

– C'est difficile d'accepter ce que tu es, et non ce que tu croyais être, d'accepter un monde qui n'est pas comme tu le pensais. Mais Bea, quand on y pense, est-ce si surprenant que le monde contienne davantage que ce dont on a jamais rêvé ? Tu as déjà réfléchi à ça ?

Bea haussa les épaules. Peut-être qu'il disait vrai, qu'elle finirait par être d'accord avec lui. Mais pas tout de suite...

– Si seules les choses que l'on comprend existaient, comme le monde serait étriqué..., continua Odi.

Tout en parlant, le vieil homme mettait la touche finale au fétiche qu'il fabriquait. Il avait des yeux bleus et des dents jaunes, et il était aussi laid que le précédent. Odi tendit la main vers les cheveux de Bea et, d'un geste brusque, lui en arracha un.

– Aïe ! protesta-t-elle.

Silvis éclata de rire en disant :

– Il adore faire ça.

– Je suis désolé, dit Odi.

Il fixa le cheveu sur la tête du fétiche.

– C'est mieux s'il possède quelque chose qui vient de toi, expliqua-t-il.

Il lissa la surface du visage avec un doigt, l'inspecta et hocha la tête. Puis il souffla doucement dessus. Le fétiche pinça les lèvres et se mit à marmonner. Odi l'accrocha parmi les autres.

– Il a besoin de s'entretenir un peu avec ses amis. Il sera plus fort que le précédent. Dans une demi-heure, il sera à toi.

Au-dessus de sa tête, les fétiches se mirent à chantonner tout bas.

– Il te protégera de la Chasse et des esprits frappeurs, reprit Odi. Mais seulement si tu l'as tout le temps sur toi. Tout le temps, Bea, compris ? Ta vie en dépend.

Elle acquiesça. Odi se pencha vers elle et lui prit la main. Elle la retira d'un geste brusque. Il soupira.

– Je comprends, dit-il. Mais tu n'as pas beaucoup de temps. La Chasse est sur tes traces.

Bea hocha la tête, même si elle ne savait plus que croire.

– Et maintenant, je dois t'annoncer quelque chose d'encore plus difficile. Tu dois te joindre à nous. Tu dois oublier tout ce que tu as appris jusqu'à présent, et ceux que tu aimes, pour nous suivre.

– Et ma famille ? demanda Bea.

– Tu dois la quitter.

Bea recula brusquement. Ces gens étaient des fous dangereux !

– Je ne quitterai pas ma famille, déclara-t-elle d'un ton ferme.

– Tu n'as pas le choix ! s'écria Silvis. Tu ne vois donc pas que la Chasse est partout ? Elle va t'attraper.

– Je comprends ta loyauté envers ta famille, reprit le vieil homme. Je n'en attendais pas moins de toi. Mais tu dois comprendre que tu représentes un grand danger pour elle aussi. Quand je dis que tu dois la quitter, ce n'est pas simplement pour ton bien. La Chasse l'emportera, elle aussi, quand elle aura découvert où tu te trouves.

Bea avait treize ans. Elle aimait ses parents, et ses parents l'aimaient. C'était impossible de les rejeter comme ça. Même si elle buvait les paroles d'Odi et de Silvis, ça restait impossible. De ça, elle ne doutait pas.

Elle regarda la porte. Odi soupira.

– Sur la lande, l'autre jour, Bea. Tu as regardé dans mon œil. Regarde à nouveau. Je veux que tu voies le monde tel qu'il est vraiment.

Le vieil homme tapota sous l'œil qui lui restait. Bea y plongea son regard. Il était pâle et gris comme la cendre, mais aussi très lumineux. Le vieil homme s'inclina jusqu'à Bea. Malgré elle, elle se sentit attirée. Et là, elle vit...

Des mondes, des mondes et encore des mondes... jusqu'à l'infini. Plus de mondes qu'il y avait d'étoiles dans le ciel ou d'atomes dans l'univers...

Bea avait déjà vu ce spectacle sur la lande, dans l'œil d'un lièvre borgne. Elle se détourna. Elle devait partir. Tout ça était complètement fou. Elle fit deux pas en direction de la porte. Elle était confrontée à un univers dont elle n'avait jamais supposé l'existence.

# 8

Dehors, l'atmosphère avait changé. Bea sentit quelque chose sur sa peau, comme si chaque poil de son corps était en alerte. Elle leva les bras en signe d'interrogation, et un instant plus tard, tout devint clair. Elle était devenue consciente, tout simplement.

La vie était partout. Bea l'ignorait jusque-là, mais l'herbe, les haies étaient en vie. Elles contenaient des milliers de petites araignées, des millions de fourmis. Partout dans les arbres, des chenilles rongeaient les feuilles, des pucerons suçaient la sève. Dans l'air volaient toutes sortes d'insectes. Ce n'était pas leur corps que Bea voyait, mais leur esprit. Le monde s'était embrasé de toutes les vies tout autour d'elle, qui provoquaient ces sensations sur sa peau.

Elle cessa de penser à Odi et à Silvis, aux sorciers, au chien dans les bois, au fait de devenir folle. Elle descendit lentement les marches de la caravane pour être au cœur de toute cette vie.

Mais il n'y avait pas que l'esprit des animaux. Chaque plante en était dotée, elle aussi. La mousse, l'herbe, les arbres, les buissons. La vie était partout ! Bea n'avait jamais imaginé que le monde, ça puisse être ça. Il y avait une petite araignée suspendue à un fil juste devant ses yeux. Bea voyait les gouttelettes de venin sur ses crochets. Une coccinelle avança tout doucement sur une feuille près de son épaule. Elle atteignit le bord, le franchit et poursuivit sa route tête en bas. Bea voyait les cellules s'ouvrir et se refermer sur les feuilles autour d'elle comme de minuscules bouches. Elle entendait même les petits bruits qu'elles faisaient. Son ouïe était devenue si précise qu'elle percevait les sons que produisait n'importe quelle créature.

Elle avança dans l'herbe humide en direction des arbres, où elle s'arrêta. Un milliard de gouttelettes de pluie étaient suspendues au bord des feuilles, aux petites branches, aux fruits. Ses yeux se fixèrent sur une goutte. Elle la regarda grossir, éclater et tomber. Elle vit les couleurs de toutes les vies autour d'elle reflétées et déformées dans ses courbes quand la goutte heurta sa peau nue.

Elle regarda ce petit bijou étinceler. Il contenait une splendide créature, aussi délicate que de la dentelle, qui nageait à sa surface, mais percuta son bord, comme si la goutelette avait une peau. La goutte tremblota et, partout autour d'elle, la lumière se fractionna. Bea regarda d'encore plus près et vit que la goutte était pleine de vie – celle de minuscules créatures qui passaient toute leur vie dans de minuscules gouttes d'eau.

Tout à coup, si vite qu'elle sursauta, sa peau se mit à rougeoyer. Bea baissa les yeux à temps pour voir une lumière arc-en-ciel quitter sa poitrine. Un million de petits points lumineux si vifs qu'elle dut se protéger les yeux. Et comme ils atteignaient les gouttes d'eau partout sur les feuilles et dans l'air, ils s'illuminèrent à la manière de décorations de Noël.

C'était en réalité sa propre lumière, son esprit qui se déversait hors d'elle et emplissait le terrain vague d'un arc-en-ciel.

Une forme pénétra sa lumière, et Bea sursauta. Un merle. La créature eut un mouvement de surprise comme leurs deux esprits se joignaient et ils ne firent plus qu'un. Bea atterrit sur une branche et attendit que le merle se calme. Il se mit bientôt à chanter des notes superbes, puis il s'envola à travers les branches. Leurs deux esprits étaient liés, comme Silvis et Odi s'étaient liés aux lièvres sur la lande.

Ils volèrent un petit moment ensemble, portés de plus en plus haut par le vent, jusqu'à ce que le merle prenne peur. Bea le laissa alors regagner les bois tandis qu'elle continuait à s'élever dans le ciel.

Sous elle, il y avait le monde tel qu'elle le connaissait : les arbres à côté desquels son corps se trouvait toujours, le terrain vague au bord de la voie ferrée, la rivière, le parc, la ville. Plus loin, les vallées, les bois et les collines. Certains contenaient des esprits. Mais Bea ne voyait pas que le paysage, elle voyait aussi la vie qu'il abritait. Les mouches, les mites, les graines et les spores transportées par le vent. Le plancton dans un étang, les radicelles des champignons sous terre, les bulbes endormis, les graines en train d'éclore, les insectes et les animaux, les oiseaux et les plantes, les vers, les escargots. Toute cette vie qui s'offrait à elle.

Elle ne savait pas depuis combien de temps elle flottait, mais elle se rendit peu à peu compte que son esprit réintégrait le corps de la fille restée sur le terrain vague, au bord de la voie ferrée. Elle redescendit sur l'air tremblant et léger à travers les arbres et rejoignit Bea.

En se hâtant vers chez elle, elle passa non loin d'une lumière argentée près d'une barrière : Silvis. Bea se précipita sur elle, et elles tombèrent dans les bras l'une de l'autre. Elle n'essaya pas de parler. Il n'y avait pas de mots pour décrire ce qu'elle avait vu.

– Tu viens avec nous, maintenant ? supplia Silvis.

Bea fit signe que non.

Silvis pressa alors le fétiche qu'Odi lui avait fabriqué dans la main de Bea.

– Ton œil de sorcière est ouvert, désormais. Tu dois absolument garder ça avec toi. Sans le fétiche, ils te localiseront tout de suite. Promets-le-moi.

– Je te le promets.

Elle embrassa Silvis dans un élan irréfléchi puis courut jusque chez elle.

Prétextant un mal de tête, Bea passa la soirée dans sa chambre. Avant de se coucher, elle scruta la nuit, belle et pourtant si dangereuse, par sa fenêtre. Bea sentit une présence. Elle se cacha derrière les rideaux avant de jeter un nouveau coup d'œil.

Un homme immense se tenait sous le pommier du jardin. Un instant, elle crut qu'il s'agissait du Chasseur, mais son grand chapeau le trahit, ainsi que son unique œil qui brillait à la lueur de la lune.

Odi lui fit un geste de la main, puis se tourna en direction de la vallée. Ce jour était celui où l'esprit de Bea s'était ouvert pour la toute première fois, si bien qu'elle était plus vulnérable à la Chasse qu'elle ne l'avait jamais été. Alors le vieil homme veillait sur elle.

Elle se réveilla plusieurs fois dans la nuit et se leva pour regarder par la fenêtre. Un vent léger chassait de gros nuages au-dessus des collines. Odi était toujours là, immobile malgré l'humidité et le froid. Au petit matin, il avait disparu, mais le pommier était couvert d'oiseaux. Ils restèrent perchés sur les branches jusqu'à ce que la mère de Bea sorte vider le seau de compost. Ils s'envolèrent alors en direction de la vallée, tel un collier de perles noires.

Odi était resté toute la nuit dans le jardin afin de la protéger. Mais si Bea s'imaginait que le danger était passé, elle avait tort.

# 9

Les visions s'étaient faites moins vives, mais les esprits demeuraient bien présents. Ce matin-là, Bea était tout excitée. Un nouveau monde s'offrait à elle ! Elle se leva de bonne heure, engloutit son petit déjeuner et partit en exploration.

Dans les bois, les arbres lui souriaient et agitaient leurs branches à son intention. Le garçon argenté s'assit un petit moment au bord de la rivière. Bea détourna les yeux et, quand elle regarda de nouveau, il était parti. Pourtant, le rocher où il s'était tenu gardait les traces de sa présence. Qui savait, pensa-t-elle, que la rivière était vivante, elle aussi ? Les herbes tournoyaient à ses pieds, les fleurs sauvages s'inclinaient sur son passage. C'était vrai, il y avait bien un monde caché.

Elle se rendit en ville pour observer les gens. Leurs esprits brillaient d'une lumière dorée, mais chacun dégageait une couleur un peu différente. Son propre esprit était plus vif, plus clair, peut-être, avec des couleurs mêlées à l'or.

Bea voulait voir si elle était capable de repérer d'autres sorciers. Elle s'installa sur un banc dans un square et regarda les gens passer, mais elle n'en vit aucun aussi lumineux que Silvis ou elle-même. Alors elle prit la direction du parc. Elle se disait que Lars, le si beau et si attirant Lars, était peut-être un sorcier.

Comme d'habitude, il se trouvait au skatepark. Son esprit était d'un doré qui tirait vers le roux, comme ses cheveux. Il pétillait d'énergie, mais il était dépourvu de la lumière multicolore des sorciers. C'était un très beau garçon, voilà tout.

Il approcha dès qu'il la vit.

– Où tu as mis ton skate? demanda-t-il avec une petite moue boudeuse, comme si elle l'abandonnait.

Il avait sincèrement l'air vexé. Bea rougit quand il l'inspecta de la tête aux pieds : elle portait un jean slim et un T-shirt. Sans même s'en rendre compte, elle n'avait pas enfilé ses vêtements amples de skateuse.

– Je m'y remets demain. J'ai bien droit à un jour de repos, non?

– Bien sûr. Ça fait du bien de s'arrêter, de temps en temps. Ça permet de digérer la nouveauté.

Il coinça une mèche de cheveux roux derrière une oreille et fila vers les rampes.

Bea rentra chez elle. Elle avait adoré les moments passés avec Lars. Il avait été le premier garçon à lui plaire. Mais les choses changeaient, et vite. Jusque-là, sa vie s'était déroulée dans un seul monde. Maintenant, elle avait un pied dans un autre. Un second monde, un monde que seules des personnes comme elle pouvaient voir.

«Je suis une sorcière», se dit-elle.

Pour la première fois, elle comprenait à quel point c'était vrai. Elle voyait ce que d'autres ne voyaient pas. Elle avait un don qu'ils ne pouvaient comprendre. Elle appréhendait le monde d'une façon que ceux qui n'étaient pas sorciers ne connaîtraient jamais. Elle s'arrêta au bord de la rivière et ferma les yeux avant de s'attaquer à la colline pour rentrer chez elle. La vie qui chantait tout autour d'elle emplissait ses veines. La rivière, les poissons qui nageaient, l'air qui soufflait à sa surface, les insectes qui volaient au-dessus.

Elle était une sorcière. Pour de vrai. Et tout autour d'elle, des mondes dans des mondes dans des mondes étaient emplis de la vie des esprits, qu'elle était la seule à pouvoir tirer de leur sommeil !

# 10

Le lendemain, à son réveil, Bea découvrit sa mère près de son lit.

– Qu'est-ce qu'il y a ? grogna-t-elle.

– Tu as de la visite. Une fille plus jeune que toi attend dehors. Elle dit que tu lui as promis de lui apprendre à faire du skate.

Ça ne pouvait être que Silvis.

– J'arrive, répondit Bea.

– Elle est un peu bizarre, non ? lança sa mère, puis elle se tut, histoire de voir si Bea acceptait de lui en dire plus.

Ce ne fut pas le cas.

« Bien sûr qu'elle est bizarre, pensa Bea. C'est une sorcière ! »

Son cœur battait très fort. Elle rejeta sa couette et s'habilla en vitesse.

Silvis l'attendait sur le canapé avec le petit Michael sur les genoux qui essayait de lui sucer le nez. Il avait découvert ça quelques jours plus tôt, et il tentait sa chance avec tout le monde.

Sa mère resta en retrait.

– Voilà enfin Bea, annonça-t-elle. Silvis, tu l'attendais depuis des heures, n'est-ce pas ? Apparemment, tu as vraiment très envie d'apprendre à faire du skate.

Silvis lança un regard suppliant à Bea. Elle était toute pâle. Comme s'il percevait son anxiété, Michael passa ses bras autour de son cou et se blottit contre elle.

– Michael t'apprécie vraiment, Silvis, reprit sa mère. Mais je vais devoir vous séparer. Aujourd'hui, il va chez sa nourrice.

Quand elle voulut le récupérer, il se mit à pleurer. Silvis enfouit le visage dans son cou puis souffla très fort, ce qui le fit éclater de rire.

– Tu es un bébé formidable ! cria sa mère en le soulevant dans les airs. Je pourrais te dévorer ! Toi aussi, ma chérie, dit-elle à Bea.

Elle passa un bras autour de sa fille et déposa un baiser sur sa joue. Bea, qui se souvint à quel point les sorciers voulaient lui faire quitter sa famille, se serra contre sa mère. Oui, une nouvelle vie l'attendait. Oui, elle était une sorcière. Et pourtant, sa famille, c'était toute sa vie. Des gens qui l'aimaient, et qu'elle aimait de tout son cœur.

– Tu dois d'abord prendre un petit déjeuner, lui dit sa mère en levant la voix pour couvrir les cris du petit Michael. Toi aussi, tu dois avoir faim, Silvis, non ? ajouta-t-elle en jetant un coup d'œil aux bras et aux jambes maigres de la fillette.

– Non madame, je n'ai pas faim, merci, répondit cette dernière.

– Je n'y crois pas une seule seconde, rétorqua Kelsey. Bea, débrouille-toi pour que Silvis mange quelque chose, et toi aussi. Des œufs, des céréales, ce que vous voulez. Je file chez la nourrice. J'ai enfin une journée de liberté pour écrire !

Elle lança joyeusement Michael en l'air. Elle avait mis en sommeil son métier de script pour la télévision le temps que

Michael grandisse, mais sa réelle passion, c'était la poésie. Elle avait déjà publié deux recueils et espérait profiter de cette pause pour un troisième. Jusque-là, ça n'avait guère été possible.

Elle quitta la pièce sous les cris de protestation du petit garçon. Silvis s'approcha de Bea.

– Tu as vu le ciel ? souffla-t-elle.

Bea alla voir par la fenêtre. Il était très animé.

Ce n'était pas simplement une scène, mais un paysage tout entier. Par-dessus les sycomores, il y avait un océan et des montagnes. La fille qu'elle voyait dans le ciel depuis une semaine était partout. Allongée sur la plage avec sa famille, assise sur un banc d'école, agenouillée en train de pleurer. Mais aussi plus âgée, qui marchait main dans la main avec un homme. Ailleurs, elle se maquillait. Et encore autre part, elle...

Il y avait trop de scènes pour les dénombrer. Le ciel en était rempli.

– Elle est en train de mourir, dit Silvis.

– Qui ça ?

– Mais je te l'ai dit ! Ma grand-mère ! Elle voudrait te voir. Je t'en supplie, viens.

Bea réfléchit. Une sorcière mourante qui voulait la voir, ça n'inspirait guère confiance.

– Et pourquoi ?

– Le troisième lièvre, c'était elle. Celui que les chiens ont attrapé, expliqua Silvis. Tu te souviens ?

Tout à coup, ses yeux s'emplirent de larmes.

– Je viendrai bientôt, déclara Bea.

– Non, tout de suite, dit Silvis en la tirant par le bras.

Bea posa un doigt sur ses lèvres et alla voir où en était sa mère, qui préparait toujours Michael. Elle enfila ses baskets et elles voulurent filer toutes deux par la porte d'entrée. Mais son père montait justement les marches du perron.

– Bea… Tu tombes bien.

C'était bien sa chance. Son père allait vouloir l'embaucher à la boutique pour la journée.

– Je n'ai pas le temps, je sors, lâcha-t-elle.

Mais elle se trompait.

– J'ai un cadeau pour toi, dit-il en cherchant dans sa poche. J'ai terminé ça ce matin et j'ai tout de suite su que ça t'était destiné.

Il lui montra un collier composé de sept petites pierres polies de couleur verte, jaune, marron et beige. Simple, mais adorable.

Bea tendit la main, et son père entremêla le collier dans ses doigts. Elle n'en revenait pas de ce cadeau.

– Merci beaucoup, dit-elle.

Elle jeta un coup d'œil à Silvis, qui avait l'air fascinée.

– Merci beaucoup, répéta-t-elle.

Elle avait envie de dire à son père quel point ce collier lui plaisait, mais elle ne trouvait pas les mots. Il se contenta de sourire fièrement. Elle sous-estimait souvent son père. Et pourtant, voici ce dont il était capable.

Sa mère les rejoignit, et son regard fut aussitôt attiré par le collier.

– C'est pour Bea ? Oh mon Dieu, il est splendide !

– Je suis bien d'accord, renchérit son père.

Toutes trois le regardaient. Son père ne se vantait jamais, d'habitude. Il leur sourit en clignant des yeux derrière ses lunettes.

– D'où viennent ces pierres ? s'enquit Silvis.

– Ce sont des pierres de rivière, expliqua-t-il. Je les ai ramassées au bord de l'eau, puis polies... et voilà le résultat.

– Tu es vraiment doué, déclara la mère de Bea en déposant un baiser sur sa joue puis en lui passant une main dans les cheveux. Mon mari est un sorcier ! Il transforme des cailloux en bijoux ! Bea, tu dois le porter ! Sinon, je te promets qu'il va disparaître et réapparaître comme par magie à mon cou !

Bea recevait souvent des cadeaux de son père, mais la plupart restaient dans sa chambre.

Elle mit le collier. Les petites pierres se déposèrent délicatement au creux de son cou comme autant de baisers.

– Oh mon Dieu, je suis en retard, dit sa mère en envoyant des baisers à son mari, Bea et Silvis.

Elle courut vers sa voiture.

– Il t'était destiné, dit son père en souriant.

– Merci. Je le trouve très beau.

Il hocha la tête sans se départir de son petit sourire. Puis il fit demi-tour en direction de sa boutique.

– Je n'avais jamais vu d'objet aussi beau. Peut-être que ton père est vraiment sorcier, tu sais. On va montrer ça à Odi. Allez, viens ! fit Silvis.

Elle attrapa Bea par le coude et l'entraîna dans la rue.

Bea n'avait aucune idée de là où elles allaient, mais le trajet se révéla plus court qu'elle le craignait : à peine vingt minutes à pied.

Heptonstall était un vieux village avec des ruelles pavées et de hautes maisons en pierre adossées les unes aux autres. Les grands-parents de Silvis habitaient en face d'un pub dans une rangée d'habitations mitoyennes. La fillette ouvrit une porte et mena Bea dans un petit couloir jusqu'à un escalier en colimaçon qui débouchait sur une cave voûtée faisant office de cuisine, puis dans un jardin. Comme presque toutes les maisons des environs, celle-ci était construite à flanc de colline, si bien qu'à l'arrière elle était plus basse que sur le devant.

Dans le jardin, un couple écossait des petits pois. Bea les avait déjà croisés en ville.

On ne pouvait que se souvenir de la femme.

Elle était petite, sans doute pas plus d'un mètre cinquante, vêtue d'un pantalon et d'un pull sombre, avec des cheveux gris et courts – une coupe plutôt masculine. Elle était très musclée et plissait sans cesse le front. Mais ce qui était extraordinaire, c'est qu'elle avait des mains de taille différente. La gauche était de taille normale, mais la droite immense, presque deux fois plus grosse que l'autre.

L'homme quant à lui était grand, la peau mate, avec de très beaux cheveux argentés. Il avait sans doute quelques années de moins que la femme. Il portait des vêtements beige foncé, et il avait d'incroyables yeux verts pétillants. Il se leva pour les accueillir.

– Voici la nouvelle ! s'écria-t-il. Tu es plus que la bienvenue !

Il serra chaleureusement Bea puis s'écarta pour lui sourire. Silvis apprit à Bea qu'ils s'appelaient Frey et Tyra.

– Ce sont des sorciers comme nous, annonça-t-elle fièrement.

De son siège, Tyra lança :

– Elle va rester vivre ici ?

– Tyra, la reprit Frey d'un ton de reproche.

– Elle n'a pas encore dit oui, répondit Silvis.

– Dans ce cas, c'est une idiote, lâcha Tyra en se concentrant de nouveau sur les petits pois.

– Elle vient voir grand-mère, dit Silvis.

– Jenny se repose, lança Tyra.

Mais Frey déclara :

– Je ne veux pas être celui qui l'aura empêchée de voir Bea. Allez, viens.

Silvis prit Bea par la main et emboîta le pas à Frey, mais ce dernier lui dit :

– Je pense que pour une première fois, elle préférerait voir Bea seule.

– Et si c'était la dernière fois ? se plaignit Silvis.

Néanmoins, Silvis laissa Bea suivre seule le grand type dans l'escalier.

Ils montèrent d'abord une série de marches, descendirent ensuite un escalier puis longèrent deux couloirs successifs jusqu'à un palier, où il s'arrêta.

– Tu es au courant qu'elle est mourante ? dit-il.

– Silvis m'a prévenue.

– Elle sera contente de te voir. Tu sais ce qui est en train de se passer, n'est-ce pas ? Quand une sorcière meurt, ses souvenirs s'envolent.

– C'est comme oublier ? demanda Bea.

– Plutôt comme partager.

Il regarda par une fenêtre. Une jeune femme dansait dans le ciel. Des feuilles d'automne tombaient sur une clairière. La même femme plus âgée embrassait son amant si fougueusement que Bea en rougit.

– Sa vie est dépeinte dans le ciel à destination de ceux qui sont capables de la voir, expliqua Frey en lui serrant l'épaule. Nous sommes si peu nombreux, maintenant. C'est bien d'avoir une nouvelle recrue ! Une incantatrice, en plus ! Ce n'est pas rien !

Il jeta un regard inquiet à Bea avant de frapper quelques coups discrets à la porte.

– Elle s'appelle Jenny, dit-il. Elle t'attend.

Il ouvrit la porte et se glissa sur le côté pour permettre à Bea de passer.

Elle s'arrêta quelques instants sur le seuil. La fenêtre était ouverte, ce qui laissait entrer un peu d'air frais. Bea n'avait encore jamais vu personne en train de mourir. Elle prit une grande bouffée d'air.

La pièce était uniquement éclairée par une veilleuse près du lit et un rayon de lumière qui filtrait entre les rideaux. Pourtant, les ombres y paraissaient vivantes – à mesure que ses souvenirs quittaient la vieille sorcière, ceux-ci se déplaçaient à la manière de fantômes colorés, flous, sonores et odorants, comme s'ils cherchaient quelle forme prendre. Puis, en atteignant la fenêtre, ils bondissaient vers le ciel et prenaient vie. Le rideau s'agitait sur leur passage.

Bea attendit que ses yeux s'accoutument. Un grand lit se dressait au centre de la pièce, avec une chaise de chaque côté. Il y avait aussi une armoire, une commode et deux tables de chevet. C'était une chambre très ordinaire. Une vieille dame était couchée là, un chapeau en feutre sur la tête. Elle fit un petit sourire à Bea.

Bea s'assit sur la chaise la plus proche du lit. La vieille dame lui tendit une main aussi décharnée qu'une serre, que Bea saisit.

– Je tenais à te remercier, déclara la vieille sorcière.

Bea acquiesça en essayant de ne pas se laisser distraire par les souvenirs de Jenny qui traversaient la chambre.

– Je suis désolée que le chien vous ait attrapée, dit-elle.

Jenny sourit avant de répondre :

– Je n'ai pas à me plaindre. J'ai eu une vie bien remplie. J'espère juste que la tienne sera aussi longue et intéressante.

La peau de la vieille dame était si fine qu'on devinait ses os. Elle avait les yeux enfoncés, et chaque creux de son corps, ses clavicules et ses orbites, semblait plongé dans l'ombre.

« C'est donc à ça que ressemble la mort », pensa Bea.

– Je n'en ai plus pour longtemps, reprit Jenny.

– Qu'est-ce que..., commença Bea, qui s'interrompit aussitôt.

Elle était sur le point de demander ce que ça faisait de mourir, mais se rappela à temps ses bonnes manières.

– J'ai connu des moments plus plaisants, ça c'est sûr, fit Jenny avec un faible sourire.

Bea se sentit tout à coup pleine de regrets. Si elle avait réagi plus tôt, elle aurait peut-être pu sauver Jenny, elle aussi.

– Ce n'est pas ta faute, reprit la vieille dame, comme si elle lisait dans les pensées de Bea. Mais écoute-moi, écoute-moi bien. Tu es quelqu'un d'important. Pas seulement pour toi. Pour nous tous.

– Je n'ai jamais été importante, se lamenta Bea.

Ce qu'elle voulait dire, en fait, c'est qu'elle n'avait plus envie de le devenir, tout à coup.

– On ne choisit pas son destin, déclara Jenny. Tu trouves ça amusant, d'être une enfant ? Tu viens de découvrir que ton esprit pouvait explorer autant de mondes qu'il le souhaite.

– Vous ne savez même pas qui je suis, protesta Bea.

Car elle devinait ce que la vieille dame allait dire, et elle ne voulait pas l'entendre.

– Si, je sais qui tu es.

Bea soupira. Cette femme lui parlait comme si elle la

connaissait depuis toujours, alors qu'elles venaient à peine de se rencontrer. Mais tant de choses impossibles se produisaient à présent qu'elle était prête à tout entendre.

– Odi est persuadé que tu participeras à la fin de notre guerre contre la Chasse, d'une manière ou d'une autre. Quel y sera ton rôle, ça, je l'ignore, mais tu as déjà sauvé la vie de deux membres de ma famille, ce dont je te suis très reconnaissante.

Bea aperçut des pansements sur ses bras. Jenny remonta aussitôt les couvertures pour les cacher.

– Je m'en veux pour le lièvre, reprit Jenny. Il est mort sur la lande ce jour-là à cause de moi. Si je ne m'étais pas liée à lui, il serait encore vivant.

Elle se tut et ne bougea plus. Au bout de quelques instants, Bea se demanda si elle dormait ou si elle était morte. Elle voulut retirer sa main, mais la vieille dame la retint.

– Nous avions tant couru ce jour-là, continua Jenny. Nous étions à bout de forces quand nous t'avons rencontrée. Aucun de nous n'aurait imaginé croiser une sorcière jusqu'à ce qu'Odi te voie le regarder dans l'œil. Là, il a vu ton esprit. Silvis a compris, elle aussi. Elle a bondi sur tes genoux. Elle t'a adoptée sur-le-champ.

Bea acquiesça. Jenny se tut le temps de reprendre quelques forces.

– J'ai cru mourir quand le chien m'a attrapée, mais tu m'as offert la possibilité de finir ma vie dans mon lit. Alors Bea, je suis si heureuse d'avoir eu le temps de faire ta connaissance. C'est une chose merveilleuse que d'être sauvée par une enfant ! Et c'est une chose merveilleuse de voir une incantatrice parmi nous.

Elle se tut un long moment avant de reprendre :

– Il s'est produit des événements terribles, et d'autres se

produiront encore. Mais je suis contente que tu sois là. Je te souhaite toute la réussite, ma chérie.

Ce que ça signifiait, Bea l'ignorait totalement. Néanmoins, elle sentit ces paroles la pénétrer et comprit qu'elles venaient droit du cœur. Elle ressentit aussitôt de l'amour pour Jenny. Toutes deux restèrent dans la pénombre, main dans la main, jusqu'à ce que des petits coups retentissent à la porte : Frey venait la chercher. Avant le départ de Bea, Jenny agita la main.

– Ton collier… il est ravissant, souffla-t-elle. D'où vient-il ?

– C'est mon père qui l'a fait. Il me l'a offert ce matin, annonça fièrement Bea.

Jenny tourna la tête sur l'oreiller. La lumière de la porte éclaira le blanc de ses yeux.

– Dans ce cas, ton père est un sorcier, déclara-t-elle.

Son père ? Cet individu si lisse et sans histoire ?

– Comment le savez-vous ?

Mais Jenny était épuisée. Frey fit sortir Bea. Sur le palier, elle l'interrogea :

– Pourquoi elle a dit ça sur mon père ?

Frey scruta avec attention le collier de pierres à son cou.

– Je ne sais pas. Peut-être qu'Odi pourra nous en dire plus.

Ils se rendirent à la cuisine, mais Odi était sorti. Tyra et Silvis examinèrent les pierres sans être capables de dire ce que Jenny y avait vu.

Bea était ravie de ne pas être la seule sorcière de sa famille. Peut-être qu'ainsi elle ne serait pas obligée de la quitter. Car sa famille avait besoin d'aide, elle aussi. Bea rêvait d'en savoir plus.

# 11

Salem Row se composait en réalité de trois maisons reliées entre elles de façon à n'en former qu'une seule. Il y avait huit chambres en tout, neuf si on comptait l'atelier d'Odi. C'était un labyrinthe de couloirs et de pièces de tailles diverses, avec un salon aussi vaste qu'une petite chapelle où la cheminée aurait pu contenir un canapé. Au sous-sol, il y avait aussi une salle à manger et la cuisine nichées sous des plafonds voûtés en pierre noire.

Silvis vivait avec Odi et Jenny. Autrefois, elle habitait la maison du centre avec ses parents, son frère et sa sœur, mais ils avaient été emportés par la Chasse lors d'un voyage dans le Nord. Ils avaient été traqués sur plusieurs comtés avant d'être faits prisonniers. Silvis n'avait alors que dix-huit mois, elle était donc restée à Salem Row. Elle n'avait aucun souvenir de ses parents. Pourtant, elle confia à Bea que, lorsqu'elle n'avait pas le moral, elle regrettait de ne pas être partie avec eux. Au moins, comme ça, ils auraient été réunis.

– J'ai toujours rêvé d'avoir au moins une grande sœur, dit-elle avec un sourire timide à Bea en lui faisant visiter leurs chambres laissées telles quelles. Il y avait encore là des livres, des jouets, des photos et des posters au mur… Tout était à sa place, quand bien même leurs propriétaires ne rentreraient plus jamais. La poussière s'était déposée partout, et il y faisait humide parce que le chauffage n'était jamais allumé. Silvis venait parfois jouer avec les objets de son frère et de sa sœur, ou bien elle allait s'asseoir dans la chambre de ses parents pour regarder les albums de photos en déplorant de n'avoir aucun souvenir de toutes ces scènes.

La troisième maison, qui était aussi la plus petite, était occupée par Tyra et Frey.

Par le passé, Salem Row avait abrité jusqu'à quatre ou cinq familles de sorciers. Ils partageaient alors leurs repas dans la grande salle qui s'étirait sur deux maisons et, le soir, il y avait de la musique et des jeux dans le salon d'Odi et Jenny. À présent, à cause de la Chasse, l'endroit était bien plus calme. Cette étrange maison vide fit mesurer à Bea à quel point la persécution avait été impitoyable.

Il y avait à Salem Row deux autres sorcières : les sœurs Flint, qui avaient renoncé à la vie pour se dédier à une étrange invention installée sous terre que les sorciers appelaient l'Épouvantail.

– C'est ce qui nous protège de la Chasse. Sans l'Épouvantail, on serait tous morts. C'est une créature à moitié machine, à moitié esprit, à moitié humaine.

– Ce qui fait trois moitiés, rit Bea.

– Je te l'ai dit, c'est quelque chose d'incroyable !

Les sorciers possédaient également un jardin avec des arbres fruitiers, des serres et même des animaux. Il avait beau être exposé au nord, il était incroyablement fertile. C'était presque l'automne : partout ailleurs, la nature se mettait au repos. Et pourtant, Frey, lui, continuait à semer.

Ce n'était pas la seule merveille de Salem Row. Quand elles

se glissèrent dans le verger, Silvis demanda à Bea de regarder un pommier avec attention. Au début, Bea ne comprit pas pourquoi : il ressemblait en tout point aux autres, avec ses pommes presque mûres encore suspendues aux branches.

– Regarde avec ton œil de sorcière, lui conseilla Silvis.

Bea se concentra. Elle savait à présent que les choses n'étaient pas toujours ce qu'elles semblaient être. Et tout à coup, elle vit ce qu'il y avait vraiment là.

– Des pêches ! s'exclama-t-elle.

Il était impossible que des pêches poussent dans un climat aussi froid. Elles en cueillirent deux. Les fruits étaient lourds et sucrés, tout chauds, comme s'ils provenaient d'un arbre au soleil du sud de la France.

– On les cache, dit Silvis. La Chasse comprendrait tout de suite ce qui se passe si elle voyait des pêches sur un arbre dans le Yorkshire !

Il y avait aussi des chèvres, ce qui permettait d'avoir du lait, du beurre et du fromage, des poules pour les œufs, des canards et des oies dans un champ. Les esprits y étaient plus animés qu'ailleurs, et parfois, ils s'échappaient même de leurs petits corps. Bea aperçut une bande de fées blanches traverser en direction d'un étang boueux. Elle en eut le souffle coupé, et se tourna vers Silvis.

– Regarde ! Des fées !

Pas de doute, c'étaient des fées avec leurs ailes couvertes de plumes blanches, leurs petites jambes et jupes en pétales de fleurs. Silvis se retourna et haussa les épaules.

– Ce sont juste des canards, dit-elle. Écoute bien.

Bea tendit l'oreille et, en effet, les jolies fées cancanaient. En réalité, il s'agissait de canetons encore couverts de leur duvet qui couraient rejoindre leur mère dodue sur l'étang.

Bea fut déçue.

– Ça veut dire que les fées, ça n'existe pas ? demanda-t-elle.

– Ne sois pas stupide ! Tes yeux te jouent des tours, c'est tout. Un jour, j'ai cru voir un ange descendre des cieux, j'étais terrifiée ! En fait, c'était juste une mouette qui essayait de me voler mon sandwich.

Au cours de leur promenade, Silvis lui en apprit davantage sur le monde des sorciers. Odi, qui était simultanément dans tous les mondes possibles et qui connaissait tout, était en général incapable de se rappeler où il se trouvait. Le don de Frey, c'était de faire pousser les plantes. C'est grâce à lui que le jardin était aussi fertile. Et la main droite géante de Tyra, déclara Silvis, possédait un esprit et une force insensée. Elle était aussi capable de jeter des sorts qui figeaient n'importe quoi sur place.

Elle lui parla de ses parents. William, son père, avait le don de la lumière, ce qui lui permettait d'éclairer partout autour de lui. Ce don, précisa-t-elle, était celui que la Chasse avait utilisé sur la lande ce soir-là, quand Bea en avait appelé aux cerfs.

– Au moins, ça signifie que son esprit est toujours en vie, fit tristement Silvis.

Elle ignorait si la Chasse avait mis un autre esprit dans son corps pour servir de golem, ou s'il était vraiment mort.

Il y avait aussi sa tante Helen, capable de faire la même chose avec les ténèbres. Sa mère, elle, pouvait obtenir n'importe quoi de l'eau.

Et tant d'autres, eux aussi perdus à jamais. Drue, capable de voyager sous terre, l'univers des morts. Cherry, qui avait trois apparences : femme, chat et oiseau. Olwyn...

– Un truc en rapport avec le sexe, dit tout bas Silvis.

Il y avait aussi Arthur, capable d'endormir tout ce qu'il

voulait. Avis, qui pouvait faire danser n'importe quoi. Ambrose, qui savait faire pousser des choses sans qu'elles aient besoin de boire ou de manger. Il y avait aussi des sorciers de la magie noire, capables d'attirer la mort et la maladie, de détruire une moisson, de briser des liens d'amour ou d'amitié. Chacun avait un don particulier, certains plus rares que d'autres. La plupart impliquaient un lien avec une forme d'esprit : de chat, de chien, de cerf ou d'oiseau.

Odi avait un frère, Lok, qui pouvait prendre toutes les apparences qu'il souhaitait, mais qui n'avait pas de forme propre. La seule façon de s'assurer que c'était bien lui, c'était de deviner la présence de son visage double : l'un devant, l'autre derrière. Son esprit occupait le second, la seule partie de lui qu'il ne pouvait ni modifier, ni regarder. Mais le visage préférait disparaître plutôt que de se laisser voir, comme s'il avait honte.

– C'est lui qui a créé l'Épouvantail, expliqua Silvis. Mais ensuite, il nous a trahis pour rejoindre la Chasse.

– Et qu'est-ce qui lui est arrivé ?

Silvis haussa les épaules.

– Ils l'ont pris. Ils voulaient son esprit, alors ils le lui ont volé. C'est leur méthode.

– Dans ce cas, pourquoi il les a rejoints ?

– Je ne l'ai pas connu, mais on dit qu'il aimait trop l'argent. La Chasse lui a sans doute fait une promesse qu'elle n'a jamais tenue. Personne n'a compris ses motivations.

– Et toi ? demanda Bea. Tu es une sorcière, toi aussi. Alors quel est ton don ?

Silvis devint toute rouge.

– Je ne suis pas vraiment une sorcière, avoua-t-elle. J'ai accès au second monde, je connais quelques petits trucs, mais c'est tout. J'ai une voix. Pas du tout comme la tienne.

– À quoi elle sert ? demanda Bea.

– Oh, pas à grand-chose, répondit Silvis en rougissant de nouveau.

– Montre-moi, la supplia Bea.

Elle eut du mal à convaincre Silvis. Mais comme elles revenaient sur leurs pas, Silvis lui fit faire un crochet par une rangée de maisons avec vue sur les champs. Il y avait là un clapier à lapins adossé à une cabane. Silvis et Bea se cachèrent derrière la haie.

– Regarde, murmura Silvis.

Elle ouvrit la bouche et libéra le plus extraordinaire et le plus beau des sons, une note si parfaite qu'on eût pu douter qu'elle était née d'une voix humaine. Elle s'éleva dans les airs et résonna dans les arbres, l'herbe, l'air. La haie frémit en rythme. Même quand Silvis eut refermé la bouche, la note resta en suspens. Si claire, si pure, si belle.

La trappe du clapier s'ouvrit d'un coup et Peter Rabbit, l'animal de compagnie du petit garçon qui habitait là, sortit d'un bond joyeux pour aller dévorer les laitues de Frey.

Silvis gloussa.

– Les parents de ce petit garçon mettent tout le temps des nouveaux loquets au clapier, et ils ne comprennent jamais comment il parvient à s'échapper.

Bea éclata de rire.

– De toute façon, ils le maltraitent, ce lapin, lâcha la fillette.

Le lapin passait presque tout son temps dans une cage sale, alors Silvis chantait pour le libérer. Peter Rabbit avait la réputation d'être un maître de l'évasion.

– Tu vois, je suis juste capable d'ouvrir des clapiers de lapin.

Silvis dit ça avec un tel dégoût que Bea éclata de nouveau de rire.

– Tu ne peux pas ouvrir d'autres portes ? s'enquit-elle.

– Pas vraiment, gémit Silvis en se remettant en route. Je ne sais même pas chanter. Je ne peux produire qu'une seule note. Peut-être que ça viendra avec l'âge. Odi dit que ma voix a du pouvoir, mais que, va savoir pourquoi, je n'y ai pas accès. En même temps, Odi raconte tellement de choses…

Bea était toujours sous le charme.

– Peut-être que la beauté, c'est un don en soi, dit-elle.

Ce qui était clair, c'est qu'il s'agissait du son le plus beau qu'elle ait jamais entendu.

Silvis se blottit contre elle, enfouissant son petit visage dans l'épaule de Bea. C'était une drôle de créature, mais tellement adorable. Bea l'aimait déjà.

# 12

Elles revinrent juste à temps pour le déjeuner, qu'ils prirent tous ensemble dans le jardin. Bea en profita pour montrer à Odi le collier fabriqué par son père.

Il le tourna et le retourna dans ses mains sans rien dire, puis afficha un grand sourire.

– Ces pierres ne boivent pas, ne mangent pas. Elles ne peuvent ni bouger, ni penser, ni ressentir. Et pourtant, elles sont vivantes. C'est difficile d'imaginer une pierre en tant qu'être vivant, pourtant, elles le sont autant que toi ou moi. Elles ont un esprit. Or un esprit de pierre, c'est très rare, et difficile à repérer, aussi. Je n'en ai jamais vu que deux dans ma vie, cependant, ton père en a trouvé sept au bord d'une rivière. Et surtout, elles se sont laissé trouver. (Il observait le collier avec des yeux pleins d'amour.) Oui, en fait, c'est elles qui lui ont permis de les trouver. Bea, ce collier est un objet très précieux.

Bea observa le collier, à la fois si simple et si joli. Ces pierres étaient vivantes, selon Odi, ce qui signifiait quelque chose d'essentiel.

– Mon père est un sorcier, lui aussi ! s'exclama-t-elle. Je ne suis pas la seule de ma famille !

Odi lui lança un regard plein d'affection.

– En effet. Mais ne sois pas déçue s'il n'en a pas conscience. C'est terrifiant de découvrir un monde parallèle à celui que nous connaissons tous. Il a peut-être enfoui ça toute sa vie très profond en lui, et ça pourrait être dangereux de lui en faire la révélation trop vite. Il va avoir besoin de temps.

– Et quel est son don ?

Odi observa les pierres à la lumière.

– Selon moi, la beauté. Cela ne te paraît pas évident ?

Bea était déçue.

– C'est tout ?

Les sorciers éclatèrent de rire.

– Ça ne suffit pas ? demanda Frey.

Odi lui rendit son collier.

– Nos dons dépendent de notre relation avec le monde des esprits. Les pierres aiment ton père. Puisqu'elles sont incapables de bouger et de s'exprimer, tout ce qu'elles peuvent faire, c'est lui montrer leur vraie nature. Tu ne trouves pas que c'est une magie suffisante ?

– Ton père a de la chance, dit Frey en se levant. Son don est encore apprécié en ce bas monde. J'aimerais tant qu'il en soit de même pour nous autres.

– Nous ne savons pas encore tout. Ces pierres pourraient avoir une autre fonction. Peut-être qu'elles portent bonheur. Le temps nous le dira. Mais Bea, quand tu portes ce collier, tu dois encore plus veiller à avoir le fétiche avec toi. Car si quelqu'un de la Chasse repère ces pierres…

– Vous allez protéger mon père, n'est-ce pas ? demanda-t-elle. Il a besoin d'un fétiche, lui aussi, non ? Il faut le sauver !

Odi la regarda d'un air songeur.

– Pas nécessairement. La Chasse ne le repérera que s'il prend conscience de son don. Quant à le sauver… S'il le souhaite, oui. Mais nous ne le forcerons pas, Bea. Tu dois comprendre ça.

Elle hocha de nouveau la tête et remit le collier à son cou. Pendant tout le repas, elle ne cessa de caresser les pierres. Elle avait confiance en son père : elle ne doutait pas qu'il s'éveillerait à son don.

Ils déjeunèrent de pain fait maison avec une soupe épaisse de légumes. C'était délicieux, se dit Bea. Un vrai nectar des dieux. Avant le repas, Frey insista pour remercier les plantes et les animaux qui avaient été sacrifiés pour leur offrir ce repas. Des grâces en mode sorcier.

Au déjeuner, ils posèrent des questions à Bea sur sa famille, ses amis, l'école, ce qu'elle pensait de leur jardin. Après la soupe, ils eurent droit à du fromage, des biscuits et des fruits. Tyra but trois bières, et les sorciers racontèrent des bribes de leur histoire à Bea.

Ils étaient persécutés depuis des millénaires – depuis que les chrétiens avaient voulu imposer en Europe l'idée d'un dieu unique.

– Un dieu jaloux, aussi, déclara Tyra. Ce qui n'a pas de sens pour nous.

Elle prit une nouvelle gorgée de bière en regardant Bea à travers la bouteille, puis continua :

– Pour les sorciers, tous les esprits sont un dieu en soi, mais pour les chrétiens, les esprits autres qu'humains sont des diables, des farfadets, des anges déchus – des ennemis de leur dieu unique. Alors les gens se sont mis à dénigrer le second monde. Ils ont aussi commencé à croire que ceux qui communiquaient avec ces esprits étaient l'incarnation du diable. À mesure que l'Église a accru son emprise sur les populations, les sorciers se sont faits de plus en plus discrets. Ceux qui voyaient les esprits ont appris à se taire. L'autre solution, c'était la prison, la torture ou la mort. À son heure de gloire, la Chasse assassinait les sorciers par milliers.

– Nous n'avons jamais été nombreux, déclara Odi. Mais à partir de là, nous sommes devenus très rares, et beaucoup de dons ont disparu. Y compris les incantatrices, dit-il en fixant Bea de son seul œil. Au final, nous étions si peu et nous avions si bien appris à nous cacher que les gens ont cessé de croire à notre réalité. C'était comme si nous avions cessé d'exister.

– Mais la Chasse, elle, n'a jamais arrêté de nous traquer, compléta Tyra.

– Elle nous cherche sans relâche, reprit Odi. Elle a des membres au sein des gouvernements, des armées, des polices, des magistratures. En apparence, la Chasse aux sorciers est terminée, puisque les sorciers ont tout simplement disparu. En réalité, ils continuent à mourir en prison, dans des accidents de voiture, par noyade. Assassinés pour des crimes qu'ils n'ont pas commis. Même dans un monde où seuls nos ennemis croient en nous, nous sommes traqués. Mais nous avons la chance d'avoir…

– L'Épouvantail ! Parlez-lui de l'Épouvantail ! supplia Silvis.

– Pour ce que ça nous a apporté, renifla Tyra avec un coup d'œil à Odi. L'Épouvantail devait nous permettre de vivre en sécurité.

– Et ça a été le cas. C'est toujours le cas, protesta Frey. La Chasse se rapproche, Tyra. Tu le sais.

L'Épouvantail avait été conçu pendant la Seconde Guerre mondiale par Odi et son frère Lok, le génie mais aussi le traître Lok, qui ne possédait pas de forme propre, mais qui était capable d'adopter toutes celles qu'il souhaitait. Il avait été le premier à avoir eu l'idée d'enfermer un esprit dans une machine. Il avait toujours adoré les inventions. Mais avant lui, personne n'avait songé à utiliser des esprits dans des machines.

– Emprisonner un esprit est un acte terrible, déclara Frey. Par le passé, il nous est arrivé d'enfermer l'esprit de délinquants dans un arbre ou dans une pierre. C'était une sorte de prison. Mais ça n'a jamais été qu'en dernier recours. Utiliser la vie pour faire fonctionner une machine... Ça, c'était nouveau. Personne n'y avait pensé avant.

– Ce n'était pas simplement une vie, continua Tyra. C'était une vie de sorcier. Lok voulait donner à une machine les pouvoirs d'un esprit de sorcier. Je n'aurais jamais dû faire confiance à un homme qui n'a pas de forme.

– Ça n'enchantait personne, mais nous avons trouvé un moyen de contourner nos réticences, renchérit Odi. Le sorcier en question devait être d'accord. Et deux d'entre nous ont accepté de se dévouer.

– Les sœurs Flint ! s'écria Silvis.

– Deux idiotes, lâcha Tyra.

– Elles ont réalisé là un immense sacrifice, insista Frey. Aujourd'hui encore, elles nous protègent. Si tu les libères, combien de temps on tiendra, d'après toi ?

– Au moins, on pourra se battre, au lieu de devoir vivre cachés comme des charançons, gronda Tyra.

Odi et Lok avaient mis des années à construire cette machine avec des bouts de métal et des circuits issus des premières radios et télévisions, ainsi que des amulettes, des fétiches, des sorts, du sang, de la chair, et l'esprit de deux sorcières.

C'est ainsi que l'Épouvantail était né. Il se trouvait sous

terre de façon à éviter que les sorciers de Heptonstall soient repérés par la Chasse. C'était une vraie merveille à l'époque, et même s'il était vieux et de plus en plus fragile, il avait encore toute son utilité.

– Mais comment ça fonctionne ? demanda Bea.

– Les Flint sont ce qu'on appelle des arpenteuses des chemins parallèles, expliqua Frey. Elles ont le don de se déplacer dans les différentes dimensions. Il existe des milliards d'autres mondes, certains très différents de celui-ci. Par exemple, dans certains mondes, les morts de ce monde-ci vivent toujours ; à l'inverse, ceux qui sont vivants ici sont morts dans un autre.

– Il y a aussi un monde sous terre, déclara Silvis.

– Et un autre où tout est feu. Un autre où tout est vide, etc., reprit Frey. D'autres se composent plus simplement de ce qu'on appelle l'avenir ou le passé. La plupart sont si proches de nous qu'on ne voit pas la différence. Même si on la cherche, elle reste bien cachée. Les sœurs Flint sont capables de passer d'un monde à l'autre. Grâce à l'Épouvantail, elles peuvent tous nous emmener. Si quelqu'un de suspect approche, on se décale dans un monde à peine différent de celui-ci.

– Mais différent en quoi ? demanda Bea.

– Un monde où on n'existe pas, répondit Odi. Tu ne comprends pas ? C'est pourtant simple.

Les sorciers éclatèrent tous de rire. C'était très simple, et pourtant si intelligent.

Et une fois le visiteur indésirable parti, ils regagnaient ce monde-ci.

L'Épouvantail était une petite merveille de technologie. Bientôt, d'autres communautés de sorciers avaient demandé à Odi et à Lok de leur construire leur propre machine, mais ça n'avait jamais abouti. Car l'idée de mettre un esprit dans une machine avait fini par faire son chemin. Peu après, la Chasse avait eu la même : elle avait toujours su surfer sur le progrès. Du temps des guerres de Religion, elle traquait les sorciers sous prétexte de croyances différentes. À l'âge du commerce, elle avait acquis des moyens de répression plus directs. À celui de la technologie, elle s'était mise à voler le don des sorciers.

– Et Lok leur en a offert les moyens, expliqua Tyra. Ça ne lui a pas suffi d'emprisonner des esprits volontaires, il a voulu capturer des esprits contre leur gré. Nous n'étions pas d'accord, alors il s'est vendu à la Chasse. Il nous a tous trahis.

– Et il a payé le prix pour sa trahison, dit tristement Odi.

Car finalement, son frère était mort.

Tyra, en train de décapsuler une autre bière, secoua la tête en déclarant :

– Je ne croirai pas à sa mort tant que je n'aurai pas vu son cadavre.

– Aucun sorcier n'a survécu bien longtemps au sein de la Chasse, dit Odi. Et Lok ne se trouve dans aucun monde proche de celui-ci.

– Tant mieux, dit Tyra en agitant son immense poing en l'air. Car s'il avait ça autour de sa gorge, ça ne lui ferait pas plaisir.

– Personne ne le pleurerait, reconnut Frey. Il n'empêche, l'un des nôtres a disparu.

Tyra s'assura que Bea la regardait, puis ferma son immense poing et l'enfonça dans le mur. Bea crut d'abord que ce n'était que du plâtre, mais comprit ensuite que le mur était bel et bien en brique et en ciment. Tyra récupéra une brique et la réduisit en poudre entre ses doigts. Quelle force ! Bea en eut le souffle coupé.

– La Poigne, déclara fièrement Silvis.

– Tyra ! grogna Frey. Regarde ce que tu infliges à ce mur ! Tu es vraiment trop prétentieuse !

# 13

Après le déjeuner, quand Bea déclara qu'elle rentrait chez elle, elle n'en revint pas des réactions des sorciers.

– Rentrer chez toi ? s'exclama Tyra. Tu n'as donc rien compris à tout ce qu'on t'a dit ? Tu es une sorcière, espèce de crétine. Salem Row est le seul endroit où la Chasse ne peut pas te trouver. Tu veux qu'elle te vole ton esprit et que, toute ta vie, ton corps soit employé à passer l'aspirateur ou à nettoyer des vitres ? Tu es stupide, ou quoi ?

– Mais je dois aller rejoindre ma famille ! protesta Bea.

Tyra rétorqua :

– Tu représentes un danger pour ta famille. Quand la Chasse t'aura trouvée, les membres de ta famille seront les prochaines victimes sur la liste. Si tu veux les sauver, quitte-les. C'est pourtant simple.

Mais Bea n'était pas encore prête à ça. Sa famille, c'était tout pour elle.

– Je ne peux pas les abandonner, justement parce qu'eux aussi, ils sont en danger. Je dois les convaincre.

– Tu n'as pas de temps pour ça, dit Tyra.

– Mais mon père est un sorcier, non ?

– Et le bébé ! s'exclama tout à coup Silvis. Quand j'étais chez toi. C'était comme s'il me connaissait depuis toujours.

– On ne saura pas avant plusieurs années s'il est vraiment sorcier, dit Frey. Le don ne se révèle jamais chez de très jeunes enfants.

– On pourrait le voler à tes parents, si tu veux, proposa Tyra.

Bea fut choquée par une telle proposition.

– Voler un bébé ? Tu ferais ça ?

– Oui, répondit Tyra.

– En aucun cas, protesta Frey.

– Tu dois absolument venir vivre avec nous, insista Silvis.

Bea secoua la tête. Comment pouvait-elle abandonner ses parents, sans même parler du petit Michael ?

– J'ai le fétiche avec moi, répondit-elle en caressant dans sa poche l'amulette qu'Odi lui avait donnée la veille. Il me protège, non ?

– Ça durera un temps, reconnut Odi, qui leva un doigt à l'intention de Tyra. Surtout, garde-le bien avec toi. Si tu le perds, ils te trouveront, et vite. Quant à ta famille, tu as raison. Nous devons essayer de la convaincre. Mais il nous faut un plan. Reviens demain, on en discutera. Peut-être qu'on pourra aider ton père à ouvrir son œil de sorcier.

– S'il en a un, grogna Tyra.

Odi ne lui prêta pas attention, il se contenta de conclure :

– Mais il faut faire vite, Bea. Ce fétiche ne te permettra pas de tenir longtemps la Chasse à distance.

Bea était soulagée de pouvoir remettre à plus tard une aussi terrible décision.

– Et surtout, pas un mot de tout ça, insista Odi. Ne fais confiance ni à tes parents, ni à ta meilleure amie. La Chasse pourrait leur avoir volé leur esprit, et tu ne saurais même pas qu'ils te trahissent. Ce n'est pas simplement ta vie qui est en jeu, mais aussi la nôtre.

– Je le jure, dit Bea.

Devant Salem Row, Bea ralluma son téléphone. Une cascade de messages surgit. Sa mère était inquiète : la visite matinale de Silvis l'avait troublée.

– Des fois, ils ont des intuitions, tu sais, dit Silvis en observant le téléphone.

– Quoi ?

– Les gens normaux. À propos de nous. Les sorciers.

Bea sourit. Elle était ravie. Silvis lui rendit son sourire.

– Sœurs en sorcellerie.

– Sœurs en sorcellerie, répéta Bea.

Tout allait bien se passer. Mais en attendant, Bea devait rentrer voir ses parents.

– On se retrouve au parc plus tard ? demanda-t-elle à Silvis.

– Mais tu n'as pas encore vu l'Épouvantail ! s'exclama la fillette.

– Une autre fois, répondit Bea.

Elle partit en direction de chez elle. Silvis la suivit. Elles n'avaient pas encore quitté le village que cette dernière se glissa entre deux maisons.

– Où tu vas ? demanda Bea.

– Viens. Ça ne sera pas long.

Bea voulait vraiment retourner chez elle au plus vite. Tout ce que les sorciers lui avaient dit la rendait soucieuse. Mais elle était curieuse, aussi, si bien qu'elle franchit bientôt derrière Silvis une petite porte dérobée qui donnait sur des caves. Au bas de plusieurs marches, un escalier en colimaçon s'enfonçait sous terre comme un tire-bouchon planté à flanc de colline.

Silvis se retourna et déclara :

– Des sorts de silence ont été jetés ici. Attends-toi à entendre le plus grand silence que tu as jamais connu. Compris ?

Bea acquiesça, et Silvis la conduisit dans l'escalier. Elles furent bientôt plongées dans un silence si profond que c'était comme si le bruit lui-même n'avait jamais existé. Les craquements du bois, le bruit de leurs pas, le sang qui affluait à leurs oreilles, le souffle dans leur gorge, tout ça avait disparu. Bea poussa un soupir d'étonnement : ce n'était pas une expérience de ce monde. Mais son soupir fut lui aussi englouti par ce silence sans limites. Silvis la regarda, sourit et tapa du pied. Aucun bruit. Bea sourit à son tour en frappant dans ses mains. Pas de bruit non plus.

C'était magique !

Silvis dévala l'escalier, Bea sur ses talons, pour s'enfoncer sous terre.

Le couloir était éclairé par un rougeoiement que la pierre elle-même semblait laisser filtrer, tout juste suffisant pour éclairer à un mètre devant elles. Elles marchèrent pendant ce qui parut à Bea une éternité dans ce silence velouté. Malgré le soleil qu'elles avaient laissé à la surface de la terre, il ne faisait pas froid.

Elles atteignirent un petit salon où se trouvaient un canapé, deux bouteilles d'eau en plastique sur une table, et dont partait un étroit couloir. Silvis se tourna vers Bea en désignant ses oreilles ; le bruit allait revenir, et il serait fort. Bea hocha la tête. Message reçu.

Silvis se remit en route. Les sons réapparurent. Ils firent sursauter Bea, alors qu'au début, ce n'étaient que les bruits de son propre corps. Mais ça ne s'arrêta pas là. Dans la pénombre retentissait un battement puissant, un peu comme celui d'un cœur. Pourtant, aucun cœur humain ne pouvait battre si lentement et si fort. Ça devait être un cœur de baleine, en tout cas d'une bête énorme. Un dragon ? se demanda Bea. Le battement était si sourd, si profond. Il résonnait sur les pierres autour d'elles tout autant que dans l'air.

À mesure qu'elles avançaient, il se fit encore plus présent. S'y joignit un drôle de bruit, comme si quelqu'un lançait des couverts à travers une pièce. Il y avait aussi un son comparable à celui d'un torrent qui se jetait dans un gros tuyau. Puis un cri aigu d'intensité variable. Des voix, qui paraissaient chanter. Chanter ou supplier ? Étaient-ce des cris de bonheur ou de douleur ? Difficile à dire.

Elles atteignirent une lourde porte. Silvis se retourna vers Bea, sourit et l'ouvrit. Les sons étouffés se transformèrent en raffut – un vacarme infernal. Bea ignorait de quoi il s'agissait. C'était si chaotique. Mais à mesure que ses oreilles s'accoutumaient, elle comprit que c'était une musique effrayante. Par-dessus, elle entendait des voix de femmes qui gémissaient dans une langue si étrange qu'elle n'était pas sûre qu'elle soit composée de mots. Pourtant, elle n'avait pas peur, bien au contraire – elle était très excitée. Elle courut sur les derniers mètres jusqu'à cette étonnante machine capable de modifier la réalité.

Comme l'avait dit Silvis, l'Épouvantail ne ressemblait en rien à ce que Bea pouvait connaître. Il était fait de chair et d'os reliés par des fils à des valves. Il y avait des tuyaux partout. Des circuits surgissaient de la vapeur qui l'entourait et des étincelles bleues rampaient à sa surface comme des reptiles. Le bruit de pompe qui ressemblait à un cœur, eh bien, c'était vraiment un cœur : de la taille d'une petite salle d'eau placée au centre de l'appareil dans un immense bocal en verre de forme hexagonale. À chaque battement, le bocal s'emplissait de fluide, puis se vidait, ce qui faisait vibrer toute la machine.

Le plus étrange, c'était ce qui se devinait à peine dans la brume : au milieu des tubes, des pistons, des batteries, des organes, des muscles et des os, il y avait un visage. Un visage ridé qui soufflait au rythme de cet immense cœur battant. Un instant, il paraissait solide, le suivant, ce n'était plus qu'une forme floue – en partie réel, en partie hallucination. Bea n'aurait su dire s'il était composé de vapeur, de métal, de chair, ou tout simplement de lumière. Sa bouche émettait une sorte de sifflement en laissant échapper de l'air. Un instant, ses yeux ressemblaient à des miroirs, le suivant à du blanc d'œuf. Et ces yeux regardaient partout, comme s'il scrutait une foule.

– C'est la première machine à avoir été dotée d'un esprit, hurla Silvis par-dessus le vacarme. C'est merveilleux, non ?

En effet. Mais c'était triste, également. Car l'Épouvantail n'était qu'un bricolage approximatif. Et il y avait partout des réparations de fortune pour tenir des pièces essentielles en place.

– Il rendra bientôt son dernier souffle ! cria Silvis.

Elles firent le tour de la machine. Et à l'arrière, Bea découvrit les sœurs Flint, les deux vieilles femmes qui animaient tout ça. Elles paraissaient encore plus vieilles que l'Épouvantail. Leurs longs cheveux gris retombaient en mèches sales sur leurs épaules. Elles avaient du mal à respirer. Elles firent néanmoins un sourire las à leurs visiteuses. Elles étaient reliées, intubées, connectées à l'Épouvantail à tous les niveaux. Elles faisaient partie de la machine, à tel point que c'était impossible de dire qui maintenait qui en vie.

Silvis les présenta sous le nom de Nora et de Melissa. Polies, les vieilles dames saluèrent Bea entre deux respirations, disant que c'était gentil de sa part de venir les voir. Silvis leur donna des nouvelles du monde terrestre, mais tout à coup, Melissa parut avoir une attaque. Sa tête roula sur sa poitrine, ses yeux s'exorbitèrent. Bea lança un regard paniqué à Silvis, pourtant, son amie ne paraissait nullement surprise. Melissa rejeta la tête en arrière, sa bouche s'ouvrant pour exhiber ses gencives sans dents, et émit le son étrange que Bea avait entendu en approchant. Un instant plus tard, Nora se joignit à elle, et toutes deux entonnèrent leur opéra à moitié chant, à moitié cri. Le bruit atteignit un pic, puis décrut. Les yeux des vieilles dames reprirent leur place. Le rythme de la machine se modifia, et le brouillard autour de l'Épouvantail se déplaça.

– Elle était costaude, celle-là, dit Nora.

– C'est ma faute, dit Melissa en regardant Bea. Mais ça ne doit pas t'inquiéter.

Bea n'écoutait pas. Elle était tout à coup victime d'hallucinations. Dans la vapeur, sur les écrans placés ci et là au milieu des tubes et des tuyaux, une silhouette apparut. Que Bea connaissait.

Elle vit son père faire un pas vers elle avant de disparaître. Ailleurs, sa mère parlait à une personne en blouse blanche. Lars faisait du skate dans le parc… Tous deux s'embrassaient longuement dans une grange tandis qu'il la déshabillait. Un monstre aussi gros qu'un arbre chassait une petite fille dans les bois. Il possédait trois cornes et arborait un sourire étrangement familier quand il s'approcha d'elle, assise près d'une haie au bord d'un champ. Elle se vit prisonnière d'un morceau de cristal. Elle volait la vie des gens.

Elle se recroquevilla sur elle-même.

– Qu'est-ce qui se passe ? gémit-elle.

– Les sœurs sont des sibylles, dit Silvis. Elles ont des visions de ce qui pourrait advenir.

– Elles prédisent l'avenir ? demanda Bea, ahurie. Dans ce cas, pourquoi elles ne vous disent pas ce qu'il faut faire ?

– Ce qu'elles voient ne se produit pas tel quel, répondit Silvis, et on ne sait jamais de quel monde elles parlent.

Silvis resta songeuse quelques instants.

– En général, reprit-elle d'un air pensif, il vaut mieux ne pas savoir.

– Je peux leur poser une question ? demanda Bea.

– Si tu veux. Mais je ne pense pas que ça te sera très utile. Et puis…

– Quoi ?

– En général, il vaut mieux ne pas savoir, répéta-t-elle.

Mais Bea refusait de laisser passer cette chance. Elle s'approcha des deux sœurs.

– Tu as une question ? demanda Melissa.

– Oui.

– Eh bien, pose-la, dit la vieille dame d'un air indifférent.

– Je voudrais savoir… je veux juste savoir comment ça va se passer pour moi. De devenir une sorcière.

La vieille dame inclina la tête.

– Ta question a déjà eu sa réponse, dit-elle.

– Mais…

– Ta question a déjà eu sa réponse, répéta-t-elle.

Elle désigna l'endroit où, un instant plus tôt, Bea avait vu des scènes dans la brume.

Lars et elle qui s'embrassaient ! Pour de vrai ?

Bea lança un coup d'œil inquiet à la vieille dame.

– Mais ça ne dit pas si ça va marcher… si je vais bien faire, bafouilla-t-elle.

Melissa eut un sourire sévère en déclarant :

– Le bien et le mal ne sont pas liés à la vérité des choses, déclara-t-elle.

Bea observa ses yeux larmoyants. Tout ce qu'elle avait vu allait-il se produire, risquait-il de se produire, ou s'était-il déjà produit ? Comment distinguer le vrai du faux ?

« Comme c'est triste, se dit Bea en dévalant la colline en direction de chez elle, que ces deux vieilles sorcières soient prisonnières comme ça ! » Elles avaient fait le sacrifice de leur vie pour sauver leurs amis et leur famille. Pas de doute, les sorciers étaient des gens bien.

# 14

Sa mère fut très curieuse de savoir ce qu'elle avait fait ce jour-là avec Silvis. Était-ce le moment de tout révéler à ses parents ? Mais jamais ils ne la croiraient. Leur raconter ne servirait à rien. Il fallait qu'elle trouve un moyen de leur montrer la réalité.

Elle décida d'attendre sa conversation du lendemain avec Odi et débita quelques mensonges sur sa journée avec Silvis. Ses parents eurent l'air de la croire.

Bea s'éveilla à l'aube pour découvrir le fétiche qui flottait dans sa chambre. Tourné vers la fenêtre, il laissait échapper un murmure rauque. Puis il se rapprocha de la porte, comme s'il suivait une présence à l'extérieur de la maison. Il fit deux ou trois fois le tour de la chambre, toujours tourné vers les murs, puis regarda longuement en direction de la ville. Il finit par mugir tout doucement et revint se coucher sur son oreiller, tout près d'elle. Il sentait l'urine, le rhum et la boue. Cette expérience était tellement étrange que le lendemain matin, Bea se demanda si elle n'avait pas rêvé.

Quand elle descendit à la cuisine, ses parents étaient déjà en train de boire leur thé. Bea engloutit son petit déjeuner et déclara qu'elle partait faire du skate, mais ils voulurent l'accompagner. En fait, elle avait prévu de se rendre à Heptonstall. Ne trouvant aucun moyen de s'esquiver, elle alla chercher son équipement. Lorsqu'elle réapparut, son père lui fit remarquer qu'elle ne portait pas le collier qu'il lui avait offert.

– Pas pour faire du skate, répondit Bea. J'ai trop peur de le casser.

Il eut l'air tellement déçu qu'elle courut se jeter dans ses bras. Elle insista :

– C'est mon objet le plus précieux. Je ne supporterais pas de le perdre.

– Il est fait pour être porté, déclara-t-il.

– Va le mettre, lui demanda sa mère.

Bea obéit. Odi lui avait dit d'être prudente, sans lui interdire de porter le collier. Et puis, ça faisait terriblement plaisir à son père. Il passa les doigts sur les pierres au creux de sa gorge et sourit.

– Tu ne peux pas le perdre, dit-il.

– Ne lui dis pas ça ! s'exclama sa mère. On peut tout perdre, surtout à treize ans.

– Je n'ai pas dit qu'elle n'avait pas le droit de le perdre, corrigea son père.

Si bien que Bea n'aurait su dire quel était le fond de sa pensée.

La famille descendit de la colline, son père en direction de sa boutique, sa mère pour aller promener Michael, et Bea, son skate sous le bras, vers le skatepark. Son petit frère babillait dans sa poussette tandis que Bea et ses parents discutaient de la rentrée des classes, qui aurait lieu cinq jours plus tard. Bea n'arrivait pas à y croire.

Retournerait-elle seulement jamais à l'école ? Elle avait

maintenant l'impression que sa vie pouvait basculer à tout moment.

Sa mère et Bea laissèrent son père devant sa boutique. Une fois au parc, Bea dit au revoir à sa mère et à son petit frère.

– Toi aussi, tu es un sorcier, mon bébé? murmura-t-elle. Comme moi?

– Bea, Bea, Bea, roucoula-t-il.

Bea se redressa. Tout à coup, elle eut envie de pleurer.

– Qu'est-ce que tu lui as dit? demanda sa mère.

– Que je suis une sorcière, répondit-elle.

Sa mère rit et partit en quête d'une balançoire disponible, tandis que Bea se dirigeait vers le skatepark.

La matinée était déjà bien avancée. Les skaters étaient tous là, y compris Lars. Bea s'attaqua aux différents modules, mais le cœur n'y était pas. Lars s'agaça de son manque de concentration. Il tenait absolument à ce qu'elle devienne aussi forte que lui.

– Qu'est-ce que tu as, aujourd'hui? s'enquit-il en la relevant par le bras après une nouvelle chute.

Il la regarda droit dans les yeux, comme si ceux-ci renfermaient un secret. Mais Bea soutint son regard, le mettant au défi de la voir telle qu'elle était. Ce qu'il ne pouvait bien sûr pas faire. Même s'il avait été sorcier, elle avait le fétiche d'Odi dans la poche.

Sa mère vint la prévenir qu'elle rentrait. Bea attendit un quart d'heure et partit en direction d'Heptonstall.

Ce jour-là, elle en apprit encore beaucoup sur les sorciers et leurs dons. Tyra lui montra tout ce qu'elle pouvait faire avec la Poigne. Elle jeta un sort à la porte d'entrée, si bien qu'ils restèrent tous prisonniers pendant une demi-heure. Même lancer des pierres contre la partie vitrée ne servait à rien : celles-ci se contentaient de rebondir. Frey lui montra comment réaliser des plantations et lui enseigna un sort pour faire tenir les fruits sur l'arbre jusqu'à ce qu'ils soient parfaitement mûrs.

Jenny allait un peu mieux, et Bea eut le droit de passer un moment avec elle. Sa capacité à lire dans les âmes lui venait d'un esprit issu d'un autre monde. Jenny appela son propre esprit, et il surgit sous la forme d'une Pakistanaise qui s'installa au bout du lit. Dès que surgissait un souvenir que Jenny avait oublié, la Pakistanaise le lui remémorait. L'esprit passa une demi-heure avec elles jusqu'à ce que Jenny s'endorme puis siffla méchamment à l'intention de Bea, se transforma en écureuil et bondit par la fenêtre.

Odi les rejoignit. Il garda le silence jusqu'à ce que Bea s'absente pour aller aux toilettes. Quand elle revint, il murmurait près du lit. Elle se contenta de passer une tête par la porte pour dire au revoir. Odi avait l'air si triste, à tenir la main de sa femme mourante. Elle fut surprise qu'un tel amour puisse jaillir d'un cœur aussi vieux que le sien, puis s'en voulut de cette pensée.

Elle passa ensuite une heure très agréable en compagnie de Silvis et de sa voix à essayer d'ouvrir des serrures. Ça ne fonctionnait pas toujours. Silvis était capable de soulever un loquet, parfois même de libérer les poules de Frey, mais c'était à peu près tout. Bea vit à quel point elle en souffrait.

– Tu vas progresser en grandissant, lui assura-t-elle.

Silvis haussa les épaules.

– Odi dit que c'est peut-être parce que j'ai perdu mes parents toute petite. Ou alors, tout simplement, je ne suis pas douée. C'est une possibilité, non ? dit-elle tristement.

Bea refusait d'y croire.

Odi voulut jeter un coup d'œil au fétiche qu'il lui avait donné. Il eut l'idée d'y ajouter une goutte de sang et quelques fragments de miroir dans lequel Bea s'était observée, pour le renforcer. Son atelier à l'arrière de la maison contenait tout le nécessaire. La caravane, ce n'était qu'un atelier d'appoint. Odi conservait là des plantes séchées et plein de choses en provenance du monde entier dans des boîtes en plastique sur des étagères accrochées aux murs.

Tout en travaillant, il discuta de sa famille avec Bea.

– Tu as raison de croire que c'est impossible de leur expliquer, dit-il en tenant le miroir au-dessus de la fumée qui s'élevait des poils en train de brûler d'allez savoir quel animal. Le monde des esprits ne s'explique pas, il se montre, or, seul un sorcier peut le voir. Bien sûr, c'est sur ton père qu'il faut se concentrer. Nous savons qu'il a un don, même si celui-ci est bien enfoui en lui. La question, c'est comment l'obliger à en prendre conscience ?

Odi finit de jeter des sorts au miroir, qu'il posa ensuite sur son établi pour le briser avec une pierre. Les fétiches accrochés partout dans la pièce sursautèrent et crièrent.

– Mais s'il est sorcier, il doit le savoir, non ? insista Bea.

– Pas nécessairement, répondit Odi. La plupart d'entre nous ne voyons qu'une partie de ce qui existe, et pas le reste du monde. Tu te souviens combien tout ça t'a fait peur au début ? Et si ton père éprouvait la même terreur ? Les adultes sont souvent bien plus réticents à croire au surnaturel que les enfants, et plus habitués à dissimuler leurs peurs. Et pourtant, il faut qu'on essaie. Quand penses-tu que ça serait le bon moment de lui parler ?

Ils échafaudèrent des plans, mais d'abord, Bea voulait savoir ce que son père avait retenu de la scène sur la lande.

– Ça ne va pas être facile pour lui, dit Odi. Mais si tu crois pouvoir y arriver, conduis-le à la caravane. Je vous y rejoindrai.

# 15

Bea rentra chez elle épuisée après cette passionnante journée à Salem Row. Elle se coucha de bonne heure, non sans s'être un peu chamaillée avec sa mère, qui s'énerva d'être obligée de venir récupérer son linge sale dans sa chambre.

Le lendemain matin, Bea resta tard au lit à lire et à rêvasser. Quand elle se leva enfin, la matinée était presque passée.

Son père travaillait dans sa boutique, et Bea songea à aller le retrouver. Cela lui arrivait parfois pendant les vacances. Il était toujours content de la voir, et l'emmenait prendre un café et un gâteau, ou bien un vrai repas s'il avait le temps. Mais avant qu'elle puisse franchir la porte d'entrée, sa mère, agacée par sa paresse, l'envoya étendre le linge.

En ouvrant la porte, Bea découvrit sur le perron les traces de pattes boueuses d'un énorme chien, puis d'autres sur les dalles humides, ainsi que près de la haie, où le gros animal s'était apparemment installé. Traînaient là quelques feuilles pourries. En provenance des bois.

Bea rentra demander à sa mère si elle avait vu les traces, elle aussi. Sa mère lui apprit qu'il y avait eu du bruit autour des poubelles à l'aube. Un gros animal, de toute évidence.

À l'idée que le chien qui l'avait prise entre ses mâchoires

soit venu jusque chez elle, Bea se sentit tout à coup terrorisée. Sa mère voulut comprendre pourquoi, mais Bea refusa de lui dire quoi que ce soit. Comment expliquer ses craintes à une personne qui ne pouvait pas voir le second monde ?

Heureusement qu'elle était protégée par le fétiche d'Odi. Elle tapota sa poche. Il ne s'y trouvait pas. Il devait être resté dans son pull à capuche, qui traînait toujours dans sa chambre. Elle allait courir le chercher lorsqu'elle se souvint que sa mère était venue prendre son linge sale la veille au soir.

– Où est mon pull à capuche ? demanda-t-elle.

– Selon toute probabilité, dans ce tas de linge, répondit sa mère en désignant le panier que Bea avait posé près de la porte.

Bea plongea la main, trouva son pull, tâta la poche...

Vide.

– Au fait, Bea, c'était quoi cette saloperie dans ta poche ? lança sa mère.

– Il est où ? bégaya Bea.

– Je l'ai jeté. C'était dégoûtant. D'où ça venait ? Je ne comprends pas ce que...

– C'était à moi ! Tu ne peux pas jeter quelque chose qui m'appartient ! Où il est ?

– ... tu faisais avec une chose pareille.

– Où il est ? répéta Bea.

Sa mère déclara d'un ton furieux :

– Dans la benne à ordures, à l'heure qu'il est. C'est le jour de collecte. Le camion est passé il y a plusieurs heures. Ma chérie, je suis désolée, je n'aurais jamais pensé que...

Bea n'écoutait plus. À peine quelques heures sans son fétiche, et le chien était déjà à sa porte. Elle devait en récupérer un autre au plus vite. Elle voulut filer sur-le-champ à Heptonstall, mais sa mère l'arrêta.

– Bea, dit-elle. Je suis désolée. Tu as raison. J'aurais dû te poser la question. Mais nous nous faisons du souci pour toi. Il faut qu'on parle.

Bea apprit alors que ses parents la surveillaient, car ils avaient remarqué ses attitudes étranges : elle scrutait le ciel avec anxiété, elle parlait toute seule. Ils avaient vu combien elle semblait attentive à des choses qui n'existaient pas. Et puis, cet objet hideux dans sa poche. Et maintenant, sa terreur évidente à l'idée qu'il ait disparu.

– Qu'est-ce que c'était ? demanda sa mère.

– Tu ne comprends pas…

– Eh bien, dans ce cas, explique-moi.

Bea tenta de lui échapper, mais sa mère la rattrapa. Elle devait savoir. Était-ce en lien avec le garçon du skatepark ? Ou bien avec cette étrange fillette venue l'autre jour ? S'agissait-il de drogue ?

Bea tira sur la main de sa mère en s'écriant :

– Lâche-moi !

Mais sa mère ne céda pas. Elle entraîna Bea à l'intérieur de la maison et ferma la porte. Puis elle appela son père à la boutique.

– Il arrive, dit-elle en observant sa fille terrorisée. Tu n'imagines pas le souci qu'on se fait pour toi. On a besoin de comprendre ce qui se passe.

À partir de là commença un véritable interrogatoire, auquel Bea tenta en vain de résister. Mais, terrorisée et troublée, elle cracha vite le morceau : les visions dans le ciel, les visages dans la végétation, le chien dans les bois. Silvis. Odi. Le fétiche, qu'elle devait garder sur elle toute la journée et sur son oreiller la nuit. Elle avoua tout sans quitter son père des yeux. Lui, il allait comprendre.

Pourtant, il ne montra aucun signe de compréhension. Il fronçait les sourcils en la regardant d'un air ahuri. Elle craignait de poser la question, mais finit par s'y résoudre.

– Papa, tu crois aux sorciers, n'est-ce pas ?

– Non, répondit-il, l'air surpris qu'elle ait pu penser ça.

– Mais si ça existait pour de bon ? Si j'étais une sorcière, et toi un sorcier ?

– Bea, ça n'existe pas, tu le sais bien, gémit sa mère.

– Tu n'en sais rien. Papa, je t'en supplie. Ce collier que tu m'as offert, seul un sorcier aurait pu le fabriquer, parce que ses pierres...

Il haussa les sourcils en attendant la suite.

– ... parce que ses pierres sont vivantes ! lâcha-t-elle.

En disant ça, elle entendit combien ça paraissait ridicule.

Son père émit un bruit curieux – une sorte de grognement. Pourtant, Bea insista :

– Sur la lande, l'autre jour, quand les cerfs sont apparus. C'est moi qui les ai appelés. J'en ai appelé à l'esprit des cerfs. Et le lièvre m'a parlé. Tu l'as entendu, toi aussi, papa, n'est-ce pas ? Je le sais.

Son père secoua la tête.

– Je n'entends pas ce genre de choses, dit-il. Ma chérie, comment pourrais-tu être une sorcière alors que l'on sait tous que ça n'existe pas ? Il n'y a pas d'autre monde à part celui-ci. Qui est merveilleux. Nous n'avons besoin ni d'esprits, ni de mages, ni de sorciers.

– Mais je les ai vus ! Je l'ai vu ! J'ai vu le monde des esprits !

Sa mère lança un regard affolé à son père et porta ses mains à son visage. Son père secoua la tête, les lèvres pincées. Il était très raide dans le costume qu'il portait toujours à la boutique, ce qui lui donnait l'air terriblement coincé. Pourtant, il n'avait rien de coincé ! Puis elle se souvint. Son œil de sorcière. Elle pouvait deviner si son père était un sorcier, lui aussi.

Elle tenta de se concentrer, ce qui n'était pas facile sous les regards scrutateurs de ses parents. Une pâle lueur jaillissait de la poitrine de son père. Mais étaient-ce vraiment les bonnes couleurs ?

Elle n'avait pas l'impression qu'il s'agissait d'un esprit de sorcier. Et pourtant, elle n'était sûre de rien. Odi n'avait-il pas dit qu'un sorcier pouvait enfouir son esprit à tel point qu'il en devenait invisible ?

Tout à coup, elle laissa éclater sa colère.

– Tu sais que c'est vrai ! s'écria-t-elle. Tu es un sorcier ! Tu as choisi ces pierres dans la rivière parmi des millions d'autres. À part un sorcier, personne ne pourrait faire ça. Tu ne peux pas me dire que tu n'en es pas un. Papa, je t'en supplie !

Il la saisit en criant :

– Bea, arrête !

– Tu as entendu le lièvre parler…

– Bea, arrête, tout ceci est ridicule !

– Tu mens ! hurla-t-elle, terrorisée. Tu as peur, c'est tout ! Je sais que tu l'as entendu. Dis-le à maman, dis-lui que tu l'as entendu.

Sa mère pleurait. Son père la tenait par les bras, comme si Bea risquait de s'envoler.

– Non, Bea, dit-il d'un ton sans appel. Tu sais que je n'ai rien entendu, et toi non plus.

– Menteur ! hurla Bea. Menteur ! Tu les as vus, toi aussi, je le sais…

Les mots lui firent défaut. Elle s'arracha à son père et voulut se précipiter vers la porte d'entrée, mais sa mère lui barra le chemin. Alors elle monta l'escalier quatre à quatre jusqu'à sa chambre.

Ils lui laissèrent le temps de se calmer, puis l'interrogatoire reprit. À quelle fréquence avait-elle ces visions ? À quoi ressemblaient-elles ? Entendait-elle des voix ? Celles-ci lui demandaient-elles de faire des choses ? Dans ce cas, leur avait-elle obéi ? Ils étaient également très curieux d'en savoir davantage sur Odi et Silvis. Où vivaient-ils, que lui avaient-ils raconté ? Ne savait-elle pas qu'il ne fallait pas parler aux inconnus, et encore moins aller chez eux ?

La seule chose que Bea garda pour elle, comme Odi lui avait demandé, c'était l'existence de Salem Row. À la place, elle parla de la caravane sur le terrain vague derrière la voie ferrée.

Sa mère fit un signe de tête en déclarant :

– Bon, je crois qu'on ferait bien d'aller y jeter un coup d'œil.

Ils ne perdirent pas de temps. Ils montèrent en voiture, déposèrent Michael chez des amis pour un petit moment, puis se rendirent à la gare. Sous le pont du chemin de fer, puis sur le sentier qui menait au terrain vague...

Bea était très inquiète. Et si elle était vraiment folle ? Elle n'avait pas envie de le découvrir. Elle tira ses parents en arrière.

– Je ne veux pas y aller, gémit-elle.

– Tu n'as pas le choix, rétorqua son père d'un air sévère.

La caravane se trouvait là où elle l'avait vue, ses roues cachées dans les hautes herbes et entourées de ronces. Mais elle n'était pas comme dans son souvenir. Cette fois, ses vitres étaient brisées, et il y avait de la moisissure sur ses parois. Ses parents l'obligèrent à regarder.

– C'est bien là que tu es venue ? demanda sa mère.

Bea regardait la caravane, incrédule. Ce n'était plus qu'une carcasse. Son père monta les marches et tira sur la porte. Un nuage de poussière malodorante s'en échappa.

Il y avait là de vieux journaux, des canettes de bière et des paquets de chips vides, des papiers gras partout par terre. Du papier de toilette sale dans un coin. Qui sentait très mauvais. C'était juste un squat. Depuis un bon petit moment.

Horrifiée, Bea tourna les talons et partit en courant dans l'herbe haute, mais son père la rattrapa au bout de quelques mètres et la fit pivoter face à lui. Bea ne comprenait plus rien. Le monde n'était jamais le même : un coup extraordinaire, un coup normal. Seuls les fous croyaient ça.

Sa mère arriva et se blottit dans son dos. Ses parents restèrent comme ça longtemps. Quand Bea eut repris son souffle, ce fut pour pousser un cri de panique.

– Mais ça existe ! hurla-t-elle en se débattant. Ce n'est pas ce que vous croyez ! C'était là !

Comme tous bons parents, les siens résistèrent, la rassurèrent, la consolèrent. Puis la ramenèrent chez eux.

Pour son bien, Bea reçut l'interdiction de sortir.

« Jusqu'à ce qu'on comprenne ce qui se passe », avait dit sa mère.

Ils obtinrent un rendez-vous chez le médecin dans la foulée.

Maintenant que l'hypothèse de la folie avait été prononcée à voix haute, Bea se dit qu'ils devaient avoir raison. La vision de la caravane l'avait secouée. Comment le monde aurait-il pu changer aussi vite ? Elle avait vu tant de choses complètement insensées, qui lui avaient paru si réelles ! N'était-il cependant pas logique que les fous voient des choses folles ?

Elle se glissa dans le jardin à la recherche d'esprits, mais alors que la veille, ils étaient partout, ce jour-là, il n'y en avait aucun. Peut-être se cachaient-ils d'elle ? Elle se souvint de ce qu'Odi avait dit sur la peur. Pas de doute, ça, elle avait peur.

Et pourtant, l'Épouvantail ! Cette pauvre Jenny mourante, ses souvenirs dans le ciel. Bea leva les yeux, mais le ciel ne contenait que des nuages, le soleil et des oiseaux...

Tyra qui arrachait une brique du mur pour la réduire en poudre dans sa Poigne. Odi et les mondes infinis au plus profond de son œil. Comment des souvenirs aussi vifs pouvaient-ils être faux ? D'un autre côté, comment des choses à ce point impossibles pouvaient-elles être vraies ?

Il se mit à pleuvoir. Bea était assise sur une pierre au bord du potager, elle regardait le pommier au bout du jardin. La veille encore, elle avait vu l'esprit de cet arbre – une femme replète avec son tablier rempli de bébés-pommes qui se tortillaient quand elle les essuyait après les avoir décrochés des branches. Là, ce n'étaient que des pommes qui faisaient ployer leurs branches sous leurs poids. Un arbre composé de feuilles, de branches et de fruits. Rien d'autre.

Bea fut tirée de ses pensées par son père qui surgit dans le jardin avec son imperméable à la main. Qu'il lui tendit avec un petit sourire.

– Autant rester au sec, non ? dit-il.

Bea l'enfila tandis que son père s'asseyait sur une pierre voisine. Elle tenta une dernière chose.

– Toute chose vivante a un esprit, dit-elle. C'est obligé. Sinon, qu'est-ce qui la ferait vivre ?

Son père hocha la tête.

– La vie est un mystère, Bea. Je te l'accorde.

– Une sorcière, c'est juste quelqu'un qui voit la vie qui

animé les choses, rien d'autre. C'est mon cas. Pourquoi je ne serais pas une sorcière, papa ? C'est possible, non ? On ne sait pas tout, n'est-ce pas ?

Elle balbutiait autant de peur que d'espoir. Son père se tourna vers elle et saisit fermement ses mains entre les siennes.

– Bea, écoute. Je t'en supplie. Les sorcières, ça n'existe pas. Tu le sais comme moi. Tu es une petite fille très impressionnable avec beaucoup d'imagination. Mais… Ces choses n'existent pas, voilà tout. D'accord ? dit-il avec un sourire sévère.

– Pourtant, tu as entendu le lièvre parler, papa, non ? Non ?

Son père avait l'air dévasté.

– Non. Ça suffit, ces absurdités. Bien sûr que non, je ne l'ai pas entendu parler. C'est pour ça que nous allons chez le médecin cet après-midi. Tout va s'arranger, d'accord ? Je te le promets.

Bea acquiesça. Il se rapprocha d'elle et passa un bras autour de ses épaules. Elle pleura contre lui. Elle ne doutait pas qu'il veuille faire le mieux pour elle. C'était son père ! Dans des moments comme ça, à qui s'en remettre, à part à ses parents ? De toute façon, elle ne percevait même plus le second monde. N'était-ce pas la preuve de son inexistence ? Les fous croyaient à leurs hallucinations. Sinon, ils ne seraient pas fous.

Donc Bea était folle.

# 16

La visite chez la doctoresse fut brève. Celle-ci écouta avec attention ce que Bea déclara avoir vu et entendu. Elle n'eut l'air ni choquée ni inquiète. Elle lui prescrivit des calmants légers ainsi qu'un médicament pour l'aider à dormir et lui prit rendez-vous à l'hôpital.

Tout ça était on ne peut plus normal, mais terrible. Bea croyait avoir gagné un monde et se retrouvait à perdre la tête. Comment savoir ce qu'il en était vraiment ? Si une seule personne avait des visions, c'est qu'elle était folle. Pourtant, si deux ou trois personnes voyaient la même chose, en quoi était-ce de la folie ?

Quand elle exprima ça de retour à la maison, sa mère s'agenouilla devant elle et la supplia de comprendre.

– Ma chérie, les faits sont là. Tu as vu la caravane. Elle ne ressemblait pas du tout à ce que tu as décrit. Tu es malade, mais tu ne dois pas t'inquiéter. Au fond de ton cœur, tu sais bien que les sorcières, ça n'existe pas. Non ?

Sa mère scruta son visage, mais Bea refusa de hocher la tête. Sa mère finit par fermer les yeux et pousser un soupir.

– Nous voulons juste que tu redeviennes toi-même.

Bea détestait tout ça. La façon dont ils lui parlaient, dont ils la regardaient. Mais leur version n'était-elle pas bien plus plausible que la sienne? Le monde où ils vivaient était le seul qu'elle connaissait jusqu'à quelques jours plus tôt. Un instant, elle avait cru être différente. En fait, elle était juste folle.

Et pourtant... et pourtant...

Elle devait en être sûre.

Bea savait que le médicament du soir était plus fort que celui de la journée. Elle prit sagement tout ce qu'on lui donna le lendemain, mais le surlendemain, au moment de se coucher, quand sa mère lui apporta son chocolat chaud avec le comprimé, elle le cacha sous sa langue et le cracha dès qu'elle fut seule. Elle lut un peu, éteignit et resta étendue dans le noir.

Ses parents regardèrent un vieux film jusqu'à tard ce soir-là. Pendant ce temps, Bea lutta contre le sommeil. Elle se remit à lire et écouta de la musique très fort dans son casque. Mais dès qu'elle s'allongeait, le sommeil la gagnait.

Elle ne pouvait pas attendre que ses parents aillent se coucher. Elle devait sortir maintenant. Pour être sûre.

Elle se leva, s'habilla, alla jusqu'à la porte de sa chambre et écouta. Elle perçut le murmure de la télévision dans le salon. Elle s'avança tout doucement sur le palier puis descendit les marches une à une. Elle connaissait celles qui craquaient, alors elle les enjamba ou bien se suspendit à la rampe. Quand elle atteignit le rez-de-chaussée, ses parents se mirent à parler. Elle se figea, mais il n'était question que du film. Elle se dirigea vers la cuisine sur la pointe des pieds.

«Je suis une malade mentale, pensa-t-elle. Quand on est atteint de folie, que faut-il croire? Pas ce qu'on voit, ce qu'on entend ou ce qu'on pense. Pourtant, il faut bien tenter de comprendre, non? Sinon, on est perdu.»

Elle se glissa par la porte du jardin, la plus éloignée du canapé où se trouvaient ses parents. Il était tard. Les jours avaient raccourci en cette fin d'été, et les nuits se faisaient plus froides. Bea courut dans le jardin, laissant derrière elle la pelouse ainsi que les arbres fruitiers jusqu'au vieux mur de pierre au fond. Elle le franchit pour gagner la rue, remonta Moss Lane, puis partit en direction d'Heptonstall.

Les fenêtres et les portes des habitations étaient toutes fermées, mais il y avait encore des lumières là où les gens lisaient ou regardaient la télévision. Personne ne fit attention à la jeune fille qui se faufilait dans l'ombre. Comme les sorcières des temps anciens, Bea s'efforçait de ne pas alerter le voisinage.

En chemin, elle essaya de voir les esprits du second monde. Ils étaient là, elle en était sûre ! Mais elle avait beau scruter la nuit avec les yeux mi-clos en essayant de voir au-delà de ce monde-ci, il n'y avait rien. Pourquoi ? À cause des médicaments ? Parce qu'elle commençait à douter de la réalité de tout ça ? Ou parce que ça n'avait tout simplement jamais existé ?

À quoi peut se raccrocher le fou qui sait qu'il est fou ?

En atteignant Heptonstall, elle s'arrêta dans une rue pavée. Elle ne savait plus où aller ? Vers l'église ou vers les champs ? En direction du pub ?

« L'Épouvantail », murmura-t-elle. Les sœurs Flint et leur machine magique la tenaient à l'écart de Salem Row. À moins que l'explication ne soit plus simple : qu'elles n'existent pas.

Elle se souvint alors qu'Odi lui avait dit d'aller à la caravane si elle voulait le voir.

Elle dévala la colline, regagna Moss Lane, puis la ville. Le parc plongé dans l'obscurité la terrifiait, mais elle réussit à le traverser puis à gagner la gare fantomatique. Sous le pont du chemin de fer, il faisait aussi sombre que dans un four. Elle s'y glissa comme une souris, mais quand elle atteignit le terrain vague, elle était au bord de la crise cardiaque.

Il faisait encore plus noir à l'écart des réverbères. Chacun de ses pas prudents sembla lui prendre des siècles, mais enfin, elle aperçut une ombre devant elle. Elle se fraya un chemin dans les hautes herbes jusqu'à enfin poser les mains sur la vieille caravane.

Elle n'allait pas abandonner maintenant. Elle monta les marches pour jeter un coup d'œil à l'intérieur. Il faisait trop noir pour voir quoi que ce soit, bien sûr, d'autant que la lune était cachée par les nuages. Il y avait la même odeur nauséabonde que lors de sa visite avec ses parents. D'excréments, de détritus, mais aussi le parfum un peu chaud et fétide de…

Il y avait quelqu'un. Peut-être était-ce juste l'air qui s'était radouci, mais elle se douta qu'elle n'était pas seule. Elle descendit les marches à reculons. Trop tard.

Il y eut du mouvement à l'intérieur. Bea hurla de terreur et tomba. Elle atterrit sur le dos dans un bruit sourd, ce qui lui coupa le souffle. Une silhouette se dressait au-dessus d'elle. Avec des yeux immenses et apeurés, ainsi que de longs cheveux qui lui retombaient sur les épaules. Le type sentait terriblement mauvais. Il lui cria quelque chose, puis partit en courant dans les hautes herbes.

Bea l'avait déjà aperçu en ville. C'était un sans-domicile-fixe qui n'avait ni famille ni amis. Plusieurs fois, la mère de Bea avait tenté de lui proposer de l'aide, mais il ne voulait que de l'argent. La vieille caravane devait être l'un de ses repaires.

Toujours à terre, Bea essaya de reprendre son souffle. Elle tenta de se calmer, et il lui fallut une bonne minute pour se relever et regarder autour d'elle.

Le type avait disparu. La lune surgit derrière les nuages, si bien que Bea distingua mieux la vieille caravane de guingois sur ses pneus à plat, toujours couverte de mousse.

Elle rentra chez elle le cœur battant. Dans quel danger sa folie la mettait ! Elle n'avait aucun avenir parmi les sorcières, pas plus qu'au sein des gens normaux. Son destin, c'était l'hôpital psychiatrique. Elle était folle, elle croyait voir des gens qui n'existaient même pas.

Elle n'avait pas fait plus de quelques pas quand elle entendit une porte s'ouvrir derrière elle. Elle se figea, osant à peine se retourner. Encore une vision ? Ou un autre fou qui habitait là ?

Elle finit par pivoter, et là, elle vit, au sommet des marches de la caravane, qui la regardait : Odi. Il avait l'air surpris de sa présence.

– C'est donc toi, dit-il.

Bea secoua la tête. Pouvait-elle faire confiance à ce qu'elle voyait ?

Le vieil homme lança dans la caravane, par-dessus son épaule :

– C'est elle.

Puis, en regardant Bea avec un sourire ironique :

– Je me suis encore emmêlé les pinceaux entre les mondes. Je te croyais ailleurs...

Silvis surgit à la porte, plongea sous le bras d'Odi et courut vers Bea.

– Qu'est-ce qu'il y a ? Qu'est-ce qui s'est passé ? Tu vas bien ? demanda-t-elle d'un air inquiet.

Mais Bea recula en demandant :

– Tu es réelle, tu es réelle, n'est-ce pas ?

– Oui, je suis réelle, bien sûr. Comme toi ! dit Silvis en la serrant contre elle si fort qu'elle lui fit mal.

Bea se raccrocha à son amie. Elle se sentait réelle, elle s'entendait être réelle, cette étreinte était réelle. Et pourtant, comme elle gravissait les marches de la caravane, au fond d'elle-même, elle se demanda quel tour lui jouait son cerveau. Et même, s'il y avait une différence entre la réalité et les visions.

Dans la caravane, tout était comme au jour de sa première visite : les bocaux, les étagères, l'établi. Un instant plus tôt, ça avait disparu, mais là, tout était de retour.

– C'est de la magie ! s'exclama Silvis. Tu n'aimes pas la magie ?

– Ne lui bourre pas le crâne avec des âneries, bougonna Odi. Ce n'est pas de la magie. C'est juste le même endroit dans une autre dimension.

– Et ça, ce n'est pas de la magie ? demanda Bea.

– La magie, ça n'existe pas, rétorqua Odi. Il y a juste plus de choses dans le monde qu'on ne peut le voir.

Il s'installa sur le vieux fauteuil et l'observa. Puis il se lança dans des explications :

– Chaque fois que tu décides de tourner à gauche, tu renonces à tout ce qui pourrait se produire à ta droite. Chaque fois que tu avales une bouchée de pomme de terre, il y a un autre monde où tu manges du chou, de la viande, ou bien rien du tout. Et à chaque seconde, un milliard de nouveaux mondes naissent.

– Et grand-père est dans tous ces mondes à la fois, expliqua Silvis en s'installant sur l'accoudoir du fauteuil pour passer un bras autour des immenses épaules du vieillard. (Odi était si grand et elle si petite qu'on les aurait dits sortis d'un cirque.) C'est pour ça qu'il est parfois si confus.

Bea réfléchit.

– Mais vous ne pouvez pas être partout. Vous ne pouvez pas connaître tous ces mondes.

– J'en connais un bon nombre, c'est déjà pas mal, répondit Odi.

– Des centaines ? s'enquit Bea.

– Plus que ça, répondit Odi. Heureusement, je ne peux me concentrer que sur quelques-uns à la fois. Même à cet instant, j'ai du mal à savoir dans lequel je me trouve. Si seulement je savais, je pourrais deviner ce qui va se passer ensuite.

– Mais ça n'est jamais le cas, reprit Silvis.

– Alors quand je suis venue ici avec mes parents…

– En notre absence, j'ai emporté la caravane dans un autre monde, et je l'ai remplacée par celle qui est là d'habitude.

– Tu es venue ici avec tes parents… ? demanda Silvis. Et on les a ratés ! lança-t-elle à Odi d'un ton accusateur.

– Désolé. Ce n'est pas facile de s'y retrouver dans tous ces mondes, parfois. Bon, Bea, qu'est-ce qui se passe ?

Bea se sentait dévastée.

– Viens t'asseoir, dit Silvis en tapotant l'autre accoudoir.

Bea craignait Odi, mais elle s'approcha malgré tout et se percha comme Silvis. On aurait dit deux oiseaux apprivoisés.

Elle prit une grande bouffée d'air et essaya d'expliquer la situation.

– Maintenant, la Chasse sait où tu habites, déclara Odi. Il y a donc très peu de chances qu'on parvienne à te sauver.

– Grand-père ! s'exclama Silvis en lui tapant sur la tête avec sa petite main. Pourquoi tu dis ça ?

Odi haussa les épaules.

– Elle a tout raconté à un docteur, expliqua-t-il. Pas besoin d'être sorcier pour deviner la suite. La Chasse a des antennes dans tout le système de santé. C'est un excellent moyen de repérer les nouveaux sorciers.

– Tu vois ? C'est pour ça que tu dois venir vivre avec nous ! insista Silvis.

Bea les dévisagea. Quitter sa famille ? C'était impossible. Tout en elle refusait d'envisager cette hypothèse, même si sa tête lui hurlait le contraire.

– C'est ton seul espoir, déclara Silvis. Bea, tu n'as plus le choix. N'est-ce pas, grand-père ?

– À partir de maintenant, ta famille, c'est nous, dit Odi.

Bea secoua la tête. Silvis était folle de rage.

– Bea, tu es folle, dit-elle.

Bea manqua d'éclater de rire en répliquant :

– Ça, c'est vrai !

Où qu'elle aille, on la prenait pour une folle.

– Si la Chasse sait que je suis une sorcière, alors elle va s'en prendre à mes parents, n'est-ce pas ? Dans ce cas, il faut qu'ils viennent avec nous... Mais mon père...

Pourtant, Bea se rendit compte avec horreur que rien de ce qu'Odi ou Silvis lui diraient ne la ferait partir de chez elle. Oui, apparemment, il existait un monde invisible aux yeux de ses parents. Oui, elle était une sorcière. Oui, elle était recherchée à cause de ça. Tout était vrai, pourtant c'était au-dessus de ses forces de déserter la maison. Elle manquait de courage. Ou peut-être qu'une partie de son esprit savait que ses parents ne la laisseraient jamais faire.

Cette idée la frappa. Elle préférait être réincarnée en grenouille ou en chat plutôt que de les quitter. Le plus étonnant c'est que, quelques années plus tard, elle rêverait de faire sa vie toute seule. Mais pas pour le moment.

Si elle partait, elle deviendrait l'une de ces filles dont on parlait aux informations. Sa famille désespérée pleurerait devant les caméras de télévision en la suppliant de rentrer, ou en demandant à son kidnappeur de leur faire savoir que leur fille chérie était saine et sauve. Mais ça ne servirait à rien, et sa famille serait brisée à jamais. Bea était incapable de faire subir ça à ses parents, de dire adieu à son petit frère. C'était au-dessus de ses forces. Elle ignorait si c'était par loyauté, par bêtise ou par courage. C'était comme ça, point final.

– Elle ne croit pas encore assez en nous, déclara Odi.

Bea sursauta à ces mots. Elle était debout dans la vieille caravane. Elle avait quitté l'accoudoir du fauteuil pour scruter la nuit par la fenêtre. Silvis et Odi la regardaient réfléchir.

– Mais si, elle croit en nous ! s'exclama la fillette en sautant sur pieds pour attraper la main de Bea. Tu crois en nous, hein ? Le monde des esprits, Bea ! Tu ne peux pas laisser quiconque te séparer de nous, n'est-ce pas ? Même pas tes parents.

Bea se passa la langue sur les lèvres. Depuis qu'elle était petite, elle rêvait d'être différente. Et maintenant qu'elle l'était pour de bon, elle ne voulait plus l'être. Car apparemment, être différent, c'était assimilé à être fou. À cet instant, tout ce qu'elle voulait, c'était redevenir normale. Avoir une vie normale. Aller à l'école, puis avoir un travail. Fonder une famille. Avoir un mari, des enfants.

Qu'est-ce que son père lui avait dit, déjà ? « Il n'y a pas d'autre monde à part celui-ci. Qui est merveilleux. Nous n'avons besoin ni d'esprits, ni de mages, ni de sorciers. »

Ce monde-ci ne lui suffisait-il donc pas ?

– Je refuse de les quitter, déclara-t-elle en faisant un pas vers la porte, craignant qu'ils la fassent prisonnière pour l'empêcher de se rendre à l'hôpital.

Silvis se jeta sur Bea. Bea voulut se dégager, mais Odi mit fin à cette petite bagarre avec sa grosse voix.

– Ça suffit ! C'est le choix de Bea. Si elle veut renoncer à être une sorcière, nous n'avons aucun droit de la contraindre.

Il fit asseoir Silvis sur une chaise, et elle mit la tête entre ses bras sur la table pour pleurer des larmes amères. Bea l'observa.

– Tu n'es pas la première personne qu'elle perd, expliqua Odi. Ses parents, son frère et sa sœur. Elle espérait avoir gagné une amie avec toi.

Bea ne sut pas quoi répondre. Elle regarda la fillette en larmes. Mais elle ne pouvait rien faire pour la consoler.

– Les services psychiatriques sont un terrain d'observation idéal pour la Chasse, dit Odi. Quand a lieu ton rendez-vous ? Demain ?

Bea acquiesça. Elle avait la gorge aussi sèche que si elle avait avalé du sable. Les sorciers ne l'empêcheraient pas de s'y rendre. Même si elle allait perdre son esprit. Qu'elle allait tout perdre.

– Qu'est-ce qu'ils vont me faire ?

– Pour commencer, t'isoler : te séparer de ton esprit. Ils ont un appareil pour ça. Ça ressemble à un scanner. Ils appellent ça le Corbeau. Puis ils remplaceront ton esprit par celui d'une autre créature. D'une grenouille, d'un chat ou d'un chien. Quelque chose de plus contrôlable qu'un esprit de sorcière. Un esprit dépourvu du moindre don. Et là, ils te rendront à tes parents. Guérie.

– Mais comment tu peux laisser faire ça ? s'écria Silvis en regardant Bea. Comment tu peux aller à l'hôpital en sachant qu'ils vont te faire ça ?

Bea agita la tête. Elle l'ignorait.

– Mais je saurai encore qui je suis, non ? J'aurai encore mes souvenirs ?

– Oui. Tu ne t'apercevras même pas que quelque chose a changé.

Bea hocha la tête.

Odi l'observa longuement, puis il soupira et quitta son siège en se dressant comme un arbre qui s'arrache du sol.

– Il reste un dernier espoir, Bea. Peut-être qu'on peut faire voir quelque chose à tes parents. Au moins à ton père. On peut essayer, en tout cas. Il s'est déjà produit des choses plus étranges. Vous venez, les filles ?

Il fit un pas en direction de la porte, la tête courbée car celle-ci touchait le plafond.

# 17

Bea ne put se résoudre à faire entrer Odi et Silvis directement chez elle, alors elle leur demanda d'attendre devant la maison. Elle voulait d'abord s'y glisser en douce. En vain : ses parents avaient constaté son absence et appelé la police, qui était en route. Son père était reparti à la caravane, au cas où Bea y serait retournée.

Sa mère lui mit la main au collet à l'instant où Bea pénétra dans la maison. Elle la fit asseoir à la table de la cuisine, avertit la police que tout était rentré dans l'ordre et appela son père pour lui dire de revenir à la maison, puis ferma toutes les portes de peur que Bea s'échappe de nouveau.

– Ne t'inquiète pas, lui dit sa fille. Je ne vais pas m'enfuir, même si je dois en perdre l'esprit et vivre une vie de... grenouille.

Sur ce, elle fondit en larmes. Sa mère hésitait visiblement entre la réconforter et la réprimander.

– Nous sommes tes parents, et nous t'aimons, dit-elle pour finir. Nous serons toujours là pour toi, quoi qu'il arrive. Mais tu dois avoir confiance en nous, Bea. Nous savons ce qu'il y a de mieux pour toi.

Elle lui prépara un chocolat, et elles attendirent le retour de son père. Bea refusa de dire où elle était allée et pourquoi elle était partie. Elle savait qu'Odi et Silvis l'attendaient dehors. Deux mondes étaient sur le point de se rencontrer. Si seulement ils réussissaient à se comprendre !

Elle n'eut pas longtemps à patienter. Quelqu'un frappa bientôt à la porte du jardin : son père, qui n'était pas seul. Il fit un signe de tête à Bea en déclarant :

– Je les ai trouvés dehors. Ils veulent nous parler. J'ai accepté.

Odi se tenait debout au centre de la pièce, une main sur l'épaule de Silvis.

– C'est donc lui, l'homme dont tu nous as parlé, dit sa mère d'un ton pincé.

Elle se tenait bien à l'écart, une main sur le cou. Bea comprit pourquoi : à l'intérieur de la maison, Odi paraissait plus grand et imposant que jamais. Il avait beau être courbé, il continuait à les dominer tous, son œil unique ressemblant à une pierre prise dans le givre sous l'éclairage de la cuisine.

– Je vous ai dit qu'ils existaient vraiment, déclara Bea.

– Votre fille a un don, déclara Odi. Elle est capable de réveiller les esprits du passé.

– De réveiller les esprits ? répéta sa mère d'une voix glaciale. J'imagine que vous voulez parler des morts.

– Non, les morts sont morts, pas en train de dormir, reprit Odi. Mais ce n'est pas ce que je voulais dire. En fait, notre esprit survit à notre mort dans d'autres mondes que celui-ci. Bea est capable de les faire revenir et de leur redonner vie pendant un temps. C'est ce qu'elle a fait l'autre soir sur la lande, quand elle en a appelé aux cerfs. C'est un don très rare qu'elle possède là. Certains cherchent à le lui voler pour se l'approprier. Ils ont des espions partout dans la société :

le système éducatif, la police, le gouvernement, la justice, la santé.

La mère de Bea ne dissimula pas son mépris quand elle rétorqua :

– Laissez-moi deviner. C'est une histoire très ancienne, c'est bien ça ? Qui remonte au temps de Jésus ? Non. C'est encore un coup des extraterrestres. Qui ont tué Kennedy et nous ont fait croire que l'homme a marché sur la lune.

– Kelsey, la coupa son père.

Il avait toujours eu davantage de tolérance qu'elle à l'égard des fous. Odi ne se démonta pas :

– Vous avez peut-être déjà entendu parler de la Chasse aux sorcières ?

– Vous êtes en train de dire que ma fille est une sorcière ? Allez-y, surtout, ne vous gênez pas !

Odi poussa un soupir, l'un de ces longs soupirs las que Bea commençait à connaître.

– Dis-leur, grand-père. Montre-leur, l'encouragea Silvis.

– Nous montrer quoi ?

– Les esprits. Ils existent, insista Silvis. Mais… tout le monde ne les voit pas.

Elle lançait des regards anxieux à Bea.

– Je suis curieuse de voir ça, répliqua Kelsey.

Odi regarda partout dans la cuisine et déclara :

– Il n'y a rien de vivant, ici. Même pas une plante en pot.

– L'ail, peut-être ? lança la mère de Bea d'un ton sarcastique. Il y en a trois têtes sur le rebord de la fenêtre.

Odi secoua la tête et déclara :

– En revanche, de l'autre côté de la fenêtre, le jardin de rocailles est animé.

Il traversa la cuisine en quelques enjambées, posa la main

sur l'épaule du père de Bea et le guida doucement vers la fenêtre.

– Ne nous touchez pas ou j'appelle la police! hurla sa mère en attrapant son téléphone placé près de sa tasse de chocolat.

Mais le père de Bea fit un petit geste d'apaisement.

– Cherchez des lueurs qui n'ont rien à faire là, lui murmura Odi.

Le père de Bea regarda par la fenêtre. Il paraissait tout petit à côté d'Odi le géant. Bea et Silvis s'approchèrent tandis que Kelsey, pétrifiée de peur, s'accrochait à son téléphone en scrutant la nuit par-dessus leurs épaules. Il y eut un long silence.

Bea ne quittait pas son père des yeux. Elle voulait à tout prix qu'il voie.

Les mains sur les hanches, il regardait droit devant lui.

– Qu'est-ce qu'il y a à voir? finit par demander sa mère d'un ton narquois.

– Les gens différents voient des choses différentes, répondit calmement Odi.

– Oh, comme c'est pratique!

Bea sentait sa mère tendue comme un arc près d'elle et son père, lui aussi crispé... et peut-être encore plus effrayé qu'elle. Mais au moins, ils acceptaient de regarder. Le jardin de rocailles était placé le long de la fenêtre. Ils voyaient leur propre reflet. La lumière en provenance de la cuisine éclairait dehors, mais à peine. Les plantes se préparaient à l'hiver, et leurs dernières graines semblaient intéresser des créatures nichées sous les pierres et dans le creux du mur.

– Il y a une souris, déclara tranquillement Odi au père de Bea. À gauche, près du mur.

Son père tourna la tête dans cette direction. Bea retint son souffle. «Je vous en supplie, faites qu'il la voie!» Il faisait trop noir pour distinguer quoi que ce soit, et certainement pas une créature aussi furtive et petite qu'une souris. Même Bea ne la voyait pas. Peut-être que la présence d'Odi et de Silvis allait aider. En tout cas, elle l'espérait.

Tout à coup, elle poussa un soupir de soulagement. L'esprit d'une souris apparut au milieu des pierres.

– Je la vois. Papa, tu la vois, toi aussi ?

– Qu'est-ce que vous voyez ? souffla sa mère.

Elle semblait terrifiée.

– Sur la gauche, il y en a deux autres, dit Silvis. Et aussi des souriceaux sous la pierre.

Les souris ramassaient des graines pour les stocker en prévision de l'hiver. Bea ne voyait que de petites lueurs qui indiquaient la présence de ces êtres. L'un d'eux fut tellement heureux de découvrir une telle réserve de nourriture qu'il bondit dans l'air, envoyant tout autour de lui une multitude de couleurs.

Bea éclata de rire.

– Tu le vois ? supplia-t-elle son père en lui attrapant la main. Là ! Il s'amuse comme un petit fou !

Son père la regarda, puis son regard se tourna vers le jardin. Il était blanc comme un linge. Il avait l'air si mal en point que Bea lâcha sa main. Elle crut qu'il allait éclater en sanglots.

– Regardez par là ! s'exclama Silvis en pointant le doigt. Ils ont intérêt à se méfier !

Bea suivit son doigt. Une créature surveillait les souris : un serpent lumineux qui se faufilait à travers les pierres.

– Une belette ? murmura Silvis.

– Attention ! s'écria tout à coup Bea.

Son père sursauta. Dans le jardin, les petites lueurs se figèrent au son de la voix de Bea.

Un long moment s'écoula. Bea n'entendait que la respiration hachée de son père. Elle lui tira sur le bras. Il se tourna vers elle.

– Il n'y a rien du tout, dit-il d'une voix qui crissa comme des pas sur le gravier.

– Tu mens ! s'exclama Bea.

À ces mots, Kelsey bondit.

– Ça suffit, lâcha-t-elle.

Elle fit cogner son téléphone sur la table de façon à attirer leur attention. Puis elle attrapa son mari, se plaça devant Odi et leva des yeux furieux vers lui. On aurait dit un canard qui défie un cheval.

– Sortez ! lui intima-t-elle.

Odi insista :

– Votre fille a attiré les cerfs sur la lande l'autre soir. Si vous souhaitez qu'elle ne perde pas son esprit, vous devez la mettre sous protection.

– La vôtre, c'est bien ça ?

Odi reprit :

– Il faut la cacher de façon efficace. Je ne vois pas qui d'autre en serait capable.

– Et vous voulez..., dit la mère de Bea d'une voix tremblante.

Bea connaissait cette voix : sa mère allait exploser. Cette dernière reprit :

– Vous êtes en train de me dire que je dois vous confier ma fille au cas où des chasseurs de sorcières la découvriraient ?

– Nous pouvons vous cacher, vous aussi, dit Odi. En tant que parents, vous aussi, vous êtes en danger. Ainsi que le petit frère de Bea. Il se pourrait qu'il soit également un sorcier.

– C'est donc bien vous qui lui mettez toutes ces bêtises en

tête. Vous êtes des fanatiques ! Ça suffit ! Dehors ! Vous m'entendez ? Dehors !

Elle n'hésita pas à frapper le torse de cet homme imposant.

– Comment osez-vous croire que je laisserais une secte prendre ma fille ? Sortez !

– Papa ? dit Bea en attrapant son père par le bras et en le tirant de toutes ses forces. Tu les as vues ! Je le sais ! Tu les as vues !

Mais son père secoua la tête.

– Je n'ai rien vu du tout, grogna-t-il.

– Si, je sais que tu as tout vu !

– Bea, je suis désolé. Je n'ai vu que quelques souris.

– Mais il fait trop noir pour que tu les aies vues pour de bon ! Ce que tu as vu, c'étaient leurs esprits...

– N'importe quoi, la coupa Kelsey. Dire que ces gens veulent enlever ma fille. Silvis ? Où sont tes parents ? Ils font partie de la secte, ou bien ce sale bonhomme t'a enlevée à ta famille, toi aussi ?

– Mais c'est mon grand-père ! protesta Silvis. Et vous devez le croire ! Bea est en danger, comme vous !

– J'appelle la police. Où habitez-vous ? J'ai vu cette caravane. Vous habitez vraiment là-dedans ? Avec cette fillette ? Sortez ! Sortez tout de suite de chez moi !

– Silvis, dit Odi, qui se tourna vers le père de Bea pour déclarer : Bea ne doit pas aller à l'hôpital. Partez avec elle, cachez-la si vous refusez de nous la confier. Sinon, ils lui voleront son esprit.

Il fit un geste d'adieu à Bea, prit Silvis par l'épaule et s'en alla.

Kelsey se précipita sur la porte, qu'elle referma derrière eux en tremblant.

– Je t'interdis de revoir ces gens. Tu comprends, Bea ? Tu n'as aucune idée du danger dans lequel tu t'es fourrée. Et toi, dit-elle en se tournant vers son mari. C'était presque comme si tu les encourageais, que tu les comprenais ! Mais qu'est-ce qui t'a pris ?

Bea n'avait jamais vu sa mère dans cet état.

– Tu es consignée à la maison à partir de maintenant, annonça-t-elle à Bea alors qu'elle composait un numéro sur son téléphone. La police. J'appelle la police.

Elle surveillait Bea du coin de l'œil. Qui se tourna vers son père.

– Au lit, lui intima-t-il.

Anéantie, Bea se précipita hors de la cuisine et alla se réfugier dans sa chambre, où elle pleura toutes les larmes de son corps.

# 18

Son père vint la réveiller une heure avant le rendez-vous à l'hôpital en lui apportant une tasse de thé. Bea se doucha, refusa de manger quoi que ce soit et, avant qu'elle comprenne ce qui lui arrivait, ils roulaient tous trois en direction de Calderdale.

Elle ne savait pas du tout comment elle allait réagir, ce qu'elle devait dire, penser, faire, alors elle se réfugia dans le silence. Ses parents la conduisaient à sa propre exécution. Ils l'aimaient ; pourtant, au nom de ça, ils allaient la tuer.

– Vous tenez vraiment à voir votre fille prisonnière d'une cellule capitonnée ? cracha-t-elle tout à coup.

– N'en rajoute pas, fit sa mère.

– J'étais déjà la prisonnière de mes parents. Alors au point où j'en suis...

Ils s'abstinrent de répondre. Elle insista :

– Qu'est-ce qui se passera si on me vole mon esprit pour de bon ?

– Bea, arrête. Ce comportement ne sert à rien, répondit sa mère d'un ton furieux. Laisse-nous faire ce que nous devons faire. Nous t'aimons...

– À quoi bon ? rétorqua Bea.

Elle les vit grimacer tous les deux. Elle les avait vraiment blessés, cette fois.

– Et ce fameux esprit qu'on cherche à te voler, qu'est-ce qu'il fait ? demanda sa mère en se retournant. Rien. Et tu sais ce qu'on dit des choses qui ne servent à rien et qu'on ne peut pas voir ? Qu'elles n'existent pas, tout simplement.

– On agit pour ton bien, Bea, dit son père en l'observant dans le rétroviseur. On va juste prendre l'avis d'un spécialiste. En quoi cela pourrait-il être une erreur ?

– Bea, je me battrai pour toi, ajouta sa mère. Je me battrai contre les fous, les dragons et les sorciers, les mages, les médecins et les infirmiers, les reines et les rois pour toi. Je combattrai tous ceux qu'il faudra, et j'obtiendrai ce qu'il y a de mieux pour ma fille.

Ce qui, étrangement, rassura Bea. Ses parents l'aimaient. Même si cet amour la tuait, eh bien, c'était quand même de l'amour. Au plus profond d'elle-même, elle ne pouvait pas croire que l'amour puisse se tromper.

Son père se gara sur le parking de l'hôpital et mit le frein à main.

– On t'aime, ma chérie, dit-il.

– Moi aussi, je vous aime, répondit Bea.

Ils descendirent de voiture, et son père les entraîna en direction de l'hôpital. Le hall abritait en son cœur un vaste atrium en verre. Quand ils s'approchèrent de ses parois, Bea y vit le reflet du ciel. Qu'elle examina une dernière fois. Son père la rejoignit et se baissa à sa hauteur tandis que sa mère les observait d'un air anxieux.

– Qu'est-ce que tu vois ? demanda-t-il.

Bea répondit en soupirant :

– Une fête d'anniversaire. La petite fille est devenue adulte, elle a maintenant sa propre famille. C'est le goûter d'anniversaire de l'un de ses enfants, qui a lieu dans un jardin.

– Il y a des ballons ? demanda son père.

– Ça n'existait pas à l'époque. Ou alors, ils étaient trop pauvres pour en acheter. Il y a une tarte, et des sandwichs. De la confiture, aussi. Trois confitures différentes. Les cadeaux sont emballés dans du papier peint à la main, je crois. Et toi, qu'est-ce que tu vois ?

– Bea, je vois des nuages.

Elle le regarda droit dans les yeux et, cette fois, elle le crut. Elle acquiesça. Il lui prit la main.

Le médecin lui posa les mêmes questions que la doctoresse : qu'avait-elle vu, entendu, quand et où ? Avait-elle pris de la drogue ? Y avait-il des soucis à la maison ? À l'école ? Il l'interrogea sur Odi et Silvis, l'endroit où elle les avait rencontrés, ce qu'ils lui avaient dit et demandé de faire. Le médecin était gentil. Bea se détendit. Elle répondit à toutes ses questions avec spontanéité. Peut-être que finalement, tout allait bien se passer.

Ensuite, il y eut des tests. Le médecin lui examina l'œil avec une petite lampe, vérifia ses réflexes en lui tapant sur le genou, lui demanda quelles couleurs elle voyait sur une pancarte, lui fit tirer la langue. On lui préleva des échantillons d'urine et de sang. Rien que de très classique.

Puis le médecin alla chercher ses parents. Selon lui, Bea était victime d'hallucinations. La vraie question était ce qui les provoquait.

Bea était d'accord avec lui. Ici, dans un hôpital, comment ne pas croire un médecin ? Elle était folle, c'était évident. Voir des choses que les autres ne voyaient pas, c'était une définition de la folie. Heureusement qu'il existait des médecins pour vous aider.

– Bea, je ne vais pas y aller par quatre chemins, dit le docteur. Même si tu as quelque chose de grave, ça reste dans nos compétences. Nous avons à notre disposition toute une gamme de soins qui n'incluent pas nécessairement des médicaments pour te permettre de vivre la vie la plus normale possible. Tu comprends ?

Bea acquiesça. Une vie normale. C'était tout ce qu'elle désirait. Jusque-là, elle n'avait jamais voulu être normale, mais maintenant qu'elle se savait différente, elle préférait de loin la normalité. Plus que tout, elle voulait être normale.

Le médecin déclara en souriant :

– Bon, maintenant, j'ai besoin de m'entretenir avec tes parents. Essaie de te trouver quelque chose à lire en attendant, dit-il en désignant la salle d'attente où se trouvaient des magazines et des livres. Nous n'en avons pas pour longtemps.

Il fit entrer ses parents dans son cabinet. Incapable de masquer les larmes dans ses yeux, sa mère suivit le médecin en compagnie de son père.

Bea se mit à feuilleter un magazine. Un instant plus tard, une infirmière apparut.

– Beatrice Wilder ? demanda-t-elle. Nous devons vous faire passer un scanner. Suivez-moi, s'il vous plaît.

Bea lui obéit en demandant toutefois pourquoi ses parents ne l'accompagnaient pas.

– Ils sont en train de signer des formulaires, ils vous rejoignent, dit l'infirmière en ouvrant une double porte où était écrit : « Réservé au personnel ». Vous avez déjà passé un scanner ?

– Non. C'est comme une radio ? demanda Bea.

– Plus ou moins.

Elles atteignirent une autre porte, et l'infirmière fit signe à Bea d'entrer.

Elles se trouvaient dans une salle d'hôpital qui sentait l'antiseptique. Le scanner était une machine imposante, composée de plastique mat rigide et de verre, avec un tube transparent où se trouvait une couchette équipée de lanières. À l'autre bout, un écran de contrôle avec des voyants et un clavier.

– Nous allons regarder ce qui se passe en vous. Il y a peut-être quelque chose qui n'a rien à faire là, dit l'infirmière avec un sourire encourageant.

Elle conduisit Bea à la machine et la fit allonger sur la couchette. À cet instant, chaque fibre du corps de Bea était en alerte. Sa mère lui avait promis qu'elle ne serait jamais toute seule à l'hôpital, et c'était déjà en train de se produire. Mais surtout, Odi n'avait-il pas dit que l'appareil qui lui volerait son esprit ressemblait à un scanner ?

Bea était paniquée, pourtant le sentiment de normalité de cette salle était si fort qu'elle ne savait pas quoi faire. Alors elle obéit et posa la tête sur la couchette. L'infirmière lui parlait tout en attachant les lanières.

– Ça va faire mal ? demanda Bea.

L'infirmière fit signe que non.

– Vous ne sentirez rien, je vous le promets.

Une réponse normale.

Les lanières ? Il ne fallait pas que ça l'inquiète, c'était juste pour qu'elle reste immobile, car certains enfants étaient trop remuants.

Une réponse normale.

L'infirmière serra les lanières autour du torse de Bea, de ses hanches, de ses jambes et, pour finir, de son front. Mais tout ça était normal. Quand bien même elle pouvait à peine bouger un muscle.

L'infirmière lui tapota le bras en souriant.

– On va juste retirer ça, dit-elle en tendant la main vers le collier de Bea.

– Non, protesta Bea.

Mais l'infirmière ignora ses protestations.

– Les bijoux peuvent perturber le scanner. Je suis désolée, j'avais prévenu : pas de bijoux.

Elle ouvrit le fermoir et examina les pierres du collier à la lumière.

– Il est magnifique, murmura-t-elle.

Bea ne put que remarquer l'air de triomphe dans ses yeux. Elle convoitait ce bijou. Bea eut alors la conviction qu'elle ne le reverrait pas.

– C'est mon père qui l'a fabriqué, précisa-t-elle.

Elle lutta contre ses liens, mais elle ne pouvait pas bouger.

– Le médecin arrive, dit l'infirmière en glissant le collier dans sa poche comme elle quittait la salle.

– Je veux voir ma mère, cria Bea.

L'infirmière répondit :

– Je vais la chercher.

Ses semelles en caoutchouc crissèrent sur le linoléum.

Une fois seule, Bea essaya de se dégager des sangles. Elle lutta un moment, puis renonça. Et fondit en larmes. Qui se mirent à couler sans retenue sur ses joues. Une minute passa. La terreur lui comprimait le cœur. Puis elle entendit des pas dans le couloir, et la porte s'ouvrit. Bea tenta de tourner la tête, mais la porte se trouvait hors de son champ de vision.

– Ma petite Bea ! Comme je suis content de te voir ici ! s'exclama une voix connue.

Un instant plus tard, un visage apparut au-dessus d'elle.

Lars ! Mais qu'est-ce qu'il faisait là ? Elle ne prit pas le temps de poser la question.

– Lars, je dois rejoindre ma mère. Tu veux bien me détacher ?

– Trop tard, ma petite Bea, dit-il en passant de l'autre côté de la machine pour gagner le poste de commande.

– Normal, normal, normal, chantonna-t-il. Tout est normal, c'est génial, non ? Tu vas redevenir normale.

Mais qu'est-ce qui se passait ?

– S'il te plaît, libère-moi, supplia Bea.

Elle se mit à lutter contre les lanières.

– Je suis le manipulateur radio. C'est moi qui fais fonctionner cette petite merveille, dit-il en tapotant la machine dont Bea était prisonnière.

– Tu travailles ici ?

– Pas vraiment. Juste pour toi.

Il appuya sur quelques boutons, et la machine se mit à ronronner. L'esprit de Bea tournait à toute vitesse. Lars appartiendrait-il à la Chasse ?

– Je t'en supplie, Lars, libère-moi.

– Pour toi, à présent, c'est la guérison ou la mort, ma petite Bea.

– J'ai besoin d'aller aux toilettes.

– Trop tard.

– Lars !

Il approcha, se pencha sur elle et la scruta avant de déclarer :

– De grands changements sont en marche dans le monde, tu le sais ? Des choses étonnantes vont se produire. Et tu sais quoi, Bea ? Eh bien, ce sont mes moments préférés. La question, c'est : est-ce le début ou la fin ? Qu'en penses-tu ? Tu vas sombrer ou survivre ? Tiens, voilà le médecin.

La porte s'ouvrit et, un instant plus tard, une silhouette apparut dans le champ de vision de Bea. Si elle avait jusque-là eu le moindre doute quant au fait d'être perdue, de devoir dire adieu à ses parents et à tout ce qu'elle aimait, elle en eut tout à coup la certitude.

– C'est elle, déclara Lars.

Le Chasseur sourit de ses dents blanches comme la porcelaine.

– Tout est terminé, dit-il.

La peur rendit Bea muette.

– Mais… mais… et l'examen… ? finit-elle par balbutier.

– Fini l'examen. Tu as un problème, Beatrice. Nous allons le traiter. C'est ta mère qui nous le demande. Elle est favorable à cette idée. À tel point qu'elle aussi, elle va subir la même opération.

Il tendit la main vers son cou. Qui était froide. Comme faite de glaise.

– Il y a quelque chose en toi, dit-il. Une petite chose, toute petite. Dans le temps, elle t'aurait coûté la vie, mais à présent, nul besoin de te brûler ou de te pendre. Pas même de t'opérer.

Le Chasseur fit un signe de tête à Lars, qui pressa sur plusieurs boutons. Le Corbeau se mit à bourdonner et à vibrer. Bea voulut se débattre, mais les lanières la maintenaient immobile sur la couchette.

– Non ! supplia-t-elle.

– Tu n'as pas le choix, répondit le Chasseur.

Il fit un signe de tête à Lars, et la couchette s'enfonça lentement dans le Corbeau.

Bea sentit sa tête qui tournait, tournait. Elle avait l'impression d'être dans un siphon. Puis le Corbeau se mit à chercher ce qu'il y avait de plus profond en elle.

Et là, tout devint noir.

# 19

Bea ouvrit les yeux. Elle ignorait où elle se trouvait, et ce qui se passait. Au-dessus d'elle, elle vit sa silhouette se refléter. Ses yeux étaient entièrement bleus. Puis ils reprirent une couleur normale. Elle était comme dans un cercueil en verre. « Blanche-Neige », pensa-t-elle. Il y avait du raffut autour d'elle, des gens qui hurlaient, des animaux terrestres qui rugissaient. Et partout, des oiseaux.

Qu'est-ce qui se passait ?

Elle sentit de minuscules pattes parcourir son corps, mais comme elle ne pouvait pas bouger la tête, elle était incapable de voir de quoi il s'agissait. Puis elle sentit quelque chose au-dessus d'elle et poussa un cri de terreur. Pourtant, ce n'étaient que les branches d'un arbre, sans doute un chêne, qui donnait l'impression de tendre les bras vers elle. « J'étais à l'hôpital », se souvint-elle. Puis une sorte de coup et un bruit la firent sursauter. Une bête immense passa près d'elle en rugissant. Bea tenta de s'asseoir et, cette fois, ses liens cédèrent. Les petites pattes étaient celles de souris qui avaient grignoté les sangles.

Bea jeta un coup d'œil autour d'elle. Et vit un ours. Un immense ours brun, aussi fort que vingt humains. Il attaquait le Chasseur, qui tentait malgré tout de la rejoindre au milieu d'une végétation dense qui avait envahi le sol carrelé. L'ours le plaqua au sol, puis l'envoya valser et s'écraser contre un mur. Du lierre jaillit pour le ligoter. Mais le Chasseur se libéra, arrachant les lianes pour affronter l'ours.

Bea était toujours à l'hôpital. C'étaient les mêmes murs, le même plafond, à ce détail près qu'une forêt l'avait envahi, et que le soleil y pénétrait. De petits oiseaux pépiaient. Tout autour d'elle, de la végétation poussait à une vitesse vertigineuse.

Elle se sentit tirée par les pieds si vite qu'elle eut l'impression de laisser son estomac derrière elle. Le Chasseur était en train de l'extraire du Corbeau. L'ours gisait à terre, la tête fendue. Bea sentit l'odeur du sang qui s'en écoulait.

Le Chasseur la plaqua sur la couchette où elle se trouvait encore et appuya si fort sur son cœur que c'était comme si une main de glaise s'était emparée d'elle. Exactement comme l'avait dit Odi : le Chasseur n'était pas un homme. Son contact la fit haleter, et elle sentit son cœur s'arrêter, puis repartir d'un coup.

– C'est bon ? rugit-il à l'intention de Lars, qui se trouvait toujours au poste de commande.

– Encore une seconde, monsieur, supplia Lars, qui releva la tête. Votre main, monsieur, regardez votre main !

Il se passait quelque chose d'incroyable : sur la main et le bras du Chasseur poussait une branche. Qui lui transperça la peau et grandit en direction des lampes au plafond comme dans une croissance accélérée à la télévision.

Le Chasseur poussa un cri et retira sa main. Au même instant, une immense bête, quatre ou cinq fois plus grosse que l'ours, se précipita sur eux. Bea se recroquevilla, mais ce n'était pas à elle que la bête en voulait. Le Chasseur disparut et, un instant plus tard, il y avait quelqu'un d'autre à sa place : Lars. Bea chercha le Chasseur des yeux. La bête qui l'avait terrassé était un immense taureau, plus gros que tout ce qu'elle avait pu voir. Qui piétinait maintenant le Chasseur, lequel faisait cependant tout ce qu'il pouvait pour se relever. Mais les énormes sabots lui déchiraient la chair. Pourtant, il n'y avait pas de sang. Comme si le Chasseur était composé de résine et de glaise.

Lars la tirait par le bras. Elle lutta, mais il tenait bon.

– Je veux te sauver, idiote, souffla-t-il. Vite. On doit filer. On n'a pas beaucoup de temps.

Bea ne savait pas si elle devait lui faire confiance. Mais un peu plus loin, elle perçut un bruit qu'elle avait déjà appris à redouter : des moteurs. Et des aboiements. La Chasse venait à la rescousse de son chef.

– Vite ! s'écria Lars.

Cette fois, Bea se laissa tirer hors de la couchette. Ils passèrent près du taureau et gagnèrent le couloir, se faufilant entre les arbres sur un tapis de fougères et de mousse jusqu'à gagner l'atrium en verre qui s'élevait depuis le rez-de-chaussée jusqu'au toit, deux étages plus haut.

La forêt poussait à vue d'œil. Des arbres frappaient sur le verre avec leurs branches et leurs feuilles. Des fougères et des ronces s'échappaient des murs fendus. Il y avait des petits oiseaux perchés sur les portes et la rampe de l'escalier. Un roitelet s'envola.

Au milieu de tout ça, des médecins et des patients tentaient de fuir. Une petite fille dansait dans un ruisseau. Sa mère essaya de la sortir de là. Un torrent se déversait depuis les étages supérieurs jusqu'au rez-de-chaussée. Des gens s'accrochèrent les uns aux autres tandis qu'un bosquet de chênes jaillit autour d'eux. Partout, on courait, on se cachait, on hurlait. Personne ne comprenait ce qui se passait.

Bea tomba à genoux. Des ombres surgirent au milieu des arbres : des animaux. Des cerfs : ils étaient de retour. Et un sanglier, immense. Et un renard. Il y avait aussi le gros taureau qui essayait de franchir la porte, mais il était trop large pour ça. Seul son museau passait. Il mugit si fort que le bâtiment trembla.

Un grand chien gris se précipitait sur eux. Non, un loup. Et un autre, là, et là! Et encore d'autres sur l'escalier roulant, qui se frayaient un chemin à travers la foule en panique. Un homme hurla et bondit sur la rampe, où il resta en équilibre précaire quand les loups passèrent près de lui en galopant. Tout à coup, Lars et elle se retrouvèrent au milieu de la meute. De grands loups gris qui la regardaient avec curiosité. Elle tendit une main pour en toucher un, qui la renifla.

Lars était immobile.

– Bon gars, siffla-t-il à l'un des loups qui s'était approché de lui. Doucement, Bea, tout doucement. Tu te souviens que je suis de ton côté?

Bea ne comprenait pas ce qui se passait, mais au moins, Lars l'aidait à s'échapper. Le loup incurva les babines et grogna, mais ne l'attaqua pas. Lars tendit une main vers Bea.

– Allez, viens. Surtout, pas de gestes brusques.

Bea n'avait pas l'impression d'être en danger en compagnie des loups, c'était même le contraire. Mais elle attrapa quand même la main de Lars, et ils s'éloignèrent.

– Qu'est-ce qui s'est passé? demanda-t-elle.

– C'est toi qui as fait ça, dit Lars. Bea, regarde ce que tu as fait! Tu es extraordinaire!

Il la tira en direction de l'escalator, les loups tout autour d'eux, comme si maintenant, tous deux appartenaient à la meute. Mais avant qu'ils atteignent la sortie, des moteurs rugirent. Une motocross remontait l'Escalator. Bientôt suivie par d'autres. Il y avait également des chasseurs à pied qui se frayaient un chemin à travers la végétation. Bea reconnut l'infirmière qui l'avait conduite au scanner. Elle était folle de rage.

Tout à coup, ce fut comme si on avait appuyé sur un interrupteur, et la lumière illumina la scène comme sur la lande. Tout était éclairé depuis toutes les directions. Même le sol et la mousse étaient lumineux. Des gens leur bloquaient la route.

Lars voulut revenir sur ses pas, mais là surgit un danger encore plus grand en la personne du Chasseur. Son corps avait eu beau être piétiné par le taureau et brisé par les racines, un renard avait beau le mordre à une jambe, et de petits animaux lui attaquer les yeux, il avançait toujours, car il n'était composé que de résine.

– Traître ! cria-t-il. Traître !

– Pas moi, monsieur ! cria Lars en faisant une grimace à Bea. Agent double. Par là, lâcha-t-il à Bea en fonçant dans un couloir.

Ils titubèrent sur le sol irrégulier dans leur tentative d'échapper à leurs poursuivants, trébuchèrent sur des racines, se retinrent aux branches. Maintenant poussaient aussi des rochers, qui se solidifiaient aussitôt.

Bea sentit pour la première fois une véritable peur la traverser.

– J'ai encore mon esprit ? demanda-t-elle à Lars.

– Par là, par là, vite ! souffla-t-il.

Il se précipita en tirant Bea derrière lui. Dans des couloirs, des escaliers, vers le fond du bâtiment. Ils étaient presque dehors quand la Chasse les rejoignit. Elle était devant eux, elle leur bloquait la route, certains chasseurs sur des motos, d'autres à pied. Il y avait une meute de chiens, aussi. Des chiens énormes, comme celui qui s'était emparé de Bea dans les bois.

Quelqu'un leur cria :

– Vous êtes cernés. Mains en l'air, allongez-vous par terre, sinon on tire.

Ils voulurent partir dans la direction inverse, mais celle-ci aussi était impossible. Il n'y avait plus aucune issue.

Bea leva les bras pour se rendre, mais l'appel qu'elle avait effectué depuis le Corbeau était si puissant que ce geste fut inutile.

Derrière eux se fit entendre un bruit de sabots. Les cerfs, ceux avec les grands bois rouges qu'elle avait appelés sur la lande, venaient à sa rescousse. Ils chargèrent les chiens et les dispersèrent, ainsi que les gens à pied et à moto. Il y eut des coups de feu, mais la Chasse était maintenant en position d'infériorité. En quelques secondes, ils roulaient tous à terre. Puis un ours surgit. Puis ce fut le taureau. C'était maintenant au tour du Chasseur d'être traqué.

Le calme étrange qui enveloppait Bea quand elle s'était réveillée avait disparu. Elle était dans l'action, quoique terrorisée. Lars et elle laissèrent les bêtes enragées faire leur travail et filèrent par l'escalier de service, toujours protégés par les loups. Sur le palier, un ours les regarda passer. Ils dévalèrent les marches jusqu'au rez-de-chaussée.

Ils quittèrent le bâtiment. Il n'y avait plus que quelques broussailles et rochers au sol. Ils traversèrent la cour vers le parking où Lars avait garé sa moto. Il l'enjamba et fit signe à Bea. Elle sauta derrière lui et s'accrocha à sa taille. Ils démarrèrent en trombe et se penchèrent tellement pour prendre un virage que Lars s'abîma un genou contre le sol. Bea l'entendit hurler de douleur. Ils filèrent plus vite qu'elle n'avait jamais roulé, plus vite qu'une voiture, plus vite qu'un train. Ils quittèrent la ville.

Bea se blottissait contre Lars, et le monde défilait. Si vite ! Ils laissaient tout derrière eux. Elle était maintenant bien éveillée, et émerveillée. Le corps de Lars contre elle, le monde qui disparaissait dans un éclair. Elle était une incantatrice ! Et elle avait de nouveau échappé à la Chasse.

Mais à quoi était-elle en train de renoncer ?

Ils s'arrêtèrent le temps de mettre des casques, puis ils roulèrent pendant des heures. Bea mourait d'envie de faire pipi et, quand Lars s'arrêta enfin, elle put enfin aller se réfugier derrière une haie. Ils repartirent aussitôt. Ils roulaient trop vite pour parler sur les routes tortueuses, jusqu'à pénétrer dans une forêt. Bea ignorait où ils se trouvaient. Pour finir, des heures après avoir quitté l'hôpital, Lars coupa le moteur devant une grande maison blanche couverte de lichen au cœur de la forêt. Il descendit de moto, retira son casque et se tourna vers Bea.

– On est à l'abri ici.

Épuisée après un tel trajet, Bea sauta de la moto et retira son casque.

– On est où ? demanda-t-elle.

– À l'abri, répéta Lars en souriant. Bea, tu es incroyable.

– Mais je n'ai rien fait, grogna Bea, fatiguée, affamée et énervée.

– Mais si ! Tu as failli tout perdre, là-bas, tu sais. Tu as agi juste quand il fallait. Tu as dit...

Il marqua un temps de silence et rejeta la tête en arrière pour s'écrier :

– J'EN APPELLE À VOUS, LIEUX ANCIENS, BOIS ET CHAMPS, BÊTES ET OISEAUX. J'EN APPELLE À VOUS, ESPRITS DE LA FORÊT ET TOUT CE QUI Y DEMEURE. J'EN APPELLE À VOUS ET J'EXIGE.

Il imitait la voix grave que Bea avait déjà utilisée plusieurs fois pour l'appel, sauf qu'il n'y avait aucune puissance dans la sienne.

– Je sais, il me manque quelque chose. Pourtant, Bea, moi aussi, je suis un sorcier. Regarde !

Il plongea la main dans sa poche et en sortit un petit fétiche semblable à celui qu'Odi avait donné à Bea.

Il le lança par-dessus son épaule en direction des buissons et, d'un coup, jaillit un éclair de lumière de sa poitrine, violet, noir et argent : son esprit de sorcier. Il n'y avait plus aucun doute. Lars disait la vérité, il était bel et bien un sorcier.

– Bea, j'étais chargé de te surveiller et de t'aider à développer tes pouvoirs. J'ai cru rêver, mais tu m'as épaté, ma belle ! Tu m'as vraiment épaté !

DEUXIÈME PARTIE

# La maison verte

# 20

Lars sortit un petit sac des sacoches de la moto et s'approcha de la vieille maison en cherchant ses clefs. Bea essayait encore de comprendre ce qui lui arrivait après ce trajet insensé. L'air frais avait une odeur de pin et de terre humide. Ils avaient roulé une demi-heure au milieu des bois jusqu'à atteindre la maison, et ils avaient beau être entourés d'êtres vivants, elle ne voyait pas le moindre esprit. Contrairement au terrain vague où se trouvait la caravane d'Odi, où même l'air paraissait vivant, ici, tout était immobile.

– Les esprits sont calmes dans le coin, expliqua Lars. C'est pour ne pas trahir notre présence. La Chasse est capable d'utiliser le vivant pour traquer le vivant, tu savais ça ?

Bea se concentra alors sur la moto qui les avait amenés là. Elle était rouge, avec les mêmes dessins de flammes que sur le skateboard de Lars. Elle dégageait une odeur de métal chaud et de caoutchouc, d'essence et d'huile. Même là où elle se tenait, à quelques mètres, Bea sentait la chaleur due au long trajet. Mais il n'y avait pas que ça. Elle posa la main sur le réservoir, et elle eut l'impression qu'il vibrait, alors que le moteur était éteint. Elle recula pour mieux voir.

Il y avait là quelque chose : un esprit de couleur ambre et

blanc. C'était étrange que le seul esprit qu'elle puisse voir, à part celui de Lars et le sien, soit dans une machine.

– Un esprit de lévrier. Sinon, on n'aurait jamais pu rouler si vite, expliqua Lars en l'observant du seuil de la maison. Tu lui retires ses pattes, que tu remplaces par des roues et un moteur, et voilà le résultat !

– Et où est le chien ?

– Mort. Depuis longtemps. Je lui ai offert une seconde vie.

Bea se tourna vers la moto en train de refroidir après ce voyage extraordinaire.

– Et ça ne le dérange pas ?

– Rien ne dérange les esprits. Ils ne ressentent pas, ils ne pensent pas, ils existent, c'est tout.

– Mais c'est pourtant l'essence même de son être, protesta Bea.

Lars la regarda d'un air songeur.

– Il va aussi vite que l'éclair quand je me sers de lui. Dans la vraie vie, un lévrier ne rêve que de courir. Qu'est-ce qu'il pourrait avoir de plus ? demanda-t-il d'un air agacé. C'est Odi qui t'a mis tous ces trucs en tête. Lui et sa petite bande de Salem Row. Les sorciers utilisent la technologie depuis toujours. Les forgerons utilisaient l'esprit du feu, les meuniers l'esprit de l'eau avec leurs moulins, les fermiers celui de la terre. Mais la nouvelle technologie ? Ah non, ça, pas question, c'est bien trop moderne ! Tout a été moderne un jour, Bea. Leur petite bande s'accroche au passé, contrairement à la mienne. Nous, on vit avec notre époque. Avec des motos, des ordinateurs. Et des skateboards, ajouta-t-il avec un clin d'œil. Comment tu crois que tu as pu progresser aussi vite ? J'ai compris que tu étais l'une de nous dès que je t'ai vue sur mon skate. Seule une sorcière aurait pu le dominer comme tu l'as fait.

Il lui sourit comme il lui souriait au skatepark. Puis il rejeta la tête en arrière.

– Allez, viens voir ta nouvelle demeure.

Il ouvrit la porte et entra, mais Bea resta près de la moto à l'esprit de chien. Elle avait entendu dire qu'on pouvait améliorer les performances d'animaux grâce à la technologie, mais elle n'avait encore jamais vu une machine augmentée par la vie.

– Allez, viens, insista Lars depuis l'intérieur de la maison.

Elle le rejoignit en courant. Il était dans la cuisine.

– Lars, ton skate. Qu'est-ce que c'est ? Une hirondelle ? Un esprit d'hirondelle ?

– Une hirondelle ? gloussa-t-il. Non, c'est un aigle ! Un aigle royal !

Il prit Bea par les poignets et la fit tournoyer. De la musique surgit alors de nulle part tout autour d'eux.

*File à travers les nuages*
*File dans l'orage*
*Laisse ton esprit m'emporter*
*Et ainsi nous allons voler, voler*
*Vers l'avenir.*

Il la fit tournoyer jusqu'à ce qu'elle sente la joie l'envahir, et ils rirent tous deux, comme si tout ça n'était qu'une vaste plaisanterie. Bea finit par s'effondrer par terre, tout étourdie et hors d'haleine.

– Tu n'es pas la seule à avoir du pouvoir, ma petite Bea. Chaque sorcier a un don. Moi, je suis capable de réparer les esprits de ce monde. Toi, tu sais les convoquer. Tu vas voir, tous les deux, ma petite Bea, on va faire une sacrée équipe !

Bea, étendue sur le sol, le regardait.

– Et ma famille ? demanda-t-elle, redevenant tout à coup sérieuse.

Lars hocha la tête, lui aussi sérieux.

– On la cherche, dit-il. Je vais la retrouver le plus vite possible. Je te le promets.

# 21

Des fougères poussaient dans les gouttières, et le toit était couvert de mousse, de même que la façade. Les arbres pressaient contre les fenêtres à l'étage, si bien que la maison était un temple dédié aux ombres. Elle avait beau être peinte en blanc à l'origine, pour Bea, dès le premier jour, ce fut la maison verte.

Sa chambre était au premier étage, tout au fond, là où les branches tapaient contre les deux grandes fenêtres à guillotine. Elle n'avait qu'à tendre la main pour cueillir des feuilles. Elle distinguait à peine le jardin à travers les branches. La forêt gagnait du terrain : des bouleaux poussaient dans les hautes herbes, certains mesurant déjà deux mètres de haut, et des ronces grimpaient sur les murs.

Bea était épuisée. Elle avait vécu une journée qu'elle aurait crue impossible. À l'inverse, Lars était plein d'énergie. Il fit réchauffer un ragoût de bœuf qu'il sortit du congélateur et se plaignit amèrement des sorciers de Salem Row en dévorant son assiette.

– Ils auraient pu utiliser l'Épouvantail pour se battre, mais non, ils se sont contentés de se cacher. Regarde où ça les mène ! Il y avait vingt ou trente sorciers là-bas, autrefois. Qu'est-ce qu'il reste ? Trois vieux croûtons et une enfant qui est à peine sorcière.

Lars marqua une pause, la fourchette à mi-chemin de sa bouche, ses grands yeux verts écarquillés.

– Se cacher, ce n'est pas ça qui va nous sauver, déclara-t-il. Ça n'a jamais fonctionné. Nous sommes en guerre. La Chasse cherche à nous exterminer. Nous devons nous battre.

Il insista pour qu'elle comprenne :

– Avant, nous étions faibles. Nous n'avions pas les outils pour répliquer. Mais maintenant... Ces cerfs que tu as appelés sur la lande ! Cette forêt que tu as fait pousser dans l'hôpital... Tu as infligé une défaite à la Chasse ! Tu n'imagines pas à quel point c'était bon de la voir en détresse, pour une fois. Personne n'avait réussi à faire ça depuis des siècles. Le pouvoir de l'appel...

Bea luttait pour ne pas s'endormir. Elle avait déjà les paupières à moitié fermées, et elle était presque affalée sur la table.

Il éclata de rire.

– Mais tu es morte d'épuisement, et tu n'as rien mangé. Allez, va te coucher. Demain, ton entraînement commence.

Bea s'exécuta avec bonheur. Elle allait quitter la pièce quand elle se retourna pour demander, tout à coup saisie de peur :

– Quand est-ce qu'on saura, pour ma famille ?

Lars agita sa fourchette et se frappa le torse.

– Je ne suis pas le seul agent double de la Chasse. Il y a des gens très compétents à la recherche de ta famille, je te le promets. Je ne vais pas pouvoir les joindre tout de suite car cette maison est située en zone blanche : pas de wifi, pas d'Internet, pas de câble de téléphone, pas de mobile. Rien. Mais ne t'inquiète pas. Ils vont trouver un moyen de nous contacter. Cette opération a été planifiée jusqu'au moindre détail. Tu auras bientôt des nouvelles d'eux, Bea, je te le promets.

Un détail gênait cependant Bea.

– Comment tu as su ? demanda-t-elle.

– Su quoi ?

– Que j'étais une sorcière ?

– Je te l'ai dit, agent double. Je sais tout ce que la Chasse sait. Tu as été repérée dès que tu t'es rendue chez le médecin. Inutile de te raconter la suite.

Bea acquiesça. Certes, Lars l'avait sauvée. Mais pourquoi pas sa famille ? Elle était si fatiguée. Elle monta jusqu'à sa chambre et s'effondra sur le lit pour plonger dans le plus profond des sommeils.

# 22

Bea se réveilla dans la lumière grise de l'aube. Elle avait bien dormi, mais elle avait dû faire des rêves tristes – elle en ressentait encore les relents.

Rien ne serait plus jamais pareil. Elle ne pouvait plus rentrer chez elle, or sa vie lui manquait déjà : ses amis, sa ville, son collège, son enfance. Combien de temps s'écoulerait jusqu'à ce qu'elle puisse revoir ses parents ? Et son petit frère ? Sa mère l'avait déposé chez un voisin sur le chemin de l'hôpital. Bea n'avait même pas pensé à demander de ses nouvelles à Lars.

Qu'est-ce qui allait se passer maintenant ? Elle promena son regard sur la chambre comme si elle contenait des indices. À part le lit, le seul meuble était une commode. C'était presque comme dans une maison de vacances. Mais des vacances solitaires, loin de tout, sans espoir de retour chez soi.

Elle enfouit la tête dans son oreiller et pleura avant de se rendormir.

Elle fut réveillée bien plus tard par une odeur de toast. Cette fois, elle avait faim. Elle s'apprêta à se lever quand, tout doucement, une musique surgit. Un son très bas, mais qui lui fit croire qu'il y avait peut-être un orchestre dans la maison.

Elle repensa à la façon dont Lars avait réussi à faire jaillir de la musique dans l'air la veille, et elle tendit l'oreille depuis son lit. Était-ce de la magie ? Ce nouveau monde était tellement étrange… Mais Bea adorait la magie. Qui n'aimait pas ça ?

Le rayon de lumière sous sa porte se fit plus vif. Il se déplaçait tout en changeant de couleur : pourpre, rouge, bleu, jaune, vert. La musique devint plus forte, aussi. C'était un air assez joyeux, une sorte de danse folklorique avec cependant quelques accents sinistres. Bea entendit bientôt les paroles :

*Le sens-tu, le second monde qui t'attend*
*Depuis la porte du paradis, il aboie*
*Les esprits s'agitent tel le monde renaissant*
*Ils rêvent d'une seconde vie grâce à toi*

Des couleurs apparurent sur les murs de sa chambre. Bea remonta la couette jusqu'à son menton. Qu'est-ce qui se passait ? La musique avançait vers elle, à la fois joyeuse et effrayante. Bea ne savait pas s'il fallait s'en réjouir ou avoir peur.

*Les morts sous terre gardent espoir*
*Même si le soleil a disparu quand ils ont pris le pouvoir*
*Le monde sous terre est rempli de rêves cachés*
*Qui espèrent un jour être réalisés*

*Ta voix peut les ramener à la surface de la terre*
*Ils ne peuvent rien y faire*
*Ils vont renaître avant de disparaître*
*Et retourner à la mort, leurs rêves enfin réalisés*

Tout autour d'elle, les couleurs devinrent des visages qui étincelaient, certains souriants, d'autres riants, d'autres hurlants. La musique était de plus en plus forte. Qui que ce soit – mais ça devait être Lars –, la personne à l'origine de tout ça était sur le palier. Des chants d'oiseau s'élevèrent partout autour de Bea.

*Les morts sont tellement plus nombreux que les vivants*
*Ils sont des milliards à patienter*
*Seul toi peux les ramener à la vie*
*Oui, Bea, tu peux les ramener à la vie !*

La porte s'ouvrit en grand. Lars se tenait sur le seuil. Le soleil inonda la chambre, alors que la journée était grise et la maison plongée dans l'ombre. Il était vêtu de jaune, comme le soleil, et il dansait en tenant un plateau où se trouvait un grand verre de jus d'orange. Des oiseaux voletaient autour de sa tête, et à ses pieds, des lapins, des écureuils et des souris dansaient. Bea découvrit des clématites, du lierre, du jasmin et des roses sur le palier. Mais contrairement à celles qu'elle avait fait jaillir dans l'hôpital la veille, ces fleurs-ci n'étaient pas réelles. Tout ça n'était qu'illusion. Oui, c'était merveilleux. Mais ce n'était pas vrai.

La musique continua, et Lars parada en levant haut les pieds comme dans une marche militaire. Le plateau tanguait ; pourtant, il réussissait à le rétablir avant que le jus d'orange se renverse. Bea serra la couette contre elle et observa avec inquiétude et fascination cet étrange spectacle. Des oiseaux, des papillons, des libellules et quelques scarabées iridescents voletaient dans l'air. Des plantes se mirent à surgir sur les murs. Des silhouettes d'animaux et de petits enfants apparaissaient et disparaissaient dans leur feuillage.

*La Chasse était sur tes talons*
*Elle voulait te dérober ce don si précieux*

*Tu dois te battre*
*La Chasse te traque*
*Fini l'enfance*
*Il te faut entrer en résistance*
*Le monde est en train de plonger dans la haine*
*Dans la haine!*

Lars tourbillonna devant elle jusqu'à ce que la musique joue les dernières notes et se termine sur un final fleuri. Il posa enfin le plateau sur le lit de Bea.

– Tralalalalère! chanta-t-il en prenant la pose avec un grand sourire.

Autour d'eux, les oiseaux, les mammifères et les plantes s'immobilisèrent, puis disparurent peu à peu.

Toujours réfugiée sous sa couette, Bea observait Lars.

– Oh mon Dieu, ça ne va pas être facile de t'arracher un sourire ce matin, s'exclama-t-il. Allez!

Il tendit la main vers les coins de la bouche de Bea. Malgré elle, elle sentit ses lèvres s'incurver en une imitation de sourire.

– Un sourire, ça vaut toujours mieux, déclara-t-il. Il y a des vêtements pour toi dans un tiroir. Mets-les sur le radiateur pour les réchauffer pendant ta douche. Puis je te ferai visiter en bas. Quant à moi, je vais enfiler une tenue un peu plus chamanique.

Il partit en dansant. Bea attendit de ne plus entendre ses

pas dans l'escalier pour sauter de son lit et aller regarder par la fenêtre. Dehors, le temps était couvert. Une pluie fine tombait. Et pourtant, par-dessus son épaule, elle voyait toujours la lumière du soleil filtrer du couloir.

« C'est de la magie ! » souffla Bea. En effet. Tout à coup, elle se sentit tout exaltée.

Elle engloutit son jus d'orange, se doucha, s'habilla et descendit retrouver Lars. Elle allait devenir une sorcière, une vraie ! Comme Harry Potter !

– Comment tu fais ça, Lars ? demanda-t-elle en surgissant dans la cuisine où Lars buvait un café, adossé à l'évier.

Mais elle s'immobilisa. Le soleil avait disparu, la lumière grise envahissait la maison. Tout était à nouveau normal.

– Je pourrais le faire, moi aussi, un jour ? demanda-t-elle.

Lars balaya sa question d'un geste de la main, comme si ce n'était rien.

– C'est juste quelques artifices et des lumières colorées. Toi, ma petite Bea, tu peux convoquer la vie depuis d'autres mondes. Mon boulot, c'est de te faire cultiver ton don jusqu'à ce que tu puisses faire faire tout ce que tu veux à n'importe quel esprit.

Il prépara un petit déjeuner : des toasts avec de la confiture, du yaourt au miel, du sirop d'érable, du bacon, des baies fraîches – tout ce que Bea adorait.

Assise à la haute table en bois, elle le regarda se démener. La crainte qu'on ait voulu lui voler son esprit et l'excitation de la fuite avaient disparu. Maintenant, qu'allait-il se passer ? Une foule de questions l'envahit.

Tout en cuisinant, Lars répondit à certaines d'entre elles. Comme il le lui avait déjà dit, il était agent double au sein de la Chasse pour le compte des sorciers, si bien qu'il avait passé toutes ces dernières années en infiltration.

Avec pour dessein de leur voler le Corbeau, cette invention qui leur donnait l'avantage depuis tant d'années.

– Puis on a entendu parler de la fille qui avait appelé les cerfs sur la lande. Et là, tout a changé. Oui, Bea, c'était toi.

– Et comment ils ont su que j'habitais Hebden ?

– Ils ne le savaient pas. Mais tu avais un accent du Nord, et la route sur laquelle vous rouliez est peu connue, alors il y avait des chances que tu sois de la région. La Chasse s'est mise à ta recherche. En tant que technicien, j'ai été mobilisé. J'habitais déjà à Hebden, et je suis tombé sur toi par hasard, dit-il en lui souriant par-dessus son épaule tout en agitant la poêle. Un heureux hasard.

Bea le regardait. Il avait commencé par être un ami, puis elle avait cru qu'il appartenait à la Chasse. Et maintenant, c'était un sorcier.

Lars soupira.

– Tu es inquiète. Je ne peux pas t'en vouloir. Mais regarde, je t'ai sauvée ! Odi et sa bande ne se seraient jamais battus pour éviter qu'on te vole ton esprit. Or, tu es trop jeune pour comprendre toutes les implications. Ces sorciers ne parviendraient pas à sauver une paire de baskets dans un chaudron. Bon sang, Bea, tu étais dans le Corbeau !

– Oui, et c'est toi qui l'as mis en route.

– Je ne les aurais jamais laissés t'isoler ! Bea, le truc, c'est que tu n'as aucun entraînement. Les seules fois où ton don s'est manifesté, c'est quand tu étais en colère. Je me trompe ? Ce qui est normal, c'est toujours comme ça chez les jeunes sorciers. L'hôpital grouillait de membres de la Chasse. J'ai dû faire semblant de t'isoler. Je croyais savoir comment te faire lancer l'appel. C'était la seule chance que j'avais de te tirer de là intacte. Et ça a marché, non ? Bien sûr, je ne serais jamais allé jusqu'au bout ! J'avais éteint la machine avant même que tu en appelles à la forêt. Certes, tu aurais peut-être convoqué la forêt de toute façon. Mais peut-être pas. Et puis, ça aurait pu être trop tard. S'ils réussissaient à te prendre ton esprit, on était tous morts. Tu comprends ? Tu dois savoir à quel point la Chasse est puissante, et nous faibles. Bea, tu es importante. Alors je ne pouvais pas courir le moindre risque.

Elle agita la tête. Comment savoir s'il lui disait la vérité ou non ?

– Et quand as-tu compris que j'étais une sorcière ?

– J'ai deviné que tu avais un lien avec le monde des esprits à l'instant où tu es montée sur mon skate. Mais j'ignorais jusqu'à hier que tu étais une incantatrice. Je n'en ai pas cru mes yeux lorsque je suis entré dans cette salle et que je t'ai vue. Mais je n'avais plus le temps de changer mes plans.

Il s'appuya sur la table et lui fit un sourire sévère.

– Tu crois que je fais partie de la Chasse, c'est ça ?

Bea ne prit la peine ni d'acquiescer, ni de secouer la tête.

– Bea, si c'était le cas, tu n'aurais plus ton esprit de sorcière à l'heure qu'il est. Crois-moi.

Il attrapa des couverts, se pencha et l'embrassa sur la tête.

– Bienvenue dans l'univers impitoyable des sorciers, Bea. Un monde où il vaut mieux dévorer qu'être dévoré.

Il écarta les bras au-dessus de la table, comme s'il bénissait ce repas.

– Maintenant, mange ! ordonna-t-il.

Bea demanda alors :

– Tu as des nouvelles de ma famille ?

Lars soupira.

– Bea, sois un peu patiente. Je ne pourrai pas t'en dire plus tant que je n'aurai pas pu prendre contact avec le monde extérieur. Et je n'en ai pas eu le temps. Allez, on mange, je meurs de faim.

# 23

Au fil de la matinée, Bea en apprit davantage sur la guerre qui faisait rage entre les sorciers et la Chasse. Depuis qu'elle avait inventé le Corbeau grâce à ce traître de Lok, la Chasse avait acquis un immense avantage sur les sorciers, car elle avait la capacité de leur dérober leur esprit. Le corps, qui n'était plus qu'une coquille vide une fois son esprit isolé, pouvait se voir réimplanter toutes sortes d'esprits – de chien, de rat, de grenouille, d'autres humains : autant de serviteurs pour la Chasse. Car lorsqu'on capture l'esprit d'un sorcier, on capture également son don. Celui-ci pouvait ainsi être confié à des membres de la Chasse, placé dans des animaux ou des machines, et utilisé contre les sorciers.

Mais c'était un processus lent. Le Corbeau était un appareil lourd et peu pratique, de plus, il ne pouvait traiter qu'un sorcier à la fois. C'est pour ça que la Chasse voulait l'esprit de Bea : si elle était aussi puissante qu'ils le pensaient, son esprit pourrait rappeler les esprits des morts, mais aussi ceux des vivants. Dotée de ce don, la Chasse pourrait voler l'esprit de sorciers par dizaines. De quel pouvoir disposerait-elle alors !

Le dessein de la bande de sorciers de Lars, c'était d'utiliser le don de Bea pour vaincre la Chasse. Ils voulaient l'aider à développer ses pouvoirs pour qu'elle s'en serve non pas uniquement en cas de danger, mais à sa guise. Ils voulaient lui apprendre à appeler les esprits des vivants comme ceux des morts, ce qui lui permettrait de ramener les sorciers pris par la Chasse.

– Réfléchis à tout ça, dit Lars. À toutes ces personnes à qui la Chasse a volé leur esprit pour s'en servir contre nous. Nous pouvons toutes les récupérer.

Il laissa passer quelques instants, puis reprit :

– Il y a eu un temps où les sorciers étaient des êtres sacrés. Il y en avait un par village. Les gens venaient leur demander de libérer l'esprit de leurs mourants ou d'en attribuer un lors d'une naissance. Nous les aidions à faire le lien avec ce monde qui leur demeurait caché, alors ils étaient en bons termes avec nous. Maintenant, ils ne veulent plus rien savoir. Ils nous considèrent comme des fous, tant et si bien qu'ils se sont coupés du monde des esprits. Nous sommes au bord de l'extinction. Quand nous aurons tous disparu, que deviendra le second monde ? Qui le connaîtra, le chérira et s'en occupera ? L'univers aura perdu ses yeux et ses oreilles. Mais Bea, avec ton aide, nous pouvons inverser la tendance. Réfléchis à ces vies que tu peux faire renaître, aux familles que tu peux rassembler ! À Silvis ! Avec ton aide, nous pouvons lui rendre toute sa famille. Pour l'instant, les corps de ses parents, de son frère et de sa sœur sont contrôlés par des esprits de chiens et de rats. Qui lui sauteraient au visage s'ils la rencontraient. Mais toi, tu peux les ramener. Bea, qu'est-ce que tu en dis ? Tu es avec nous ? Tu vas te battre ? Tu vas devenir un soldat comme nous ? Tu vas sauver le monde ?

L'entraînement débuta le jour même.

Lars lui fit traverser le jardin en friche où les herbes et les fougères leur mouillèrent les jambes. Dans les bois, ils se frayèrent un chemin au milieu des arbres et des fourrés jusqu'à ce qui ressemblait à un gros tas de branches recouvert de mousse. Seule la petite volute de fumée qui s'échappait du sommet donnait une indication sur sa fonction : une hutte à sudation.

Lars lui lança un petit paquet – un objet étrange, composé de peau de bête avec des plumes et des os, qui sentait très mauvais, même si Bea n'aurait pas su qualifier cette odeur. Il y avait là une senteur de vieux cuir, mais aussi de boue, de fleurs et peut-être d'excréments. Elle fit la grimace.

– Sur le continent, on se mettrait tout nu pour faire ça, fit remarquer Lars en agitant sa propre cape. Mais dans notre chère Angleterre pudibonde... Ne garde que la cape sur toi. Avec des vêtements, ça serait trop inconfortable.

Sur ce, il se tourna et entreprit de se déshabiller. Bea se précipita de l'autre côté de la hutte. À peine une semaine plus tôt, elle n'était qu'une collégienne secrètement amoureuse de Lars. Sa relation avec lui était certes en pleine évolution, mais elle n'était pour autant pas à l'aise à l'idée de le voir à moitié nu.

Elle hésita. Tout ceci était-il vraiment nécessaire ? Elle regrettait que le vieil Odi et Silvis ne soient pas là pour lui donner des conseils, ou bien ses parents. D'un autre côté, Lars était merveilleux, non ? Beau et intelligent. Il correspondait plus à l'image du sorcier moderne qu'Odi et Tyra. Elle finit par retirer ses vêtements mais conserva ses sous-vêtements, puis endossa la cape avec précaution, et le rejoignit. Lars rit en découvrant sa petite tête dépasser de cette vieille cape malodorante.

– Les cheveux, maintenant ! s'exclama-t-il.

Il se pencha pour plonger les mains dans les feuilles mortes et l'humus, puis lui frotta le crâne avec. Bea le repoussa en grognant. Elle détestait qu'il la traite comme une enfant. Il ne fit que rire encore plus fort.

– Mais ça mord, ces bestioles ! s'exclama-t-il.

Il souleva un pan de la hutte, entra et lui fit signe de le suivre. Une bouffée d'air chaud et humide la saisit. Bea se figea, mais sa curiosité et son envie de magie l'emportèrent. Elle l'imita.

À l'intérieur, ça sentait l'herbe et la chair calcinée, ainsi que l'urine. L'air était tellement chargé de vapeur et de fumée qu'on avait du mal à respirer. L'unique lueur provenait du tas de braises au centre encerclé par de grosses pierres. Il y avait aussi un seau plein d'eau avec une vieille tasse, que Lars remplit pour la verser sur les braises. Un nuage de vapeur brûlante s'éleva. Il fit ça à plusieurs reprises jusqu'à ce que l'air soit tellement chaud que ça devenait douloureux de respirer.

– C'est comme un sauna, balbutia Bea.

– Plus ou moins.

Il tendit la main vers un pot et jeta une poignée d'herbes et de graines dans le feu. Les herbes s'enflammèrent, et une bouffée âcre mais aromatique envahit l'air pour le rendre encore plus épais.

Lars s'allongea par terre, et Bea l'imita. Il y faisait un peu plus frais, mais elle avait toujours du mal à respirer à cause de la chaleur et de la fumée. Elle ne songea pourtant pas un instant à sortir : elle allait apprendre la magie. Elle était prête à tout pour ça. Elle se couvrit la bouche avec un pan de sa cape et se mit à respirer lentement. C'était tout ce dont elle était capable : rester allongée, transpirer et respirer sans s'étouffer.

Elle ignorait combien de temps elle passa là. À plusieurs

reprises, Lars se leva pour jeter de l'eau sur les braises ou faire brûler des herbes. Une fois, ce ne furent pas des herbes mais des restes d'animaux. L'odeur de chair calcinée fut abominable. Mais Bea était prête à tout.

Au bout de ce qui lui parut un siècle, elle se rendit compte que Lars avait été remplacé par un autre être – une créature avec une figure énorme, des yeux ronds comme des crêpes, et plusieurs cornes. Des créatures mortes pendaient à sa ceinture en cuir. Certaines animales, d'autres humaines – des têtes réduites. Mais à ce stade, Bea était trop droguée pour s'en soucier. Elle l'observa d'un air tranquille. Quand la créature vit qu'elle la regardait, elle lui annonça d'une voix lente et lourde :

– Bienvenue dans le monde des esprits...

Puis elle lui tendit une main, et Bea se leva puis glissa sa petite main blanche dans sa grosse patte rêche et l'autorisa à la conduire dehors.

L'air frais et la lumière la surprirent après la pénombre fétide de la hutte. Bea fut aveuglée un instant, puis ses yeux s'accoutumèrent. Le monde était vivant. Chaque arbre, chaque feuille, chaque fleur bougeait, croissait, tremblait. Dans les bois denses, des milliers de petits visages la regardaient, se formaient et se reformaient, apparaissaient et disparaissaient. Certains avaient des têtes malicieuses, d'autres ne ressemblaient à rien de ce qui existait sur terre. C'était tellement étrange ! Et tellement différent des esprits qu'elle avait vus sur le terrain vague avec Odi et Silvis à peine quelques jours plus tôt.

Bea partit se promener dans la forêt. Parfois, l'étrange créature à cornes était avec elle, parfois non. Elle vit Lars qui arpentait les sous-bois un peu plus loin. Il avait changé de forme. Il avait quatre pattes mais toujours son visage, quoique un peu plus diabolique. Il s'approcha d'elle et la regarda droit dans les yeux avant de fuir.

Elle finit par s'asseoir dans l'herbe humide à la lisière des bois. Elle se sentait là chez elle, comme si les branches épaisses qui poussaient derrière elle faisaient partie d'elle-même, qu'elle-même faisait partie des bois. Mais elle était aussi frigorifiée et nauséeuse. Elle se pencha pour vomir dans les buissons, puis regarda de nouveau vers la clairière.

Des créatures l'avaient rejointe. Certaines se contentaient de l'observer, d'autres rampaient et murmuraient des secrets sur ce monde et le suivant, sur leur nature et la sienne. Certaines la terrifiaient, d'autres la fascinaient. Certaines la confortaient, d'autres lui faisaient mal jusqu'au creux de l'estomac. Après coup, elle ne put se rappeler ce qu'elles lui avaient dit, mais sur le moment, elle ne doutait pas que ces secrets soient terriblement importants et se sentit profondément émue que les esprits acceptent de partager leurs connaissances avec elle.

Au bout de quelques instants, une splendide renarde apparut. Elle traversa les hautes herbes à pas mesurés. Puis elle fit un signe de tête à Bea et vint se coucher à ses pieds. La chaleur de son corps la réchauffa, et Bea sentit la vie en elle, une vie rouge et brillante, s'immiscer dans ses membres frigorifiés.

La renarde la regarda en souriant.

– Je suis ton guide dans le monde des esprits. Je suis venue t'enseigner les secrets du pouvoir.

Bea acquiesça, et la renarde pointa son museau en direction des buissons.

– Il y a plein de souris des champs et de campagnols là-dedans. Appelle-les, ma petite Bea.

Bea comprit que la renarde voulait qu'elle appelle l'esprit de créatures vivantes, et non du passé. Elle eut envie de répondre qu'elle ne savait pas comment faire, mais, à sa grande surprise, elle trouva d'instinct cette voix qui s'était élevée à trois reprises déjà à travers sa gorge depuis les profondeurs de la terre.

– J'EN APPELLE À VOUS AUTRES, ÊTRES VIVANTS. JE CONVOQUE VOS ESPRITS DEPUIS VOTRE CHAIR CHAUDE. PETITS RONGEURS DE GRAINES, VENEZ À MOI.

Elle attendit, croyant vraiment que l'esprit des souris allait émerger. Mais il ne se produisit rien.

La renarde sourit en disant :

– Tu leur as laissé le choix. Sois exigeante, petite Bea. C'est comme ça que tu feras plier ces créatures à ta volonté.

Bea recommença.

– J'EN APPELLE À VOUS AUTRES, ÊTRES VIVANTS. JE CONVOQUE VOS ESPRITS DEPUIS VOTRE CHAIR CHAUDE. PETITS RONGEURS DE GRAINES, VENEZ À MOI, JE L'EXIGE.

En effet, cette fois, les esprits des souris s'approchèrent, abandonnant leur corps dans les buissons pour ramper lentement, comme à regret, à travers l'herbe et les branches vers elle, jusqu'à poser leurs petites pattes sur ses jambes. Puis ils s'entassèrent sur elle jusqu'à former comme une cape de fourrure.

Ils étaient si mignons, éclairés par une douce lumière grise. Bea voyait les cordes fines qui les reliaient encore à leur corps, toujours dans les buissons et l'herbe. Elle en caressa un du bout du doigt. Qui s'agita sur sa peau.

– Jolie petite bête, dit-elle.

La renarde se leva d'un air apaisé, puis elle tendit le museau, saisit un esprit de souris, le lança en l'air et le rattrapa entre ses dents. En une bouchée, l'esprit de la souris avait disparu. Puis elle en croqua un autre, et encore un autre. Elle dévorait ces esprits impuissants. Pour finir, elle se rassit en se léchant les babines.

– Merci pour ce repas, ma petite Bea, dit-elle.

Et elle se roula en boule, le museau sous la queue, pour s'endormir. Les esprits des souris restants regagnèrent leur corps dans les buissons. Bea les regarda ne plus faire qu'un, puis posa la main sur la fourrure brillante de la renarde endormie pour sentir sa chaleur.

La bête rousse finit par se relever et partit en jetant un coup d'œil par-dessus son épaule, invitant Bea à la suivre. Elle se leva, mais elle avait une question pour son professeur.

– Renarde, où sont ces souris que tu as dévorées ?

La renarde l'observa en clignant lentement des paupières.

– Ma petite Bea, je suis un animal. L'esprit de ces souris était mon repas.

– Mais dans ce cas, où sont leurs corps ?

– En train de refroidir dans les buissons, répondit la renarde en la regardant droit dans les yeux. Quel est le problème, ma petite Bea ? Tu es chair, tu te nourris de chair. Je suis esprit, je me nourris d'esprits. Où est la différence ?

Pourtant, Bea était très consciente des petites vies sacrifiées par dizaines pour cette leçon. Même si, en effet, ce n'était sans doute pas très différent que de se nourrir de viande.

La renarde la ramena à travers les bois à la hutte où Bea avait commencé son voyage. Elle baissa la tête et entra. Le feu était presque éteint, mais les braises dégageaient toujours de la chaleur. Bea ne s'était pas rendu compte jusque-là à quel point elle avait froid. Elle s'allongea près du feu et plongea dans un sommeil troublé.

Au bout d'un moment, elle sentit la présence de Lars. Il se tenait au-dessus d'elle. Puis il la prit dans ses bras pour la ramener à la maison verte, où il la mit au lit, la couvrit et la laissa dormir.

# 24

À son réveil le lendemain matin, ses souvenirs de la veille étaient flous. Bea percevait juste des images, comme sur une tapisserie non achevée, et des pensées flottaient dans sa tête telles des algues en eau trouble.

Elle passa un moment entre le sommeil et l'éveil. Trois fois, elle eut la certitude d'aller aux toilettes, mais se réveillait chaque fois dans son lit.

Sa vessie finit par ne plus lui laisser le choix. Dans la salle de bains, elle se pencha par la fenêtre et observa le jardin peu à peu envahi par la forêt. Les petits visages tremblants qui apparaissaient partout la veille étaient encore visibles. Elle était sûre d'avoir été droguée, si bien qu'elle ne savait plus dissocier la réalité de ses visions. Le second monde était si nouveau pour elle qu'elle n'avait plus aucune certitude.

Elle sentait encore sur elle une odeur de fumée, d'herbes amères et de chair calcinée, ainsi que des relents douceâtres dont elle devina qu'ils provenaient de la renarde. Malgré tout, elle n'avait pas envie de prendre une douche, alors elle se contenta de s'habiller et descendit à la cuisine. En bas, les portes et les fenêtres étaient grandes ouvertes, si bien que l'air humide s'engouffrait partout. Il y avait des papillons sur les murs et des coccinelles sur les rebords de fenêtre. La frontière entre l'intérieur et l'extérieur s'amenuisait. Vu l'état de Bea, tout cela semblait normal.

Lars l'attendait dans la cuisine. Il la questionna tout en lui préparant des œufs brouillés. Sans cesser de s'occuper de la poêle, il lui jetait de temps en temps un coup d'œil avec un sourire entendu. Quand elle évoqua la renarde, il gloussa de bonheur.

– Tu as vu le guide des esprits dès ton premier voyage ! C'est une excellente nouvelle. D'habitude, ça prend des semaines. La renarde est un esprit puissant, intelligent, malin et sage, et elle connaît bien des mondes. Tu savais qu'elle se nourrit d'esprits ? Qu'as-tu fait avec elle ?

Lorsque Bea lui expliqua comment la renarde lui avait appris à convoquer l'esprit des souris, Lars devint extatique.

– Elle t'a déjà appris à appeler des esprits vivants ! On ne peut pas rêver mieux ! Et tu me dis qu'elle s'en est nourrie ? Dès le premier jour ? Bea, tu es vraiment aussi forte que je l'espérais. Tu vas devenir une sorcière puissante. Pas étonnant que la Chasse ait tant cherché à t'avoir.

Il continua longtemps à secouer la tête, puis déposa les œufs sur son assiette et lui ordonna de manger, mais Bea n'avait pas faim. Elle picora tandis que Lars engloutissait sa part tout en parlant, comme à son habitude.

Mais à la fin du repas, il perdit son sourire. Il avait une mauvaise nouvelle. Il refusait de lui raconter, il voulait lui montrer.

Bea tendit l'oreille. Quelle nouvelle ? Était-ce au sujet de sa famille ? Elle se sentit terrifiée, car elle espérait avoir toujours un chez-elle où elle pourrait un jour retourner. Mais Lars refusa de lui en dire plus si elle ne mangeait pas. Bea dut se forcer à avaler quelques bouchées. Puis il l'obligea à débarrasser.

Ensuite, seulement, il la mena hors de la cuisine et lui fit franchir une porte fermée à clef sous l'escalier qui conduisait à la cave.

Il y faisait froid et sec, et l'atmosphère y était calme. Lars lui fit franchir une deuxième porte fermée, puis encore une autre, jusqu'à une petite salle en brique plongée dans le noir, à part quelques rayons de lumière bleue qui filtraient à travers un couvercle en bois posé sur une margelle en pierre. Lars le fit glisser pour révéler une eau limpide d'apparence glacée. Tout à coup, la pièce fut éclairée par la lumière bleue. Il se percha par-dessus la margelle et fit signe à Bea de le rejoindre.

Elle regarda à l'intérieur du puits.

– Tout objet ou lieu magique possède un esprit, annonça-t-il doucement.

Il plongea la main dans l'eau, dont il sortit ce qui ressemblait à un morceau de verre de forme hexagonale d'une trentaine de centimètres de long. C'était ça, l'origine de la lumière bleue.

– Il y a un esprit là-dedans. Celui de Mary Bell. Elle s'est noyée dans un étang de ces bois il y a plus de deux siècles. Elle avait quinze ans. À cause d'un garçon, ajouta-t-il avec un sourire. Son amoureux, j'imagine.

Il était parti en barque, puis tombé à l'eau, et s'était retrouvé prisonnier des algues. Elle avait sauté pour le sauver. Et ils étaient morts tous les deux.

Il haussa les épaules.

– Une histoire tragique, mais dans le cas de Mary Bell, elle ne s'arrête pas là. Car son esprit a survécu. Pourquoi ? Peut-être parce que son amoureux est mort ici, peut-être parce qu'un esprit est allé le chercher dans le monde sous terre. On ne sait pas. De temps en temps, on entend des histoires sur les étangs hantés dans les bois, une fille qui pleure, des lumières étranges à minuit. Lorsqu'un esprit hante un lieu comme ça, il se passe plein de choses bizarres. Des objets inanimés semblent prendre vie. Les gens ont des visions ou des sensations qu'ils sont incapables d'expliquer. Mais pour Mary, c'est différent. Car elle était une sorcière, et pas n'importe laquelle. Une sibylle. Tu sais ce que c'est ?

Oui. Bea avait appris ça en rendant visite à Nora et à Melissa, les deux sœurs Flint.

– On raconte que les sibylles sont capables de voir l'avenir, et c'est vrai, reprit Lars. Mais l'avenir n'est pas fixé d'avance, alors leurs visions sont parfois déroutantes. En fait, personne ne les comprend. En revanche, une sibylle peut aussi nous montrer le passé.

– Et le présent ? demanda Bea.

– La plupart des sibylles ne savent rien de ce qui se déroule à l'instant même. Odi, par exemple, qui est la plus grande sibylle de tous les temps. Eh bien, le plus souvent, il ne sait même pas quel jour on est.

– Mais si l'étang hanté se trouve dans les bois, que fait l'esprit de Mary Bell ici ? questionna Bea.

– C'est nous qui l'y avons mis. Les barrettes de cristal, dit-il en caressant le morceau dans sa main, sont une invention de la Chasse. Autrefois, il nous était difficile de conserver un esprit. Avec ça, c'est devenu bien plus simple.

– Donc elle est emprisonnée là-dedans ?

Lars haussa les sourcils.

– Cette eau provient de son étang. De toute façon, elle n'avait nulle part ailleurs où aller. Elle est bien mieux ici que dans un étang trouble et puant. Bea, prépare-toi. Pense à Odi et aux sorcières de Salem Row. Pense à ta famille. Et avant que tu découvres ce qui s'est passé, je te le répète : je suis désolé.

Lars plongea le morceau de cristal dans l'eau, et la lumière bleue jaillit à nouveau. Ses paroles avaient inquiété Bea. Elle pria pour qu'il ne soit rien arrivé à ses parents ni aux sorciers de Salem Row. Pas Silvis. Pas... Michael !

Elle fit ce que Lars lui dit, elle cessa de penser à la sibylle et se concentra sur sa famille et ses amis. Elle scruta l'eau claire et peu à peu, dans ses reflets, se forma une scène. Si réelle que Bea crut d'abord qu'il s'agissait d'un véritable reflet, et qu'elle se retourna.

– Non, c'est juste un reflet, expliqua Lars. Du passé.

Bea se tourna à nouveau vers l'eau. Elle voyait l'escalier en pierre qui menait de la porte d'entrée à la cuisine de Salem Row. Odi, Tyra, Frey et Silvis s'y précipitaient, ainsi que ses parents. Son père portait Michael. Ils descendirent les marches, surgirent dans la cuisine voûtée, filèrent par-derrière...

Mais la Chasse les attendait dans le jardin. Ils étaient dix, l'air serein. Les sorciers firent demi-tour, uniquement pour découvrir leurs poursuivants. Ils n'avaient plus aucune échappatoire face à ces individus au visage sévère, dont certains tenaient en laisse de gros chiens aux immenses mâchoires. Ils étaient cernés.

Ses parents se plaquèrent contre un mur. Allez savoir pourquoi, Odi s'agenouilla et baissa la tête. Tyra voulut frapper le membre de la Chasse le plus proche avec son immense poing, mais le type plongea sur le côté, et une demi-douzaine d'entre eux la saisirent par-derrière. Malgré sa force, ils réussirent à la maîtriser sur la table du jardin et étendirent son bras droit. Ils durent s'y reprendre à plusieurs fois. Puis le Chasseur surgit avec une hache. Qu'il plaça sur le coude de Tyra pour bien viser, haussa et...

– Non ! hurla Silvis.

La scène disparut. Bea regarda Lars avec horreur.

– Ça a eu lieu hier, dit-il. Je ne sais pas quoi te dire. Comment la Chasse les a retrouvés, je l'ignore. Apparemment, les sorciers de Salem Row avaient réussi à secourir ta famille et à l'amener chez eux. L'Épouvantail est détruit. Tout est fini pour eux. Pour l'instant. Parce que, Bea, tout n'est pas fini, je te le jure...

– Ils sont prisonniers, maintenant ! s'écria-t-elle. Qu'est-ce qu'ils vont leur faire ?

– Cela dépend. Odi, ils vont lui voler son esprit et le tuer. Il est trop puissant pour qu'ils courent le risque de le voir revenir. Tes parents, ils vont bien sûr les isoler, mais je ne pense pas qu'ils les tueront, en tout cas pas tout de suite. Ils vont conserver leur esprit. Tu sais pourquoi, Bea ? Comme appât. Car tant qu'un corps est vivant, même gouverné par un autre esprit, il peut être réintégré. Alors ils vont transformer tes parents en golems avec un esprit de chien, de chat, de lapin ou de souris et stocker leur véritable esprit dans un morceau de cristal comme celui que je viens de te montrer. Dans l'espoir, ma petite Bea, que tu tentes de les sauver. Ne te méprends pas, nous n'allons pas les décevoir. Nous ne renoncerons jamais. Ils veulent t'attirer pour te capturer. De ça, pas question. Ça ne va pas se passer comme ça. La vengeance est un plat qui se mange froid. En attendant, tu vas accroître tes pouvoirs. Quand on sera prêts, pas avant, là, on passera à l'attaque, et on vaincra. Bea, je te le jure. On n'acceptera jamais ça. On rendra leurs esprits à ta famille ainsi qu'à Frey, Tyra et Silvis. Je le jure sur ma propre tête. Ensemble, on peut y arriver. Bea, je crois en toi. Tout ce que je te demande, c'est de croire en moi, toi aussi.

Bea poussa un long gémissement. Ses parents et son petit frère, disparus. Ainsi qu'Odi, Tyra, Frey, et Silvis, sa nouvelle amie. Le seul être qui lui restait, c'était Lars. Elle se jeta dans ses bras en sanglotant.

# 25

Si seulement elle avait accepté la proposition des sorciers de Salem Row à temps ! Elle ne serait pas allée à l'hôpital, son identité serait restée secrète, et ses parents n'auraient été ni capturés ni isolés.

Les sorciers de Salem Row espéraient qu'elle les sauve ; en réalité, elle avait été leur malédiction. Elle se sentait terriblement coupable, mais Lars refusait d'entendre ça. Selon lui, c'était leur faute ! Ils auraient dû la contraindre. Tout plutôt que laisser la Chasse la retrouver.

– Je m'en veux, moi aussi, dit-il. J'aurais dû rester à l'hôpital pour aider tes parents à s'échapper. Mais il y avait des Chasseurs partout, alors comment faire ? Et puis Bea, je devais te sauver, toi, avant tout !

Ce qui était fait était fait. Mais parfois, ce qui est fait peut aussi être défait. Odi avait disparu à jamais. Bea savait que Silvis allait être dévastée. Néanmoins, les corps des autres vivaient encore. Si elle pouvait convoquer leur esprit depuis l'endroit où la Chasse les avait stockés, elle pourrait les faire revivre. L'adorable Silvis. Les parents de Bea. Le petit Michael, si jeune. Peut-être d'ailleurs un sorcier comme elle.

À l'idée qu'ils aient perdu leur esprit à cause d'elle, elle s'en voulait terriblement. Néanmoins, tous les espoirs n'étaient pas perdus. Lars lui redonna du courage. Elle était prête à tout, à absolument tout, pour ramener en ce monde ses amis et sa famille.

Ses leçons avec Lars prirent tout leur sens. Elle se rendait à la hutte chaque jour. Et chaque jour, la renarde, son guide spirituel, lui apprenait à appeler de nouvelles créatures – des lapins, des lièvres, des renards, des cerfs. Bea convoquait l'esprit de bêtes de plus en plus grosses et de plus en plus difficiles à contrôler. Et elle les conquérait toutes, car elle avait un but : elle voulait devenir assez forte pour récupérer l'esprit des siens et les remettre dans leur corps.

Les corps des bêtes appelées restaient dans les haies ou les ronces : la renarde n'y touchait pas, elle ne désirait que la plus pure forme de leur esprit. Mais chaque après-midi, Lars allait les récolter – il semblait toujours savoir où les trouver. Il en brûlait certains dans les fossés, il en écoulait d'autres chez les bouchers des environs. Certains, il les dépeçait lui-même pour les congeler et faire des festins de gibier avec Bea : lapins, lièvres et autres petits animaux. Bea, qui raffolait de la viande, lui en était reconnaissante. Elle aurait détesté l'idée que ces animaux morts par sa faute pourrissent dans les bois et soient ainsi gâchés. D'une certaine manière, cela rendait le processus plus naturel.

Les mois passèrent. Au début de l'hiver, Bea était capable d'en appeler à l'esprit de n'importe quelle bête. Elle s'attaqua alors à des esprits plus dangereux et plus puissants : les éléments, les bois et les rochers, l'eau, le temps et le feu.

Quand on en appelait aux éléments, les frontières entre le premier et le second monde se brouillaient. D'étranges visiteurs surgirent à la porte de la maison : une femme à deux têtes s'assit à la table du petit déjeuner. Un ours s'installa dans le salon en se plaignant du programme télévisé du soir, quand bien même ils n'avaient pas la télé. Un feu prit sur le toit sans pour autant le consumer. Les feuilles mortes pénétraient dans la maison alors que toutes les fenêtres étaient fermées, les murs intérieurs se couvraient de mousse, et des pousses jaillissaient à travers les tapis. Dans les bois, Bea entendait des voix étranges, des cris, des rires. Elle voyait des licornes, des pangolins, des griffons et des elfes. Un jour, un triton se traîna devant elle sur le sol à la seule force de ses bras. Elle rencontra une manticore, un gobelin, une cocatrix. Un kamarisk, avec sa tête à jabot et ses grosses griffes, surgit dans le jardin. Un ange passa par sa fenêtre une nuit et tenta de lui rappeler le souvenir de ses parents, de Silvis, ainsi que la raison pour laquelle elle était là.

Mais ce n'était pas nécessaire. Peu importait à quel point elle était droguée, Bea n'oubliait jamais pourquoi elle faisait tout ça. Pour les sorciers, bien sûr, pour Silvis, aussi, mais surtout, pour sa famille. Pour l'esprit de ses parents enlevé à leurs corps et emprisonné quelque part. Ainsi que le petit Michael, qui aurait fêté ses deux ans au printemps. Bea allait les ramener à la vie. Lars parlait souvent d'eux, ce dont elle lui en voulait. D'un autre côté, elle lui en était reconnaissante, parce que, sans ce combat, à quoi bon vivre ?

Ils firent une courte pause au moment de Noël, qu'ils fêtèrent tous les deux. Lars se déguisa en père Noël et descendit par la cheminée de sa chambre pour déposer un cadeau sur son lit : une panoplie de guerrière, bottes comprises.

À nouveau, plusieurs mois s'écoulèrent. Le printemps passa. Bea fêta l'anniversaire de Michael en volant l'esprit d'un phénix, qui malheureusement s'éteignit avant que

Lars puisse le mettre dans un morceau de cristal. L'été surgit. Depuis le jour de son arrivée à la maison verte, Bea n'avait vu personne d'autre que Lars. Elle lui posait parfois des questions sur sa bande de sorciers. Où étaient-ils ? Pourquoi ne les rencontrait-elle jamais ? Lars lui répondait d'être patiente, qu'il valait mieux pour chacun ne rien savoir sur les autres. Car malgré toutes leurs précautions, on ne savait jamais. Mais ça viendrait. Sa chef, Cora Lynn, ne pourrait pas la faire attendre beaucoup plus longtemps.

L'automne arriva. Au bout d'un an passé dans la maison verte, Bea était capable d'appeler tous les esprits qu'elle souhaitait, vivants ou morts. Elle était également capable de convoquer les esprits de bêtes d'autres pays pour la rejoindre dans le nord de l'Angleterre. Elle était capable d'en appeler à des créatures du passé, aux esprits de dieux vénérés des siècles plus tôt. Elle était capable d'en appeler à des démiurges, à l'esprit des rivières, aux esprits de la route, des saisons, des montagnes, de la neige, de la pluie et de la pierre.

Il n'y avait qu'une sorte de créature qu'elle n'avait pas le droit d'appeler. En aucun cas. Lars lui avait dit qu'elle ne devait jamais appeler un esprit humain. C'était interdit. Ou plutôt, Bea ne devait le faire que dans les plus terribles des circonstances. Et pourtant, le cas se présenta. Et ce ne fut pas l'esprit d'un êtrte humain ordinaire qu'elle fut obligée de voler, mais celui d'un sorcier.

# 26

La victime était un jeune homme qui résidait dans une petite ville située en bordure de forêt, un sorcier ayant mal tourné. Il s'appelait Alan Thompson.

– Ça arrive, dit Lars.

Ils dînaient tous deux à la table de la cuisine. Lars avait fait cuire du jambon et préparé des pommes de terre aux petits pois. Il découpait au fur et à mesure de grosses tranches de jambon. Son appétit semblait sans limites. En revanche, il était rare que Bea ait faim, désormais. Elle aimait se sentir vide. Ainsi, elle avait l'impression d'être légère, prête à se laisser porter par le vent. Mais elle était également anxieuse. À mesure que s'étirait son séjour dans la maison verte, elle était de plus en plus inquiète. La peur lui nouait presque en permanence le ventre.

Lars coupait sa tranche de jambon en petits morceaux, qu'il trempait dans de la moutarde chaude avant de les dévorer.

– Les sorciers ont souvent des tentations, dit-il la bouche pleine. Quand un sorcier découvre qu'il a un don, ça devient une course entre la Chasse et nous. Parfois, on arrive les premiers, mais la plupart du temps, c'est la Chasse qui gagne. Dans ce cas, elle lui bourre le crâne de mensonges et de semi-vérités. Elle lui promet tout et n'importe quoi. La grandeur, la richesse, le pouvoir, l'amour, le sexe. Très vite, le sorcier en vient à croire que la Chasse est du bon côté. Elle est très forte pour ça. Elle les drogue, leur raconte ce qu'ils ont envie d'entendre, les flatte. Elle les rend aveugles à la réalité. Ils se mettent à sa solde sans même comprendre qu'ils sont passés à l'ennemi. Et quand c'est trop tard, quand ils ont trahi leurs amis et leur famille, elle les emporte.

– Et quel est le don de ce type ? demanda Bea, nerveuse.

Elle n'aimait pas tout ce qu'elle entendait.

– Il a un don de chaman. Ce qui lui permet d'attirer les esprits. Si tu te lies aux chamans, ils peuvent te conduire dans d'autres mondes. Et y faire plein de choses. Ils peuvent nous espionner. Ils peuvent se rendre invisibles en se déplaçant dans une autre dimension ou un monde presque parallèle à celui-ci. Ils peuvent voler l'esprit d'un sorcier pour le placer dans un autre monde, si bien que le sorcier devient impuissant dans le sien.

Lars jeta un coup d'œil en douce à Bea en plantant les dents de sa fourchette dans une pomme de terre.

– C'est ce qu'il a fait avec des personnes que nous connaissons tous deux.

Le cœur de Bea rata un battement.

– Deux sœurs que nous connaissons sous le nom de Flint.

Bea le regarda, les yeux écarquillés. Lars se pencha vers elle.

– D'abord, il a envoyé des éclaireurs pour les espionner, souffla-t-il. L'Épouvantail n'a pas été un obstacle pour eux. Puis ils ont volé l'esprit des deux sœurs pour les cacher dans le monde sous terre et les ont remplacés par des serviteurs de la Chasse, indétectables grâce à des amulettes. Odi et les autres n'en ont rien su. Comment pouvaient-ils deviner qu'au lieu de les protéger l'Épouvantail diffusait leur position dans la moitié de l'Angleterre ?

Lars posa une main sympathique sur son épaule.

– C'est là que la Chasse a attaqué Salem Row. Ça a été réglé en quelques instants. Odi, Tyra, Frey. La petite Silvis. Tes parents. (Il marqua une pause pour respecter son chagrin.) Ton petit frère. Ils ont tous été emportés et transformés en golems, leurs esprits cachés dans des cristaux que le Chasseur garde dans ses poches. Bea, ce type est le sorcier responsable de la perte de tous ceux qui t'étaient chers.

Lars se redressa pour voir l'effet de ses paroles sur elle.

– Je suis désolé, dit-il, tandis que Bea essuyait d'un geste rageur les larmes qui coulaient sur ses joues. Et maintenant, il nous cherche.

– On va devoir partir d'ici ? demanda Bea d'un air inquiet.

Lars secoua la tête.

– La géographie n'est pas un obstacle pour des esprits comme lui. Nous n'avons qu'un seul choix : l'anéantir avant qu'il nous anéantisse.

Il découpa une nouvelle tranche de jambon.

– Ça nous arrive à tous de nous faire avoir. Les sorciers ne sont pas plus incorruptibles que les autres. Certains sont des gens bien, d'autres mauvais, certains sont forts, d'autres faibles. Et de temps en temps, il y en a un de vraiment mauvais. Comme ce type.

Voler l'esprit d'un humain, c'était très différent de voler un esprit d'animal ou de plante. L'esprit d'un sorcier, qui plus est. Bea redoutait ça, mais comme le lui rappela Lars, ils étaient en guerre. Et en temps de guerre, les règles ne sont pas les mêmes.

Croyait-elle donc qu'elle allait passer sa vie à s'entraîner dans les bois ? L'ennemi gagnait du terrain. Des sorciers souffraient. Et eux deux avaient les moyens de les aider. C'était le moment de passer à l'action.

# 27

À son réveil le jour de l'attaque, Bea découvrit une voiture garée sur le goudron couvert de mousse devant la maison. En ce début de printemps, la journée était brumeuse, et il y avait de la rosée partout. Néanmoins, sur les arbres, les bourgeons grossissaient et des fleurs jaunes surgissaient en lisière des bois.

– C'est le moment de voir de quel bois tu es faite, déclara Lars en lui ouvrant la portière. Je crois en toi, Bea.

Il referma la portière, se mit au volant, et ils démarrèrent.

C'était la première fois que Bea quittait la maison depuis son arrivée, un an et demi plus tôt, alors elle regarda le monde défiler par la vitre. Tout était différent. Les visages qu'elle apercevait à travers les arbres, qui d'habitude lui semblaient toujours un peu diaboliques, avaient cette fois l'air soucieux. Voire furieux. Ils jaillirent à deux reprises d'une haie qui bordait la route, mais furent repoussés par la vitesse de la voiture. D'étranges formes l'observaient des fils téléphoniques. Après les arbres sombres et les bas-côtés terreux, il y eut des champs couverts de gelée blanche, ainsi que des villages et des fermes tapis dans les creux des vallées jusqu'à la petite ville où résidait leur future victime. Lars parvint à rejoindre le centre en se faufilant au milieu de la circulation et à trouver une place dans la rue principale. Là, il dit :

– Bon. Décris-moi ce que tu vois, maintenant.

Bea s'était tapie dans son siège. Il y avait tant de gens autour d'eux que ça lui faisait peur. Et si la Chasse était là ? Et s'ils la repéraient ? Pourtant, elle se redressa sur son siège et scruta courageusement l'extérieur.

Après une si longue période dans les bois, tout lui paraissait étrange : les gens vêtus de drôles de vêtements, qui ressemblaient à des abeilles affairées entre la boucherie, l'épicerie, le supermarché. Une animalerie à l'angle de la rue proposait des chiots à vendre. Même les maisons donnaient l'impression de la surveiller. Chaque surface était occupée, comme si toutes, à leur manière, étaient en vie.

– Les maisons ont des esprits, elles aussi ? demanda-t-elle.

– Certaines, oui, répondit machinalement Lars. C'est là, dit-il en désignant un magasin sur le trottoir d'en face. Cette boutique.

Il s'agissait d'un débit de boissons dont la vitrine n'était qu'une immense publicité pour du vin, des alcools et de la bière avec des bouteilles géantes et des visages souriants.

– Deux personnes travaillent là. Dans moins d'une minute, l'une d'elles va sortir pour aller chercher des cafés et des viennoiseries, dit-il en indiquant une boulangerie située un peu plus loin. Ce sera lui. Il va passer juste devant nous. Ce n'est pas loin, il n'en a pas pour longtemps. Mais c'est suffisant pour toi, n'est-ce pas, Bea ?

– Pour lui voler son esprit ? demanda-t-elle.

– Oui. Pour extraire l'esprit de son corps et l'attirer dans la voiture. Je m'occupe du reste. Après ça, le type n'aura pas l'air différent. Même si son esprit... Quand tu le verras, tu comprendras.

– Il ne va pas mourir ? redemanda-t-elle.

– Non ! J'ai tout prévu, répondit-il en tapotant une petite valise noire sur la banquette arrière. Un échange en temps réel. Je te promets qu'il ne se rendra compte de rien. Il va continuer à vivre la même vie qu'avant en apparence, même si son véritable esprit, celui qui possède un don, sera à notre disposition dans cette valise.

Il ajouta d'un ton très sérieux :

– Pense à ce qu'il a fait à ceux que tu aimes. Ses prochaines victimes, ça pourrait être toi et moi. Souviens-toi de ça quand tu sépareras son esprit de son corps.

Bea hocha la tête.

– Mais où est la renarde ? questionna-t-elle.

La renarde était toujours à ses côtés lorsqu'elle lançait l'appel.

Lars secoua la tête.

– Elle ne peut pas venir ici. Attention ! dit-il en s'agitant. Le voilà !

La porte du magasin s'ouvrit, et un jeune homme apparut. Alan Thompson paraissait très ordinaire, à tel point que Bea fut étonnée qu'il puisse même avoir du sang de sorcier. Il avait des cheveux blonds très fins, il portait un jean, des baskets et il avait une barbe de quelques jours. Ses grands yeux bleus paraissaient constamment surpris, comme s'il venait juste d'assister à une scène extraordinaire. Bea n'avait jamais vu de monstre aussi improbable. Elle ressentait surtout de la sympathie pour lui.

Elle voulut scruter son esprit. Comme l'avait dit Lars, il était différent des esprits des passants dans la rue. Plus sombre, plus riche, plus chaud, un mélange de rose et de bleu qui brillait comme les rayons du soleil à travers des vitraux.

Le jeune homme parcourut une vingtaine de mètres. Il était maintenant tout proche. Bea l'observait sans bouger. Lars la secoua par l'épaule.

– Vite ! Maintenant ! Fais ça pour Silvis. Et pour Michael. Fais-le, Bea. Maintenant !

– Je ne peux pas, dit Bea.

Mais tout en disant ça, elle puisa en elle.

– JE T'APPELLE, ESPRIT DE SORCIER, JE T'APPELLE À MOI. JE T'APPELLE ET J'EXIGE QUE...

Alan s'arrêta et porta la main à sa tête. Une étrange lueur engloba ses vêtements : son esprit qui le quittait. Dans la voiture, Lars ouvrit sa valise, et Bea vit quelque chose de vert se déplacer à l'intérieur d'un morceau de cristal.

Elle bondit hors de la voiture. Elle ignorait totalement ce qui la poussait à agir, car elle n'en avait pas du tout l'intention. Elle courut sur le trottoir vers le jeune homme qui se tenait là, bouche ouverte, titubant et haletant depuis que son esprit l'avait quitté. Elle leva les mains.

– Reste là, ordonna-t-elle.

La lueur s'immobilisa, et à sa grande surprise, car Bea ne l'avait ni appelée, ni n'avait rien exigé, elle regagna le corps du jeune homme.

– Tout va bien ? demanda une voix.

Une jeune mère avec une poussette s'était arrêtée près d'elle. Bea voulut partir, mais elle aperçut alors son reflet dans la vitrine du magasin tout proche : une fille aux cheveux sales la regardait. Elle portait des vêtements dégoûtants. Pire que ceux de Silvis qui, au moins, étaient toujours propres. Et puis, elle était si maigre ! Ses bras et ses jambes nus n'étaient plus que quatre bâtons. Sa tête paraissait énorme, et ses yeux faisaient comme deux trous noirs. En portant ses mains à ses joues, elle sentit les os de ses pommettes aussi durs que des pierres. Il ne restait plus rien de la Bea d'avant.

– Attendez ! Vous... (Le jeune homme la regardait d'un air inquiet.) Tu es l'une de nous..., murmura-t-il si près que personne dans la foule autour d'eux ne put les entendre. Pourtant, tu as failli me tuer !

La foule grossissait, mais ce n'était pas ça qui inquiétait Bea. Alan voulait la toucher, ce qu'elle refusait. Alors elle se contenta de lever une main en disant :

– Viens.

Et là, l'esprit d'Alan, toujours sous la gouverne de Bea, s'approcha à nouveau. Elle le vit s'agiter sous la peau du jeune homme, puis briller à travers les fibres de son pull et surgir dans l'air alors qu'il échappait de son corps. Alan Thompson tomba à genoux. Il se mit à claquer des dents et à trembler violemment. Lars apparut en écartant la foule et disant :

– Je suis médecin. Ne vous inquiétez pas, il fait juste un malaise. Je suis médecin. Tout va bien. Je vais l'aider.

Tout en parlant, il tendit un cristal de forme hexagonale à Bea. Telle une ombre luisante, l'esprit d'Alan le pénétra. À cet instant, Lars pressait le bâton en cristal qui contenait la pâle lueur verte contre le torse du sorcier.

– Al, ça va aller. Tu as encore bu un coup de trop, c'est ça ? Retourne à la voiture, siffla-t-il à Bea en lui donnant un coup de coude.

Le jeune homme se tortillait à ses pieds. La lumière verte l'avait pénétré. Bea la vit s'installer dans sa nouvelle demeure. L'esprit regarda Bea et coassa.

Lars avait remplacé un esprit de sorcier par celui d'une grenouille.

En serrant contre elle le morceau de cristal qui contenait

l'esprit du sorcier, Bea se précipita vers la voiture. Mais la jeune mère qui lui avait parlé la retint par l'épaule en disant :

– Excuse-moi. Tu vas bien ? Tes parents sont ici ? Tu n'as pas de manteau. Tu dois être gelée.

Bea se retourna vers cette femme qui la dévisageait en fronçant les sourcils. Près d'elle, Lars tapota l'épaule du jeune homme.

– C'est bien. Continue comme ça. Tu allais chercher des gâteaux, tu te souviens ? Espèce de grenouille ! lança-t-il tout à coup d'un air joyeux.

Tout à coup, Bea eut l'impression d'avoir commis un acte terrible. Sans réfléchir, elle lâcha le morceau de cristal, qui rebondit à ses pieds. Lars hurla et le rattrapa. Bea saisit alors sa chance : elle repoussa la foule assemblée autour d'eux pour partir en courant. Derrière elle, elle entendait Lars appeler :

– Bea !

Mais c'en était trop. Elle fila le plus vite possible sur ses jambes maigres. Elle savait qu'elle devait quitter la ville pour regagner les bois et les champs où elle était à l'abri en compagnie de ses amis les esprits.

Derrière elle, la foule remua, mais personne ne se lança à ses trousses. Bea courut, courut, courut. Elle fut bientôt hors d'haleine. Elle avait atteint la limite de la petite ville, et bondit sur la route entre les voitures qui freinaient et klaxonnaient : elle ne savait plus comment faire. Elle escalada une clôture, en sentant le métal froid lui écorcher la peau des avant-bras, mais ça ne l'empêcha pas de continuer. Elle traversa un champ en jachère en trébuchant en direction des arbres, et fut bientôt trempée. Il y avait des cris derrière elle. Elle se retourna : Lars était garé au bord de la route. Il avait ouvert la portière et il hurlait, penché sur le siège du passager :

– Bea ! Vite, vite !

Bea prit une bouffée d'air humide. Tout à coup, elle avait peur de Lars. Elle se rendit compte qu'elle le connaissait à peine. Pire, elle avait l'impression de ne plus se connaître elle-même. Qu'était-elle devenue ?

Elle partit alors dans une autre direction et franchit une nouvelle clôture avant de se retourner. Lars avait disparu. Elle sauta, atterrit dans les chardons, s'y piqua les mains, et partit au petit trot en direction des bois. Ce n'était qu'un bosquet, qu'elle traversa pour franchir un autre champ, puis un autre, et encore un autre, à bout de souffle, en sueur malgré l'air froid. Elle trouva enfin une haie épaisse, qui lui parut aussi protectrice que sa maison. Elle se glissa au milieu des épines et de l'eau de pluie. Et là, elle fondit en larmes. Comment avait-elle fini ainsi ? Qu'avait-elle donc fait ? Sans aucun doute quelque chose de mal. Comment son rêve pouvait-il à ce point s'être transformé en cauchemar ?

À force de pleurer, Bea finit par s'endormir. C'est là que la renarde vint la rejoindre. Elle l'entendit approcher dans son sommeil et fut réveillée par des coups de langue sur son visage. Elle l'entoura de ses bras, la serra fort contre elle, l'aima. Elle vivait tant de choses étranges et incompréhensibles, mais au moins, elle se sentait rassurée en compagnie de la renarde. Celle-ci s'enroula autour d'elle pour la réchauffer grâce à son épaisse fourrure rousse. C'était formidable qu'elle l'ait retrouvée si vite. Bea était frigorifiée.

Elle se rendormit et se réveilla aux premières lueurs du jour, quand la renarde s'enfuit et que Lars surgit pour la reconduire à la maison.

# 28

Bea était en hypothermie. Elle n'était pas équipée pour une journée aussi humide, si bien que ce long moment dans la haie, même avec la renarde, lui avait donné de la fièvre. Elle dormit toute la journée et la nuit qui suivirent, ne se réveillant que pour boire, et émergea à l'aube du jour suivant aux prises avec des hallucinations. Mourant de chaud et de froid, elle transpirait tellement que ses draps furent bientôt trempés et ses cheveux plaqués à son crâne. Sa peau était si sensible que le seul contact de la couette était un supplice, et dès qu'elle ouvrait les yeux, la lumière lui faisait mal.

Elle avait beau être très malade, Lars refusa de la conduire chez un médecin, prétendant que le système de santé britannique était infiltré par la Chasse. Il lui refusa également la hutte de sudation, quand bien même elle le supplia. Il s'en voulait, disait-il. Il l'avait poussée trop loin, il lui en avait trop demandé. La hutte de sudation avait joué son rôle; maintenant, Bea avait besoin de s'alimenter et de se refaire une santé.

Sa nouvelle vie d'enfant soldat l'attendait. Tel était son destin, elle devait l'accepter : la phase d'apprentissage était terminée. Elle devait se sevrer de toutes les drogues pour se mettre entièrement au service du sauvetage des sorciers.

Aussi dépendante qu'un bébé, Bea vécut son sevrage et la fièvre dans son lit en suppliant Lars de la laisser retourner à la hutte de sudation, mais il ne voulut rien entendre. Il lui préparait de la soupe, lui donna quelques médicaments et de l'herbe amère qu'il cueillait dans les bois. Au bout de quatre jours, la fièvre baissa enfin. Bea était très faible, mais elle allait guérir. Elle fut bientôt capable de s'asseoir dans son lit pour lire ou jouer avec la console que Lars lui avait apportée.

Vint le jour où elle eut le droit de se lever. Elle descendit l'escalier sur des jambes flageolantes. Elle avait été très malade, elle avait peut-être même frôlé la mort. Mais ça en valait la peine, déclara Lars. Car la mission avait été un succès ! Bea avait appelé sans faillir l'esprit du traître, que Lars avait recueilli dans un bâton de cristal. Celui-ci avait même déjà été utilisé.

– Par toi ? demanda Bea d'un ton suspicieux.

Il fit signe que non.

– Comme je te l'ai dit, j'ai des camarades, et aussi une chef. Bea, ton entraînement est terminé. Tu as réussi ! Le moment est venu de les rencontrer.

Au cours de l'année, Bea avait beaucoup entendu parler des amis de Lars, de Cora Lynn, sa chef, ainsi que des autres membres de sa cellule. Pour l'instant, elle n'avait pas pu les voir, mais puisque Alan Thompson avait été neutralisé et que Bea était opérationnelle, ils étaient maintenant amenés à faire sa connaissance.

Lars la conduisit dans la petite salle souterraine où était gardé l'esprit de Mary Bell. Bea le suivit, à la fois excitée et inquiète. À part sa récente mission, ce serait la première fois qu'elle aurait un contact avec une autre personne que Lars depuis leur fuite de l'hôpital.

Lars souleva le couvercle du puits. Il y eut un étrange silence avant que l'eau ne se couvre de vapeur, puis une image apparut, qui n'était qu'un reflet du passé, comme Lars lui avait déjà expliqué.

Bea découvrit une salle avec des gens autour d'une table ovale, certains avec des tasses, d'autres avec des verres. Elle était éclairée par quelques lampes formant des taches jaunâtres, ce qui donnait l'illusion d'un tableau ancien. Certains discutaient, mais quand la silhouette placée au centre prit la parole, ils se turent et se tournèrent vers Bea. La silhouette était celle d'une femme à la peau sombre avec des cheveux courts et grisonnants. À la fois dure et très belle.

– Beatrice, dit-elle avec un sourire. C'est étrange de te parler alors que tu peux me voir, mais pas moi. J'espère cependant que notre cher Lars fera en sorte que tu aies ce message. Tout d'abord, un immense merci. Pour la première fois depuis tant d'années, grâce à toi, nous pouvons enfin espérer reprendre le dessus. Je sais combien tu souffres, combien tout ceci a été troublant et difficile pour toi. J'espère pouvoir bientôt te remercier en personne. Ce n'est pas possible pour l'instant, mais je tiens à te dire que tes efforts n'ont pas été vains. Nous possédons l'esprit d'Alan Thompson, dont nous nous sommes déjà servis. Si bien que je tiens à te présenter Davey.

Elle se tourna vers l'une des personnes près d'elle, qui leur sourit.

– Davey possède à présent deux esprits. C'est un soldat, comme toi. Il peut maintenant faire ce qu'Alan Thompson nous faisait : nous espionner, dissimuler nos esprits dans d'autres mondes, et ainsi nous perdre à jamais.

Le type qui s'appelait Davey fit un sourire encore plus grand.

– Merci, Bea, dit-il. Grâce à toi, je peux vraiment me battre. Je vais venger mes parents, mes frères et sœurs et espérer un avenir meilleur pour mes enfants. Mille mercis.

La femme plus âgée sourit chaleureusement à Davey, puis à nouveau à Bea.

– J'espère que vous vous rencontrerez un jour et que vous deviendrez amis. Bea, tu as déjà beaucoup fait, mais nous devons encore te demander quelque chose. En es-tu seulement capable ? Je l'espère. Nous avons établi une liste de cibles. Je sais combien c'est difficile de voler un esprit humain, encore plus celui d'un sorcier. C'est quelque chose que l'on ne devrait pas avoir à te demander. Mais nous n'avons pas le choix. Cependant, nous ne t'obligerons jamais à rien.

Elle se tut. Bea examina le visage des gens autour de la table. Si sombres, et pourtant pleins d'espoir.

– Prends ton temps, reprit la femme. Tu as été malade. Tu as besoin de regagner des forces. Mais n'oublie pas que le temps presse pour de nombreux sorciers à travers tout le pays. Cette liste, dit-elle en tapotant une feuille de papier sur la table devant elle, est celle des membres de la Chasse qui représentent le plus grand danger pour nous, et de ceux qui nous seront les plus utiles. Certains sont des traîtres. La plupart, des gens à qui on a offert l'esprit et le don de sorciers auparavant isolés. Cette liste est longue. Il y a là deux douzaines d'esprits. Une fois la liste épuisée, nous espérons être en mesure de nous attaquer directement à la Chasse. Et là, peut-être que nous pourrons récupérer ta famille et tes amis. Je suis désolée de t'infliger tout ça, mais tu es notre plus grand espoir. Peut-être le seul. Ta récompense ? Je viens à toi les mains vides. Peut-être tes amis, peut-être ta famille. Peut-être pas. Nous avons si peu à t'offrir, alors que toi, tu peux nous donner tant de choses.

Elle baissa les yeux sur la table et leva une chope de bière.

– Merci de notre part à tous, conclut-elle.

Les autres l'imitèrent.

– Merci, Bea, dit Davey.

– Merci, dirent les autres.

– Nous ne pourrons jamais te donner autant que tu nous donnes.

La chef sourit, et la scène s'effaça peu à peu. Bientôt, Bea ne vit plus que son reflet dans l'eau, celui de Lars, et le plafond en brique de la petite cave.

– C'était Cora Lynn, dit-il en souriant en direction du plafond. Notre chef. Elle est formidable, non ? Mais nous ne sommes qu'au début de notre combat.

Ainsi débuta la vie de Bea comme enfant soldat.

# 29

Bea apprit encore beaucoup d'autres choses à la maison verte. Chaque nom d'herbe, chaque animal, leur utilisation en cuisine, en magie, comme poison ou comme remède. Elle apprit lesquelles affaiblissaient l'esprit et lesquelles l'élevaient. Elle apprit des incantations et des chants, la façon dont la poésie influe sur l'âme. Elle apprit quels paysages contenaient un esprit, et lesquels n'étaient qu'un agrégat de pierre, de terre et d'eau.

Elle en apprit beaucoup sur les astres, la façon dont l'esprit quitte le corps et peut voyager aussi loin que leur lien le lui permet. Elle apprit à briser ce lien afin que l'esprit se perde à jamais.

Elle apprit à pénétrer le corps d'un être vivant – homme, femme, enfant ou animal, comme un lièvre, par exemple. Ou bien celui d'une plante, voire un bout de paysage. Elle apprit à emprisonner un esprit dans une chose inanimée : un rocher, une bouteille d'eau, un morceau de cristal. Elle apprit à punir quelqu'un de façon magique. À créer l'amour, ou en tout cas son illusion. À modifier l'apparence des choses. Elle apprit à immobiliser un esprit, tout en le laissant intact, et à le faire grandir.

Pendant ce temps, Lars s'exerçait à avaler des esprits, comme la renarde. Il emportait souvent l'une des boîtes contenant les morceaux de cristal en provenance de la cave dans sa chambre, où il s'enfermait à clef – il s'enfermait toujours à clef. Jusque-là, il avait réussi à dévorer des esprits d'animaux et de plantes, mais il luttait pour avaler des esprits de sorcier comme Davey. Sa gorge se rebellait face à un tel acte, si bien que Bea entendait souvent ses haut-le-cœur.

Plusieurs mois s'écoulèrent, uniquement consacrés au travail et à l'entraînement. Ils menaient une vie très solitaire. Lars ne s'intéressait qu'au travail. Il n'y avait entre eux ni amitié ni chaleur. Bea était tourmentée par l'idée que le sort de sa famille dépendait d'elle. Seul l'espoir de les faire revivre un jour la faisait tenir.

Lars lui manquait. Pas le Lars qu'il était devenu, toujours à travailler, à réfléchir de l'aube au crépuscule, mais l'ancien Lars, le beau garçon insouciant rencontré au skatepark, capable de tours merveilleux, avec son sourire si envoûtant. Où était-il passé ? Le Lars d'aujourd'hui n'était plus son ami mais son professeur, son supérieur, son patron. Il portait un treillis, il avait coupé ses cheveux et il régentait la vie de Bea jusque dans ses moindres détails : son alimentation, ses heures de coucher et de lever. Mais dans ses rêves, il avait toujours ses cheveux longs et il volait comme un aigle avec son skate, se précipitait pour la relever quand elle tombait, lui faisait un clin d'œil et applaudissait chaque fois qu'elle réussissait une figure.

Il y avait chaque jour de nouvelles leçons, mais la tâche la plus importante et la plus difficile restait de perfectionner la magie noire consistant à voler l'esprit des sorciers. Ce n'était ni facile ni agréable. Seulement dans les plus terribles des circonstances, et en raison de la sauvagerie de leurs ennemis, c'était devenu nécessaire. Comme Lars ne cessait de le lui rappeler, ils étaient en guerre. Or, la guerre justifie tous les crimes et destructions. Chaque fois que Bea volait l'esprit d'un sorcier, ce qu'elle faisait souvent, ça la blessait au plus profond d'elle-même. Tout en elle se rebellait – son âme, son corps, sa morale – mais elle ne s'arrêterait pas : elle n'avait pas le choix. Elle faisait ça pour ses amis et sa famille.

Chaque semaine ou presque, ils partaient en mission. ILD, comme disait Lars : Identifier-Localiser-Détruire. Il avait acheté un petit van qui leur permettait de se déplacer partout dans le Royaume-Uni. Un jour, ils prirent même le ferry pour l'Irlande afin de démanteler une cellule de la Chasse qui opérait depuis des décennies dans le comté de Kildare. L'opération fut couronnée de succès. Ils ne firent que deux prises, mais des esprits puissants et dangereux. Lars était ravi.

Leurs cibles irlandaises, le vieux Tor et son épouse Maisie, aimaient bien boire quelques pintes au pub le dimanche soir. Ils regagnaient ensuite leur petite maison par les routes sombres à la lueur d'une torche. Lars et Bea arrivèrent de bonne heure au pub et écoutèrent le vieux bonhomme jouer du tambourin tandis que son épouse chantait d'une voix grinçante et triste, néanmoins belle. C'était une scène surréaliste. Bea et Lars partirent tôt et se tapirent derrière un buisson avec des jumelles de vision nocturne pour repérer les premiers le vieil homme et sa femme.

Tor, qui faisait des ravages parmi les sorciers depuis des années, mourut sans un murmure. Avec sa femme, ce fut plus compliqué : elle lutta comme une tigresse et les entraîna tous deux dans un autre monde. Ils durent se battre, et quand ils capturèrent enfin son esprit, elle poussa un cri si puissant que Bea crut qu'il allait lui fendre le crâne. Il y eut un éclair de lumière blanche qui lui laissa le cerveau en vrac pendant des jours.

Il s'agissait des souvenirs de Maisie qui la quittaient d'un coup. Lars n'avait pas réussi à placer un autre esprit dans leur corps. Ou bien décidé de ne pas le faire. Ensemble, ils cachèrent les cadavres dans les sous-bois avant de fuir.

Mais ça en valait la peine, dit Lars sur le chemin du retour alors qu'ils faisaient une pause dans une station-service sur l'autoroute en direction de la maison verte. Ils avaient préparé du thé sur un réchaud en mangeant quelques biscuits, tous stores baissés pour que personne ne puisse les voir. Des photos de Bea avaient circulé dans tout le pays, et si Lars considérait qu'ils ne risquaient rien à passer deux heures dans un pub de la campagne irlandaise, il prenait garde à ce que personne ne voie le visage de Bea dans ce lieu plus urbain.

Il avait sorti l'un des morceaux de cristal. Une lueur mauve et verte trembla à l'intérieur quand il passa une main dessus. C'était, Bea le savait, le signe d'un esprit qui cherchait un être vivant où se nicher. Les esprits n'aimaient pas être sans réceptacle.

– Ce bon vieux Tor, jubila Lars. Une prise magnifique ! Son esprit est capable de faire la pluie et le beau temps. Tu savais que les phénomènes climatiques sont dotés d'un esprit ? Tor avait réussi à dompter des fronts météorologiques ; la preuve, il y en avait toujours plein dès qu'il était là. Maintenant, je peux convoquer le brouillard, les vents, la pluie, et peut-être même un ouragan. Tu imagines avoir un tel pouvoir ? Aucune technologie n'est capable de ça. Et nous, maintenant, on peut le faire.

Bea n'écoutait que d'une oreille. Alors que Lars triomphait, elle jetait des regards prudents à travers les stores du van. Un mètre plus loin, des gens parlaient avec leur famille ou des amis. Deux adolescentes discutaient avec un garçon près d'une voiture. Depuis combien de temps Bea n'avait-elle pas passé un moment avec quelqu'un d'autre que Lars ? Des mois. En réalité, plus d'un an et demi, mais elle avait perdu le compte. Elle demanda d'un coup :

– On peut sortir boire un café ?

– Pas question. La Chasse est partout par ici, répondit sèchement Lars. (Puis il l'observa et se radoucit, lui tapotant le bras.) Je sais combien c'est dur. Je sais que tu souffres de la solitude. Mais tu le sais, Bea, tu dois toujours te cacher. La Chasse peut être n'importe où. Elle surveille, elle guette. Et tu sais aussi que si elle t'attrape, on perd tout. Ce n'est pas nouveau, pourtant ! s'exclama-t-il, tout à coup énervé quand il vit qu'elle allait protester.

Bea ne dit rien. S'opposer à Lars était incroyablement difficile.

– J'aimerais tellement que tu sois plus fière de toi, dit-il. C'est une prise incroyable. Mais toi, tu donnes toujours l'impression de broyer du noir.

Il rangea le cristal dans la boîte doublée de velours et mit le moteur en route. À l'arrière, Bea s'allongea et ferma les yeux. Elle était lasse, plus que lasse, de la vie qu'elle menait, de ce qu'elle devait accomplir. Comme Lars quittait le parking, il se lança dans l'un de ses fameux discours destinés à lui remonter le moral.

– Tu t'en sors si bien… Tes pouvoirs augmentent de jour en jour… Je sais que c'est dur… Personne ne pourrait être meilleur que toi.

Puis il revint à son sujet favori.

– Bea, c'est une guerre que nous menons. Personne n'aime

faire la guerre, et personne ne te demande d'aimer ça, mais nous n'avons pas le choix. Tu es trop sensible. Tu dois t'endurcir, c'est le seul moyen. Te couper de tes émotions, te transformer en machine de guerre. C'est difficile, surtout que tu es très jeune, mais... blablabla, blablabla...

Les mots s'enfonçaient dans la tête de Bea. Elle comprenait la raison de la guerre, mais pourquoi devait-elle être aussi seule ? Elle ne connaissait pas le moindre sorcier à part Lars. Elle n'avait pas de divertissements, pas d'amies, et encore moins de petit copain. Pas de skate, pas de fêtes, pas de famille, rien.

– J'ai envie de voir des gens ! s'écria-t-elle pour interrompre le flot continu de paroles de Lars. J'ai envie de m'amuser un peu !

Le van sursauta, comme choqué par sa véhémence. Lars était furieux.

– Arrête de faire ta petite fille gâtée ! répliqua-t-il.

Bea baissa la tête et pleura longtemps dans le silence qui suivit. Lars s'accrochait au volant. Il finit par se calmer.

– Je sais, je sais, dit-il enfin. Attends encore un peu, d'accord ? Laisse-moi réfléchir. Même en pleine guerre, il doit bien y avoir un moyen de s'amuser.

Lars conservait les esprits volés dans des boîtes doublées de velours à la cave de la maison verte. Il possédait déjà sept ou huit prisonniers, certains issus de sorciers très puissants.

Parfois, Bea avait l'impression qu'il y avait plus de sorciers dans le camp opposé que de sorciers du bon côté, mais dans tous les cas, elle connaissait de grands succès. Vers la fin mai, Lars réussit à avaler l'esprit de son premier sorcier, une fille de dix-huit ans capable d'entendre à quinze kilomètres à la ronde. Si bien que maintenant, lui aussi possédait ce don. Il était enchanté. Et il voulut fêter ça.

– C'est ton anniversaire dans quelques semaines, déclara-t-il. Tu te souviens que je t'avais promis un peu d'amusement ? Tu vas avoir quinze ans. Alors j'ai une surprise pour toi, Bea. Crois-moi, tu vas adorer !

Un cadeau ! Bea était aux anges. Qu'est-ce que c'était ? Sa famille ? Lars aurait-il trouvé un moyen de la ramener ? Ou bien Silvis ! Elle aurait tant aimé passer un peu de temps avec elle...

– J'ai dit amusement, pas suicide, corrigea aussitôt Lars. Ah non, ne recommence pas, menaça-t-il alors que les larmes de Bea surgissaient déjà. Va te coucher. Tu y verras plus clair demain matin. Allez, au lit !

Bea tituba jusqu'à sa chambre.

En fait, elle était trop sensible pour cette vie-là, trop tendre pour devenir une vraie combattante. Lars avait compris que Bea devait enfouir cette part trop sensible d'elle-même. Il devait faire d'elle son bras armé.

Et il en avait les moyens.

# 30

Le matin de son anniversaire, Lars apporta à Bea un petit déjeuner au lit, avec tout ce qu'elle aimait : un yaourt aux fruits bien crémeux, du bacon croustillant et des baies. Pour la première fois depuis son arrivée, il fit à nouveau chanter l'air pour elle, un chant d'anniversaire. Puis il y eut un gâteau. Ensuite, il lui demanda de faire la vaisselle pendant qu'il préparait la grange pour la soirée.

Il commença par sortir les différents véhicules qu'il y stockait et les aligna sur le goudron couvert de mousse : sa moto, sa voiture, le van. Puis il passa sur le sol un jet d'eau puissant pour effacer toutes les taches, nettoya les parois à l'aspirateur, juché sur une échelle, éliminant ainsi des toiles d'araignées et de la poussière accumulée depuis des années. Il disposa des ballots de paille le long des parois en guise de sièges, dressa des tables sur des tréteaux et confectionna avec des cageots une estrade pour l'orchestre. Puis il recouvrit les tables de tissu blanc et demanda à Bea d'aller cueillir autant de fleurs et de feuillage qu'elle pouvait, de façon à garnir les vases et à en mettre dans chaque niche, à disposer des touches de couleurs à intervalles réguliers partout dans la grange.

– Mais c'est qui les invités, Lars ? Pour qui on fait tout ça ? demandait Bea.

– C'est une surprise ! répondait-il.

Elle gémissait de frustration, mais il refusait de lui dire quoi que ce soit.

Il remplit un immense saladier en argent de vodka, de jus de fruits et de rhum ambré, auxquels il ajouta des pommes, des oranges plantées de clous de girofle, des bâtons de cannelle, du gingembre. Il aligna les bouteilles de bière et de cidre près de tasses en grès.

– Mais qui vient ? répétait sans cesse Bea.

– Tu verras bien !

– Je les connais ? Je ne les connais pas, si ?

– Eux te connaissent, répondit joyeusement Lars.

Il grimpa dans la charpente pour accrocher des lampions, installa un projecteur de façon à faire passer des dessins animés sur une paroi de la grange, suspendit une boule à facettes au centre et braqua des spots dessus. Ce fut alors une explosion de lumière.

– C'est ma mère qui vient ? demanda-t-elle.

– On n'invite pas sa mère à un bal !

Puis il entreprit de faire disparaître tout le matériel : les échelles, les fils électriques, l'aspirateur, le jet d'eau, les produits ménagers.

– Qu'est-ce que tu en penses ? questionna-t-il.

La grange, qui avait toujours été sombre et poussiéreuse, était maintenant baignée de lumière. Daffy Duck s'agitait sur une paroi, et il y avait de la couleur partout.

Mais Bea se moquait bien du décor.

– Il n'y a personne ! protesta-t-elle.

– Bea, j'ai passé la journée à travailler pour toi. Et voilà comment tu me remercies ?

– Mais à quoi bon, si c'est juste pour moi ? Si je suis toute seule ? Je ne veux pas faire la fête toute seule ! Je veux mes amis ! Je veux ma famille !

Et là, elle fondit en larmes. Elle regardait partout autour d'elle avec le faible espoir de découvrir sa famille encore en vie, allez savoir comment, même si Lars lui avait dit des centaines de fois qu'elle seule pouvait la sauver. Elle en avait assez. Elle avait tout perdu, et maintenant, ce crétin voulait qu'elle danse.

Lars resta immobile, l'air grave.

– Appelle-les, commanda-t-il.

– Qui ça ? Je n'ai plus personne à part toi...

Lars écarta les bras en direction de son chef-d'œuvre. La grange était si belle. La nuit tombait, les lampions s'éclairaient. Les petits esprits des fleurs et des buissons se mélangeaient avec les lumières colorées et le dessin animé sur la paroi, étrange croisement entre une fête médiévale et une discothèque. Le spectacle était magique. Sauf pour Bea. Des gens, voilà ce qu'elle voulait. Où étaient-ils ?

– Cet endroit a été utilisé comme salle de bal pendant des siècles, lui expliqua Lars. Les villageois parcouraient des dizaines de kilomètres jusqu'ici, où ils s'entassaient pour boire, danser, s'embrasser, puis aller faire l'amour en douce sous les combles. Appelle-les, Bea ! Ils sont morts, maintenant, mais rappelle-les ! Emplis cet endroit d'esprits rieurs. Maintenant !

– Mais à quoi bon ? se lamenta Bea. Ils sont morts. Ils ne sont pas réels.

C'était donc ça, la conception d'une fête selon Lars ? Danser avec les morts ? Bea ne voulait pas d'illusions ni d'esprits, elle voulait des gens en chair et en os, de vrais rires, de vrais garçons et filles, de vrais baisers.

– Bea, je t'en supplie. Si tu ne le fais pas pour toi, fais-le pour moi. Tu ne crois pas que cette vie me rend dingue, moi aussi ? Je ne suis pas tellement plus âgé que toi, tu sais. Moi aussi, j'aimerais avoir des amis, mais il n'en reste aucun, ils ont tous disparu. Nous ne pouvons compter que sur nous, Bea. Alors regarde-moi, Bea, regarde-moi !

Bea était sur le point de partir en courant, pourtant, elle obéit. Lars avait levé les bras au-dessus de sa tête comme un danseur de ballet. Des lumières se mirent à étinceler tout autour de lui. Il fallait croire qu'il avait un faible pour la magie version Disney.

Il commença à changer : ses vêtements, ses cheveux, son allure. À la maison verte, il passait son temps en treillis, mais là, le vert et le gris disparurent. Ses cheveux changèrent de coupe, ses vêtements se firent plus colorés et seyants. Il tournoya à plusieurs reprises, et tout à coup, il était à nouveau chevelu, aussi beau qu'au premier jour dans le skate-park.

Bea était bouche bée : elle avait oublié à quel point Lars pouvait être séduisant. Il prit la pose dans l'attente de sa réaction. Comme elle ne bougeait pas, il plongea les mains dans les poches de son pantalon.

– Je te proposerais bien de danser, si on avait de la musique, marmonna-t-il, gêné.

Bea se radoucit. Peut-être que tout ça, ce n'était pas si mal, vu leur situation. De toute façon, les mots franchirent ses lèvres malgré elle :

– VENEZ, DANSEURS, MUSICIENS, AMOUREUX, AMIS. JE VOUS APPELLE ET JE VOUS COMMANDE, AMUSEZ-VOUS COMME AUTREFOIS. EMPLISSEZ CETTE SALLE DE VOS RIRES...

Il y eut un bref silence, suivi d'un grincement. La porte de la grange s'ouvrit, et ils déboulèrent : filles et garçons, grands-parents et parents en une foule compacte et bruyante. Les fermiers qui possédaient autrefois cet endroit, les jeunes qui riaient et sautaient partout, certains avec une mine boudeuse, d'autres pleins de soupirs énamourés. Celui qui aimait s'amuser, celui qui était toujours triste, tous venus au bal oublier leurs soucis, boire et danser, faire la fête, chanter et faire l'amour.

Des rires et des voix emplirent l'espace. Bea savait qu'ils n'étaient que des passagers en ce monde. Personne ne le savait mieux qu'elle. Mais puisqu'ils étaient là, pourquoi ne pas profiter de leur présence ?

Au fond de la grange, où Lars avait construit une scène, des musiciens accordèrent leurs instruments. La foule continuait à grossir. L'orchestre entama un air au violon accompagné d'une cornemuse, d'un tambourin, d'un accordéon et d'une contrebasse. Le chef d'orchestre lança le décompte, et le bal fut déclaré ouvert.

Les plus courageux se précipitèrent aussitôt sur la piste. Lars leva les bras avec un sourire narquois. Bea lui prit la main, et ils s'avancèrent tous deux. Ni elle ni lui ne connaissaient les danses d'autrefois, alors ils s'agitèrent maladroitement jusqu'à ce que d'autres couples se mettent à tourbillonner dans la grange. Ils se joignirent à eux, d'abord peu hardis, puis de plus en plus à l'aise.

Des plats surgirent sur les tables : de petits sandwichs, du jambon, du pain tout frais, de grosses tommes, des rôtis, des salades de pommes de terre, du chou, du bacon, des haricots. Bea et Lars se servirent, puis plongèrent leur tasse dans l'immense saladier de punch qui semblait ne jamais se vider, alors que tout le monde s'y abreuvait comme un troupeau d'éléphants à un point d'eau.

Et ils dansèrent. Ils dansèrent avec les esprits, ils dansèrent tous les deux, ils dansèrent encore et encore. Ils se glissèrent dehors pour fumer de l'herbe, comme si quelqu'un risquait de les surprendre. Lars lui vola un baiser. Puis ils dansèrent encore. Et burent encore. À mesure que la nuit avançait et que le punch continuait à couler à flots, Lars la fit tournoyer hors de la grange, l'adossa à un mur et l'embrassa longuement, cette fois-ci. Bea lui rendit son baiser. Ils s'embrassèrent, burent encore, dansèrent encore, s'embrassèrent encore... Et enfin, lorsque la foule se fit plus clairsemée, ils se glissèrent dans le foin, où se cachaient déjà d'autres amoureux.

Là, il lui baisa tendrement les lèvres, le cou, la poitrine, qu'il dénuda dans la faible lueur. Il la caressa doucement, comme si elle était un trésor à lui, rien qu'à lui, à lui pour toujours.

Bea voulut repousser ses mains, mais il lui murmura d'une voix douce qu'ils n'avaient plus que l'un l'autre, qu'ils avaient tout perdu dans cette guerre. Qu'ils devaient saisir leur chance, prendre du plaisir quand c'était possible. Qui leur refuserait ça, dans une telle époque, en un tel lieu ?

Mais à l'oreille de Bea, d'autres voix s'exprimaient. Sa mère qui pleurait : « Oh non, Bea, oh non, pas là, pas maintenant, pas avec lui ! » Odi, Silvis et son père, Tyra et Frey, et sa propre voix dans ce vacarme, qui la mettait en garde. Elle repoussa de nouveau la main de Lars. Tout ça allait trop vite ! Mais il lui murmura encore et encore à l'oreille, et elle finit par accepter.

Il la déshabilla délicatement, comme une poupée. Il la caressa et lui fit tout doucement l'amour, sans cesser de lui murmurer à l'oreille tous ces mots qu'elle rêvait d'entendre, des mots de passion, de tendresse, d'amour...

Elle et lui contre le monde. De toute façon, c'était la réalité, non ?

Il la tint longtemps dans ses bras alors qu'elle pleurait sur tout ce qu'elle avait perdu. Il eut la patience d'attendre que ses émotions s'apaisent sans jamais cesser de la consoler. Ce qui la fit pleurer encore plus. Quand il lui demanda pourquoi, elle répondit :

– Parce que depuis tous ces mois, tu ne m'as pas touchée, pas une seule fois.

Il la tint contre lui, compréhensif, laissant à son chagrin le moyen de s'exprimer. Dans la grange, le bal se terminait. Quelqu'un jouait du violon si doucement que Bea s'endormit dans les bras de Lars.

Le lendemain matin, à son réveil, elle était seule dans le foin. La porte de Lars, elle le savait, serait fermée à clef. Plus tard, au petit déjeuner, il avait remis son treillis. Ni l'un ni l'autre ne firent allusion à ce qui s'était passé la veille au soir. Lars mangea, se plaignit de sa gueule de bois, évoqua leur prochaine expédition, et accepta que Bea retourne au lit, pour une fois.

Ce jour-là, elle versa quelques larmes, mais ce furent les dernières. Elle enferma cette soirée dans un coffre-fort bien caché au fond de son cœur.

Lars était tout pour elle. Elle l'aimait, elle le haïssait, elle vivait pour lui, elle risquait sa vie pour lui, elle l'adorait, le craignait et le méprisait. Bea était puissante, mais son pouvoir venait en réalité de Lars. Elle mit de côté tous ces sentiments contradictoires. C'était trop compliqué, trop douloureux. Son cœur était prêt à se transformer en pierre.

Quel bon petit soldat devint Bea ! Elle volait les esprits des jeunes et des vieux sans passion ni compassion. Elle ne réfléchissait plus, elle obéissait. Elle était enfin une vraie guerrière.

Une fois par mois environ, Lars lui suggérait négligemment de danser un peu, et Bea acquiesçait tout doucement. Et là, il y avait de nouveau une belle nuit, une nuit émouvante, d'où Bea émergeait un peu plus blessée, un peu plus amoureuse, un peu plus désespérée. Un peu plus à Lars. Elle devenait à la fois forte et froide. Elle prenait du plaisir comme elle pouvait, à la manière des soldats. Elle ne pensait pas à ses victimes, parce que penser, c'est risquer de s'apitoyer, comprendre, c'est commencer à pardonner, et qu'aucun soldat ne peut s'offrir ce luxe.

Malgré tout, elle ne pouvait pas en rester là. Car en Bea battait un cœur aimant, et même si Lars parvenait à la duper et à l'utiliser, il ne pourrait jamais la corrompre entièrement.

# 31

C'était l'automne, deux ans après que la Chasse eut tenté de lui voler son esprit à l'hôpital de Calderdale. Il y avait eu un autre bal. Ils étaient devenus la seule raison de vivre de Bea, ces bals, mais à la fin de celui-ci, elle avait provoqué une terrible dispute avec Lars. Il essaya de la calmer avec des baisers, mais pour une fois, ça ne fonctionna pas. Elle ne parvenait pas à se libérer de sa fureur.

Elle acceptait enfin la rage qui grandissait en elle depuis des mois.

Elle était en colère, mais Lars aussi. Car il ne fallait pas oublier que c'était la guerre ! Bea se comportait comme une gamine. Elle croyait vraiment que tout pouvait changer en une nuit ? Qu'avait-elle perdu, elle ? Rien. Même sa famille, elle pouvait la récupérer. Tous les autres avaient perdu bien plus et pourtant, elle se permettait de se plaindre.

La dispute s'envenima. Une gifle partit. Ce n'était pas la première fois que Lars la frappait, mais jamais aussi fort, et jamais avec une telle conviction. Comme il baissait la main, elle vit sur son visage quelque chose qu'elle n'y avait encore jamais décelé. Qui ressemblait beaucoup à de la haine.

Mais cette colère ne dura pas, car Lars fut aussitôt pris de remords.

– Pardonne-moi, pardonne-moi, pleura-t-il en enfouissant le visage entre ses seins.

Ce que, bien sûr, elle fit. Car il avait raison. C'était la guerre. C'était aussi dur pour lui que pour elle. Elle n'était pas assez compréhensive. Il l'aimait, il le jurait ! La haine qu'elle croyait avoir vue dans ses yeux n'était que de la colère. Il était sous tension, lui aussi.

Épuisée par toutes ces émotions, Bea s'endormit dans ses bras.

Elle avait à présent le sommeil léger, et cette nuit-là ne fit pas exception à la règle. Elle se réveilla avant l'aube pour voir Lars quitter les combles à pas de loup. Quand il voulut prendre l'échelle, elle ferma les yeux comme une bonne fille, mais Lars, qui avait beaucoup bu la veille au soir, rata un barreau. Elle ne put s'empêcher de sursauter et d'ouvrir les yeux. Il avait le visage au même niveau qu'elle. Ils se dévisagèrent.

Il y eut un long silence.

– Tu ne veux pas rester avec moi ? supplia-t-elle.

Lars eut un sourire gêné.

– Tu n'as pas envie de dormir avec moi.

– Pourquoi ?

– Je fais des cauchemars.

Il revint déposer un baiser chaste sur sa joue alors qu'elle cherchait ses lèvres.

– On fait tous des cauchemars, murmura-t-elle.

– Mais les miens sont contagieux, ma chérie. Je ne supporterais pas de te faire subir ça, princesse. Dors bien.

Il descendit l'échelle. Bea l'entendit traverser la grange.

Il lui souhaita bonne nuit d'une voix étrange. Puis il disparut, comme il l'avait fait chaque nuit qu'ils avaient partagée.

Bea se rallongea et observa le toit de la grange. Les lampions étaient éteints, il ne restait que les lampes à huile pour éclairer les chevrons. Lars referma la porte.

Bea ferma les yeux et essaya de se rendormir, mais le sommeil ne vint pas. Alors au bout d'une heure, elle se releva, enfila sa robe et descendit l'échelle. Les esprits avaient commencé à regagner leur monde. Il en restait quelques-uns pour un dernier verre, un baiser dans l'ombre, un peu de tabac dans un coin avant de disparaître à leur tour. Elle enfila un vieux manteau que Lars avait laissé à un clou et se glissa par l'entrebâillement de la porte.

C'était le début de l'automne. Il faisait chaud dans la grange, si bien que la fraîcheur dehors fut agréable quand elle traversa le jardin en direction de la forêt. Elle sentait l'odeur de pourriture des feuilles. Les arbres changeaient de couleur et se préparaient au sommeil de l'hiver.

Bea resta longtemps à scruter les ténèbres en imaginant le monde au-delà de ces arbres. Elle avait la joue rouge là où Lars l'avait frappée, mal à la mâchoire, aussi, qui était enflée, mais ce n'était pas ça qui lui posait un problème. Son cœur réclamait son dû. Elle voulait être aimée, réconfortée.

Elle respira l'air nocturne en provenance de ces lointaines villes, landes, montagnes, allez savoir quoi. La brise avait un goût de liberté. Elle prit de profondes bouffées avant de regarder par-dessus son épaule en direction de la maison où Lars dormait paisiblement, seul derrière sa porte fermée à clef.

Cela lui paraissait un geste cruel de se refuser à elle, surtout cette nuit-là, où elle avait plus que jamais besoin de lui.

Elle commença à avoir froid et repartit vers la maison.

Pourtant, elle se sentait incapable de regagner sa chambre. Il lui était déjà arrivé de se glisser jusque chez Lars pour écouter. Une fois ou deux, elle avait essayé de tourner la poignée de sa porte, mais il s'enfermait toujours.

Pourquoi de tels secrets ?

Comme dans un conte de fées, Bea voulait voir son amant endormi. Elle en avait le droit. Lars ne se souciait jamais de ses droits. Si elle réussissait à se glisser dans la chambre sans un bruit pour s'allonger près de lui, peut-être qu'en la découvrant à son réveil, il serait heureux de sa présence.

Elle traversa le goudron couvert de mousse qui servait de parking, et là, elle sentit quelque chose sous son pied. Cet endroit était rarement balayé, rien d'anormal à ce qu'il soit jonché de branches et de feuilles. Mais cette fois, la sensation était différente. Elle se pencha et sentit sous ses doigts un chapelet de pierres lisses.

Un collier. À sept pierres.

Le cœur battant, Bea se dépêcha de rentrer, alluma dans la cuisine et découvrit… oui, sept pierres : vertes, marron, jaunes et blanches. Des pierres de rivière.

Le collier que son père lui avait offert.

Pourtant accoutumée aux événements extraordinaires, Bea n'en revenait pas. Ce collier lui avait été volé deux ans plus tôt à l'hôpital. Comment pouvait-il avoir atterri ici, dans cette maison en plein milieu des bois, un endroit gardé par des esprits et qui évoque la peur et la perte ?

Entre ses doigts tremblants, elle lava l'objet précieux sous le robinet puis l'examina de nouveau à la lumière. Ses pierres n'étaient plus aussi belles qu'avant, elles étaient ébréchées, un peu rugueuses, mais c'était le même collier, sans aucun doute. Ces pierres auraient encore brillé des esprits qu'elles contenaient, quand bien même on les aurait réduites en poudre.

Elle le mit à son cou. Les pierres se blottirent dans le creux de sa gorge comme si elles ne l'avaient jamais quittée. Pour la première fois en deux ans, Bea se sentit heureuse. Elle pressa les pierres dans sa paume et inclina la tête.

– Merci, dit-elle.

Un objet familier ! Un objet du passé ! Comme si elles lui répondaient, les pierres réchauffèrent sa peau.

Enhardie par cette découverte incroyable, Bea quitta la cuisine et doucement, tout doucement, monta l'escalier, puis traversa le palier jusqu'à la chambre de Lars. Peut-être avait-il voulu qu'elle trouve ce collier. Était-ce une invitation ? Quelle autre explication à sa réapparition, sinon ? Cette nuit, peut-être que sa porte serait ouverte.

Doucement, très doucement, Bea fit tourner la poignée. Juste pour voir.

La porte n'était pas fermée à clef.

Elle se figea un instant, à la fois surprise et effrayée. Qu'allait-elle découvrir ? Un monstre qui reprenait sa véritable apparence en dormant ? Ou un prince qui attendait un vrai baiser pour enfin échapper à son destin ?

Bea ouvrit délicatement la porte.

L'odeur fétide d'un corps alcoolisé dériva jusqu'à ses narines. Accompagnée d'autres odeurs. D'animaux ? Elle avait l'impression que des bêtes dormaient là. La salle de bains était éclairée, si bien que l'ombre de Bea s'étirait sur la silhouette allongée de Lars, l'empêchant de bien voir. Il se retourna dans son sommeil. Bea s'immobilisa. Il gémit, rejeta les draps. Puis sa respiration se calma.

Elle n'osait pas bouger, elle essayait d'accoutumer ses yeux à la pénombre. Quelque chose n'allait pas : ce qu'elle voyait ne ressemblait pas du tout à Lars. Ne ressemblait même pas à un homme.

Il avait à moitié repoussé les draps. Étaient-ce les ombres qui le rendaient si étrange ? Il s'agita à nouveau dans son sommeil. Bea recula et referma la porte, craignant, le cœur battant, qu'il se réveille. Mais ça ne se produisit pas. Elle attendit longtemps, puis ouvrit prudemment la porte pour jeter un nouveau coup d'œil. Cette fois, elle se plaça sur le côté pour laisser la lumière éclairer le lit.

Lars rêvait, et à mesure de son rêve, sa forme se modifiait. Il était un homme, puis une femme, puis les deux. Un cheval, un taureau, un sanglier, un oiseau. C'était un homme sans apparence propre. Silvis apparut à la surface de sa peau, puis disparut. Bea vit ensuite son propre visage, qui s'effaça à son tour. Comme un rêve s'emparait de lui, il se mit à parler avec des voix différentes. Il devint une renarde.

Sa renarde. La magnifique renarde rousse.

Fascinée et terrifiée au-delà du possible, Bea demeura immobile tandis que ce spectacle se déroulait sous ses yeux. Un rêve fait chair. La peau de Lars se plissa et se transforma tout à coup en paysage rocheux. Puis son visage se figea en un rictus de rochers et de pierres. Et là, il se détendit.

Bea n'osait pas respirer, car si elle reprenait son souffle, elle allait hurler. Parce qu'il y avait un cri enfoui en elle, un cri affreux et terrifiant qui voulait absolument sortir. Elle tint bon.

Lars se tranquillisa. Sa silhouette redevint presque humaine. Mais il se produisait maintenant autre chose. Sur son dos, un visage apparut. Qui flottait comme une feuille d'arbre sur l'eau, ou bien poussée par le vent. Le visage d'un vieillard, plus vieux que Bea n'en avait jamais vu. Plus vieux qu'Odi. Vieux et si laid !

Le visage descendit sur le dos de Lars en direction de ses fesses. C'est là qu'il la vit. Sa bouche édentée s'ouvrit et s'immobilisa.

– Il y a quelqu'un ! hurla le visage, et en un instant, Lars se réveilla.

Bea s'enfuit. En quelques foulées, elle avait traversé le palier jusqu'à l'escalier. Là, un bruit l'obligea à se retourner. Lars, en partie avec le corps qu'elle lui connaissait, en partie plusieurs autres, s'était levé, mais il était coincé à la porte : sa jambe, transformée en membre de cheval, n'avait pas la place de passer. Il cria de rage, redevint Lars et se jeta sur elle.

– Bea ! aboya-t-il comme un chien.

Mais dans sa colère, il ne pouvait contrôler son apparence et il tomba,en partie chèvre, chien et vieille femme.

Bea ne se dominait plus. La peur envahit ses mâchoires, et elle hurla. Les deux visages de Lars crièrent à leur tour. Bea partit en courant.

Elle dévala l'escalier. Elle avait déjà les mains sur la porte d'entrée. Derrière elle, d'étranges pattes avançaient sur le parquet, munies de griffes. La chose était dans l'escalier. À la fois chèvre, léopard, homme et serpent. Bea hurla de terreur, mais elle avait besoin de son souffle pour courir.

Elle traversa le jardin et fila dans les bois. Sous les arbres, elle n'y voyait rien, pourtant il la suivait. Elle entendait un bruit de sabots, un corps qui se traînait, des branches qui se brisaient. Un battement d'ailes, des pattes de loup, des vrombissements d'insectes. Des voix qui hurlaient comme des démons. Où était-il ? Elle devait courir, mais dans quelle direction ? Où ça ? Avec quelles oreilles la percevait-il, avec quels yeux la voyait-il ? Pendant ce temps, il l'appelait, il grognait, il rugissait, il aboyait.

Elle avait perdu tout sens de l'orientation quand il la rejoignit dans une clairière baignée par la lueur de la lune. Il était démoniaque, gigantesque, aussi grand que les arbres, il la regardait, les narines dilatées, les yeux fous, le cou pulsant de rage. Bea ne savait pas s'il voulait discuter ou s'il s'apprêtait à la dévorer. Elle chercha en elle la voix de l'appel, mais qui appeler pour vaincre une telle créature ? Elle n'en avait aucune idée.

Le monstre approchait, et Bea hurla alors, comme l'enfant qu'elle était encore :

– MAMAN ! MAMAN ! AU SECOURS !

Le monstre la maudit en plongeant vers elle, pliant les genoux pour la saisir entre ses serres. Et là, une tornade jaillit de nulle part. Il l'entendit avant qu'elle fonde sur lui et tourna ce qui lui servait de tête. Mais la chose était déjà là. Elle n'avait pas de forme précise, pourtant elle l'aspira dans son vortex. Bea vit sa chair s'étirer comme du caramel chaud.

– Bea ! cria le monstre. Bea !

De la voix de Lars. Mais Bea était repartie en courant pour mettre le plus de distance possible entre cette horreur et elle. Dans son dos, les arbres s'abattaient, le vent hurlait de rage. Lars cria de mille voix différentes.

Qu'avait-elle donc fait ? Les deux visages dont Odi lui avait parlé. Son frère Lok, qui n'avait pas de forme. Lars n'était pas son ami. Elle comprenait, tout à coup. Il lui avait menti. Il n'avait cessé de lui mentir. Allez savoir quelle quantité de mensonges il lui avait dite. Elle venait de passer deux ans en compagnie du maître de la trahison.

Bea courut, mais au bout de quelques centaines de mètres,

la tornade se jeta sur elle. Impossible de lui échapper. Elle la projeta en l'air, puis au sol. Puis dans les arbres. Elle l'éleva jusqu'au ciel et la laissa retomber sur la canopée. Elle la serra entre ses dents orageuses, la balaya au-dessus du paysage, très loin, Bea ne savait pas où – une terrible traversée dans le blizzard, jusqu'à déposer son corps dans un fossé humide. Où Bea se blottit du mieux qu'elle put tandis que la tempête démoniaque continuait à faire rage, projetant des branches, des herbes, de la boue sur elle pendant des heures, jusqu'à ce que Bea finisse par perdre connaissance alors que le vent continuait de souffler et que la pluie tombait sur son corps déjà trempé.

À l'approche de l'aube, ça se calma. Bea revint à elle et voulut se relever, mais aussitôt, la chose l'attaqua, lui arracha ses vêtements et la fouetta avec des branches jusqu'à ce que Bea aille de nouveau se tapir dans le fossé.

Elle y demeura à mesure que le jour avançait. Elle était blessée, frigorifiée. Elle crut qu'elle allait mourir. Elle était prête à accueillir cette mort avec bonheur. Car elle la méritait.

# TROISIÈME PARTIE

# Un traître dans la maison

# 32

Quelqu'un criait son nom. Une voix familière. Bea essaya de jeter avec précaution un coup d'œil hors du fossé.

– Ici ! cria une autre voix.

Une voix de fille. Bea plongea de nouveau, se cacha le visage et essaya de se couvrir de fougères. Les pas s'arrêtèrent non loin.

– Ce n'est pas elle, cette fille est plus âgée, dit quelqu'un.

– Mais non, c'est normal, ça fait deux ans qu'on ne l'a pas vue !

Bea se tortillait tout en plaquant son ventre dans la boue afin de cacher sa nudité. Des silhouettes se dressaient dans le soleil couchant. Elle porta une main à ses yeux. L'une d'elles descendit dans le fossé : un homme. Il l'enveloppa dans son manteau et la prit dans ses bras.

– Bea, dit-il. Ma chérie. Tout va bien, tout va bien. Oh, ma chérie !

Bea était sous le choc. Si elle avait été debout, elle aurait perdu l'équilibre. Elle recula la tête pour examiner ce visage avec sa grosse barbe grisonnante et ses yeux pleins de larmes.

– Papa ? dit-elle.

– C'est bien toi ! (Il la serra contre lui en pressant son visage contre le sien.) Tu as froid. Laisse-moi te réchauffer. On discutera plus tard. Je n'arrive pas à croire que je t'ai retrouvée!

Il frotta de nouveau sa barbe contre elle, puis la fit sortir du fossé.

– Nous sommes heureux de te revoir, Bea, déclara une autre voix.

C'était Frey. Tyra se tenait derrière lui, l'air renfrogné.

À cet instant, Bea crut que la Chasse l'avait retrouvée. Elle accueillit cette nouvelle comme un soulagement.

Elle se réveilla sous un gros tas de couvertures. Elle souffrait des pieds à la tête. Il faisait nuit, et seul un petit rayon de lumière électrique filtrait sous la porte. Il y avait quelque chose de lourd près d'elle sur le lit. Toujours à moitié endormie, elle tendit la main pour tâter.

– Bea! Tu es réveillée!

– Silvis, gémit Bea.

Tout ce qu'elle voulait, c'était se rendormir.

– Silvis? répéta-t-elle, intriguée.

Tout à coup, une silhouette surgit devant ses yeux. Elle sentit un souffle sur sa joue, des bras autour d'elle. Et entendit ces cris de joie :

– Bea, Bea!

Avec un hurlement de terreur, Bea bondit et se recroquevilla. Elle chercha la lumière. La silhouette se pencha pour allumer la lampe posée sur la table de nuit.

C'était Silvis, mais plus vieille. Bea se blottit contre le mur.

– Tu es, tu es… (Les sons se bloquèrent dans sa gorge.) Mais tu appartiens à la Chasse! finit-elle par s'écrier.

– Non, je n'appartiens pas à la Chasse, protesta Silvis d'un ton outré.

– Tu es un golem. Lars a dit qu'ils t'avaient transformée en golem.

– Qui est Lars ? demanda Silvis en secouant la tête. Regarde-moi, Bea, dit-elle en tendant les bras. Sers-toi de ton œil de sorcière. Regarde mon esprit.

Bea obtempéra. Ça lui prit un moment, tellement elle était troublée, mais ça finit par venir. Et c'était bien Silvis, avec sa lumière argentée, Silvis en chair et en os.

– C'est vraiment toi ?

– Mais oui ! dit Silvis en se jetant de nouveau au cou de Bea. Qui est Lars ? demanda-t-elle à nouveau en reculant pour mieux voir Bea.

Bea répondit :

– Le garçon roux du skatepark.

– Il te plaisait.

– Il m'a sauvée. Il m'a dit...

– Qu'est-ce qu'il t'a dit ?

– Il m'a dit...

– Quoi ? Oh, Bea, mais qu'est-ce qui s'est passé pendant tout ce temps ?

Bea se sentit tout à coup prise de panique. Qu'avait-elle donc fait ?

– Tu es là, maintenant, dit Silvis. Tout va bien.

– Il avait deux visages, lâcha Bea dans un souffle.

Elle entendit Silvis aspirer une bouffée d'air et cesser de respirer. Puis la vit mettre ses mains sur son visage.

– Oh, Bea, dit-elle. Qu'est-ce qui s'est passé ?

Mais elle n'attendit pas la réponse et la serra de nouveau fort contre elle. Bea resta dans les bras de son amie en observant le plafond. Elle savait qu'elle avait travaillé pour l'ennemi. Au fond de son cœur, elle le savait depuis le début.

– Je crois que j'ai fait des choses terribles, déclara-t-elle d'une voix chevrotante. Je crois que j'ai fait de très mauvaises choses, Silvis. Je ne sais pas si vous pourrez me pardonner un jour.

– Mais je te pardonne, moi. C'est déjà fait !

– Tu ne sais pas ce que j'ai fait.

Silvis réfléchit.

– Si c'est Lok… si Lok est encore vivant, alors j'ai une idée de ce que tu as fait.

Bea réfléchit quelques instants à ses actes. Puis elle fut prise de tremblements violents.

– Odi me pardonnera ? pleura-t-elle.

– Odi n'en veut jamais à personne.

– Et Tyra ? Et Frey ?

– Je ne peux répondre à leur place, mais je le pense. Le plus important, c'est de se pardonner à soi-même.

C'était tellement improbable que Silvis prononce ce genre de paroles que Bea la dévisagea longuement. Mais elle avait grandi. Elles ne s'étaient pas vues depuis deux ans. Silvis était devenue une adolescente, plus réfléchie.

– J'ai besoin de dormir, dit Bea. Je crois que j'ai juste besoin de dormir.

– C'est ce que dit Frey. Il a laissé ça pour toi.

Silvis attrapa sur la table de nuit une tasse qui contenait un liquide vert foncé. Bea la lui arracha presque des mains et l'engloutit. Elle ne supportait pas d'être éveillée. Néanmoins, elle eut le temps de poser cette question :

– Mon père est avec vous, maintenant ?

– Tyra l'a sauvé de l'hôpital. Les autres lui avaient déconseillé d'y aller, mais tu sais comment elle est. Elle ne t'a pas retrouvée, pourtant elle a réussi à sauver ton père. Et tu sais quoi ? C'est un sorcier !

Silvis parlait de façon presque machinale. Seuls ses yeux laissaient deviner qu'elle était en état de choc.

Bea se sentit tout à coup étourdie. Elle posa la tasse sur la table de nuit et pensa : « Ça fait vite effet. » Elle se rallongea.

– Et ma mère ? demanda-t-elle d'une voix pâteuse. Et Michael ?

Elle ne parvenait presque plus à articuler.

– Odi pense que…, commença Silvis.

Mais Bea n'entendit pas la suite : elle avait déjà sombré dans le sommeil.

# 33

Quand elle se réveilla, le jour pointait à travers les rideaux, et son père était assis dans un fauteuil près de son lit.

– Bea, ma chérie, dit-il en la prenant dans ses bras. Ma petite chérie, n'arrêtait-il pas de répéter en la serrant, mais tout doucement, comme s'il avait peur de la briser.

Bea l'attira fort contre elle. Alors à son tour, il la serra tout en se balançant.

– Je croyais t'avoir perdue, murmura-t-il. Je croyais être le seul à avoir survécu…

– Papa, j'ai fait des choses terribles. J'ai peur…

– Chut, chut. Tout va bien.

– Mais j'ai tellement peur !

Ils restèrent longtemps comme ça, jusqu'à ce que Bea le lâche. Il se rassit dans son fauteuil et fondit en larmes, ce qu'elle ne l'avait encore jamais vu faire. Son père avait toujours été maître de lui-même.

– Je ne pensais pas te revoir un jour, dit-il finalement en s'essuyant les yeux sur sa manche.

Bea le regarda comme si elle le voyait pour la toute première fois. Autrefois, son père était toujours propre sur lui, même si sa mère disait qu'il n'avait aucun goût vestimentaire. Alors quel était cet énergumène? Son pull et le revers de sa veste étaient tachés, il portait encore le costume du jour où il l'avait conduite à l'hôpital. À l'époque, ce costume était ajusté, mais maintenant, son père flottait dedans. De son crâne chauve surgissait un buisson de cheveux grisonnants, et il avait une grosse barbe mal taillée. Bea n'en revenait pas de voir son père comme ça.

– Où est maman? demanda-t-elle.

– À la maison, mais ce n'est plus elle. La Chasse l'a eue. Elle l'a isolée et transformée en golem. Elle est gouvernée par un esprit qui n'est pas le sien. Un rat. Bea, un rat! Alors qu'elle détestait ces bestioles! Michael est à la maison avec elle, il va bien, mais il est encore trop petit pour qu'on puisse savoir ce qu'il va devenir.

Michael était sain et sauf! Donc seule sa mère avait...

– On peut la faire revenir, papa. Je peux rappeler son esprit. On peut la récupérer. Lars disait que...

Elle se tut. Lars avait dit tellement de choses. Où était la vérité dans ses propos?

Son père hocha vigoureusement la tête.

– Oui, nous devons retrouver son esprit. S'il est toujours quelque part... Mais s'il a déjà gagné le monde sous terre, c'est une tout autre histoire. Les sorciers ne t'autoriseront jamais à replacer un esprit mort dans son corps.

– Pourquoi?

– C'est trop dangereux. Car l'esprit change, vois-tu. Ta mère pourrait ne plus être elle-même. Il y a des démons sous terre. Les sorciers ne te laisseront pas faire, Bea. Leurs lois l'interdisent.

– Sans doute, dit Bea en secouant la tête.

Il s'était passé tant de choses! Les mensonges de Lars. Les

sorciers de Salem Row qui étaient toujours là. Son père en vie, Michael captif, sa mère isolée. Tout à coup, Bea repensa à tout ce qu'elle avait fait avec Lars. Et l'ampleur de ses méfaits la laissa sans voix.

Son père continuait à parler, mais elle n'écoutait que d'une oreille. Il fondit de nouveau en larmes, ce qui l'agaça fortement. Et elle ? Quand aurait-on enfin pitié d'elle ?

Son père était devenu étrange. Son regard avait changé. Avant, il la regardait toujours droit dans les yeux alors qu'à présent, il détournait la tête, regardait en l'air ou en bas, tout sauf elle. On aurait dit qu'il parlait plus pour lui-même qu'à elle.

– Qu'est-ce que tu as ? demanda-t-elle.

Son père se tut brusquement et lui lança un coup d'œil inquiet.

– Autant que je te le dise, puisque je ne peux le cacher.

Il se tut un instant avant de reprendre :

– C'est trop pour moi, tout ça.

– Quoi ?

– Le second monde, et tout ce qui s'ensuit. Être un sorcier, les esprits. Bea, je ne sais plus où j'en suis.

Il ferma les yeux un instant. Quand il les rouvrit, il la regarda vraiment pour la première fois. Et là, il grimaça.

– Je suis un peu déprimé, conclut-il en secouant la tête.

Ses yeux s'emplirent à nouveau de larmes. Pourtant, il faisait visiblement tout pour s'en empêcher.

– Je suis désolé, parvint-il tout juste à dire. Car j'imagine que tu as vraiment besoin d'un père.

Il avait raison. Bea avait vraiment besoin d'un père.

– Ne t'inquiète pas, répondit-elle machinalement.

– Bea, je suis désolé.

Il regarda le collier toujours à son cou, et il sourit.

– Tu l'as gardé, dit-il.

– On me l'avait volé à l'hôpital, et je l'ai retrouvé à la maison verte il y a quelques jours. Comment il est arrivé là, papa ?

Elle crut qu'il y était pour quelque chose, mais non.

– Je ne sais pas. Peut-être parce qu'on ne peut pas perdre ces pierres. Elles ne te laissent pas faire. Ce sont elles qui ont dû te retrouver.

Bea acquiesça, même si elle ne comprenait pas où il voulait en venir. Elle repensa à cette étrange coïncidence : qu'elle ait trouvé le collier le soir où Lars avait laissé sa porte ouverte. Selon Odi, ce collier était un porte-bonheur. Et là, elle n'aurait pas craché sur un coup de pouce du destin.

– Donc tu es un sorcier, finalement, dit-elle.

Et tout à coup, elle ressentit de la colère. Une colère violente. Sans comprendre d'où elle venait. Son père lâcha un petit rire gêné en répondant :

– Il faut croire.

– Et quel... quel est ton don ? demanda-t-elle d'un ton plutôt sarcastique.

Il la regarda d'un air inquiet.

– Pas le même que toi. C'est un don en rapport avec les pierres. Je n'étais sans doute pas bijoutier par hasard.

Il rit à nouveau, mais de façon gênée. Bea sentait toujours la colère monter en elle. Parce que, parce que... Elle le dévisagea.

– Tu vois les esprits depuis toujours, n'est-ce pas ?

Son père hésita.

– Pas vraiment, Bea. Je me le cachais. C'est ce que font souvent les gens, d'après Odi. Parce que j'avais peur. J'étais...

Il se tut et la regarda d'un air désemparé.

– Je suis désolé, dit-il à nouveau.

– Les souris dans le jardin, insista-t-elle. Tu les voyais, n'est-ce pas ?

À nouveau, il fondit en larmes.

– Je ne pouvais pas te le dire, Bea. C'était impossible. Pas devant ta mère. Je croyais être fou. Et je craignais que tu le sois, toi aussi. Je ne pouvais pas...

Quand il la saisit par les bras, Bea se rallongea dans son lit. Elle ne se dérobait pas, mais elle ne supportait plus d'être contre lui.

– Tu es mon père, dit-elle en fondant à son tour en larmes. Tu devais me protéger. Mais tu ne l'as pas fait. À la place, tu m'as conduite à l'hôpital. Tout ça, c'est à cause de toi. Tu avais un devoir et...

Tout à coup, elle criait. Son père protesta :

– Je croyais t'aider...

– De cette façon, c'était impossible de m'aider !

– Mais Bea !

– Tu m'as laissé conduire au Corbeau. Tu es un traître ! Tu n'es qu'un traître !

Il voulut la prendre dans ses bras, mais Bea était emplie d'une telle fureur qu'elle le griffa au visage. Ils luttèrent quelques instants.

Et là, à sa grande horreur, elle sentit monter l'appel en elle.

– J'APPELLE... J'APPELLE ET J'EXIGE...

Elle s'obligea à fermer la bouche. Non, elle ne pouvait pas prononcer ces mots ! Ils ne devaient jamais plus sortir de sa bouche ! Pourtant, elle ressentait le besoin de faire du mal à son père.

– J'APPELLE ET J'EXIGE..., commença-t-elle de nouveau.

La porte s'ouvrit en grand. Frey et Tyra accoururent. Tyra l'attrapa dans sa Poigne.

– Ça suffit ! rugit-elle.

Puis elle ordonna à son père :

– Dehors !

Il ne se fit pas prier.

– Ne me laissez pas faire, les supplia Bea.

– Tout va bien, Bea, tout va bien, dit Frey.

Il avait une seringue à la main.

– Ne me laissez pas faire l'appel ! continua-t-elle à hurler. Je suis désolée. Ne me laissez pas...

Mais il continuait à monter en elle.

– C'est plus fort que moi ! prévint-elle.

Tyra la plaqua contre le lit avec la Poigne.

– Contrôle-toi, cracha-t-elle.

Dans sa gorge, les sons faisaient tout pour sortir. Une fois les mots prononcés, ça serait trop tard. C'est là qu'elle sentit l'aiguille dans son bras.

– Je suis désolée, haleta-t-elle.

En un instant, tout devint noir.

# 34

L'odeur des toasts s'éleva de la cage d'escalier, accompagnée d'un délicieux parfum de café : le petit déjeuner. Bea mourait de faim, pourtant, elle ne quitta pas son lit. Comment aurait-elle pu ?

Elle s'assit et se mit à serrer et desserrer les mains. Lars. Dans tout ce qu'il lui avait raconté, qu'y avait-il de vrai ? Certaines choses, bien sûr. Le mensonge ne fonctionne bien que s'il est enrobé de vérités et semi-vérités... Il faut toujours mettre du vrai dans le faux. Mais quelle réalité cela cachait-il ? Bea redoutait de le découvrir. Parce que...

Ces esprits qu'elle avait volés. Tous ces esprits ! Et les morts, aussi. Car il y avait eu des morts : ceux qu'ils n'avaient pas transformés en golems. Leurs esprits avaient rejoint le monde sous terre. Elle-même n'avait-elle pas failli tuer son père ?

Elle était une criminelle.

Bea mit son poing devant sa bouche et mordit jusqu'à sentir le goût du sang. Ce n'était pas possible. Elle avait voulu bien faire, et elle se révélait une criminelle.

C'était insupportable. Impossible !

Son lit était placé juste sous la fenêtre. Elle regarda dehors. Sa chambre se trouvait au dernier étage de la maison. Une chute brève mais interminable. Puis la paix éternelle. « Fais-le, fais-le ! » s'encouragea-t-elle. Ça serait mieux que tout le reste. Elle ouvrit doucement la fenêtre. Pendant deux longues minutes, elle essaya de se convaincre de sauter, mais l'instinct de survie l'emporta sur le désespoir. Elle se remit dans son lit. Comme elle était faible ! Elle avait trouvé un moyen d'échapper à tout ça, et elle n'était même pas capable de l'utiliser...

Odi monta un peu plus tard avec une tasse de lait, du porridge et des fruits. Bea n'avait plus aucun appétit, mais il l'obligea malgré tout à prendre quelques bouchées avant qu'ils parlent.

– J'ai mis du temps à comprendre, dit-il, assis au bord du lit alors qu'elle se forçait à manger encore un peu.

Bea observa ce vieillard sévère. Il ne souriait pas, mais Odi souriait rarement. Il tapota doucement ses genoux avec ses mains.

– Tout d'abord, bienvenue parmi nous, déclara-t-il.

Puis il attendit qu'elle prenne une bouffée d'air avant de continuer :

– Raconte-moi exactement ce qui s'est passé.

Bea raconta tout le plus honnêtement possible. Elle refusa de laisser quoi que ce soit de côté, malgré sa honte. Elle avoua ses péchés jusqu'au dernier. Elle leur devait bien ça. Qui aurait pu être encore plus bête et méchant qu'elle ? Ses espoirs et ses rêves avaient été utilisés à mauvais escient, ses forces transformées en faiblesse, sa conscience enfouie. Elle était devenue inutile aux siens. Plus qu'inutile : dangereuse.

Elle pleura beaucoup au cours de son récit. Pendant plusieurs minutes d'affilée, elle ne put que frapper le lit d'amertume et de haine. Parfois, elle se contentait de répondre par un signe de tête quand Odi lui posait des questions. Pour finir, elle pleura très longtemps pendant qu'il lui tenait les mains.

– Bea, tu es une fille courageuse, et ton récit l'est aussi.

– À quel point ce que j'ai fait est terrible ? demanda-t-elle.

– Ce que tu as commis là, ce sont des crimes.

– Je ne savais pas, dit-elle. Je croyais aider.

Odi l'examina avec attention.

– Dans d'autres mondes que celui-ci, tu as su dire non à Lars.

Elle acquiesça. Il se tapota la tête.

– Et dans certains autres mondes, tu es restée avec la Chasse. Et pourtant, ici, tu es de nouveau parmi nous.

– C'était Lok, n'est-ce pas ?

Odi s'agita sur le lit.

– Oui, tu étais avec mon frère.

– Vous m'aviez dit qu'il était mort.

– C'est ce que je croyais. Là où nous vivons, ce n'est pas… un monde ordinaire.

Odi lui-même avait l'air coupable. Il reprit :

– Donc il est vivant, et il fait toujours partie de la Chasse. À quel titre, nous l'ignorons. Il y a des années, le Chasseur et lui se sont affrontés pour prendre le pouvoir. Nous pensions que le Chasseur avait gagné.

– Donc Lok est peut-être chef, maintenant ? demanda Bea.

– Je l'ignore. Mais il a tant de dons.

– Il peut changer de forme, n'est-ce pas ? Il peut prendre n'importe quelle apparence ? insista Bea. J'ai essayé de comprendre qui était qui. En fait, c'était toujours lui, c'est bien ça ?

Odi se caressa le menton.

– Ce garçon, Lars, c'était Lok. As-tu vu jamais la renarde et lui en même temps ? Non ? Donc c'était sûrement lui aussi.

Cora Lynn et les autres également, même si je ne sais pas comment il a fait pour créer ce reflet. Les créatures que tu voyais autour de la hutte, c'était aussi sans doute lui. Nous, nous n'utilisons jamais de drogues, conclut-il.

Bea leva les mains, l'air de dire « et alors ? ». Odi se pencha et lui caressa la joue avec ses gros doigts.

– Lok a toujours été un maître en mensonges. Aucun de nous n'a été épargné dans le passé, si jamais cela peut te réconforter. Mais tu aurais pu t'en douter. Tu aurais pu deviner que les esprits que tu volais appartenaient aux nôtres, et non à la Chasse.

Bea ne put qu'acquiescer. Odi retira sa main en soupirant pour dire :

– Cette histoire d'engloutir des esprits. C'est terrible. Si Lok possède ce don... Les esprits ne prennent pas de place. Il peut en avaler mille ou un million, s'il en a le temps. Et s'il a appris ça, de quoi est-il également capable ? Tous ces dons qu'il possède. C'est une chance qu'il n'ait pas pu s'approprier le tien. Il devait pourtant en avoir très envie. Car ton pouvoir est très important.

– Mais pourquoi il m'a sortie du Corbeau ?

Odi fit un sourire sévère.

– Il ne t'a pas sortie du Corbeau. Tu as fait ça toute seule. Il s'est contenté de te kidnapper, de te mentir et de te garder captive le temps de trouver un moyen d'utiliser ton don.

Bea hocha la tête. Et elle l'avait laissé faire.

– Bea, je te remercie pour ton honnêteté, dit Odi. Tu es une fille bien. Les gens bien peuvent faire des choses terribles, eux aussi. Tu as été courageuse, mais à présent, il va falloir faire quelque chose de plus courageux encore : vivre avec tes crimes.

– On ne peut pas les réparer ? demanda Bea.

– Si tu réussis à mettre en présence un corps avec son esprit, tu peux les réunir, à condition que l'esprit accepte.

– Et je vais pouvoir faire ça avec ma mère, non ? supplia-t-elle.

– Si nous parvenons à retrouver son esprit. Si nous le libérons de la prison où il se trouve. Et à condition qu'il n'ait pas rejoint le monde sous terre. Cela fait beaucoup de conditions, alors je ne veux pas te donner trop d'espoirs, Bea. Pourtant, il est peut-être plus proche que tu ne l'imagines. Nous reprendrons cette conversation quand tu seras reposée.

Elle acquiesça encore. Puis elle lui posa malgré tout la question qui lui trottait dans la tête.

– Qu'est-ce que je vais devenir ?

Odi poussa un soupir.

– J'aimerais ne pas avoir à te répondre. Mais je vais te le dire franchement. Il va y avoir un procès. Tu vas devoir révéler à tous ce que tu as fait. Les proches de tes victimes te parleront d'elles, te diront en quoi ton acte a changé leur vie. Il y aura un verdict. La justice des sorciers peut être sévère comme clémente. Ta culpabilité sera mise aux voix.

– Et quelle sera la sentence ?

– Cela dépend du nombre de personnes qui pencheront du côté de la culpabilité.

Bea inclina la tête, et ses larmes inondèrent le lit.

– Je voulais bien faire, dit-elle. Je le voulais vraiment, mais j'ai tout fait de travers. Je me suis trompée.

Odi posa un bras sur ses épaules, puis un baiser sur son front.

– Rassure-toi, tu ne te sentiras pas toujours aussi misérable. Maintenant, je voudrais te parler de ton père.

Bea détourna les yeux. Elle ne comprenait pas comment elle pouvait à la fois aimer à ce point son père et le détester autant.

– Il ne faut pas lui en vouloir. Il a refusé très longtemps d'être un sorcier. La vie est mille fois plus étrange qu'on le pense. Ce n'est pas facile d'accepter l'idée que le monde tel que tu l'imagines n'est pas unique. Toi, tout particulièrement, tu peux comprendre ça.

Odi passa les doigts sur la rangée de pierres à son cou et reprit :

– Ces pierres sont précieuses, Bea. C'est ton père qui t'a offert ce collier. Tu ne vois donc pas ce que ça signifie ?

Bea caressa les pierres.

– On m'a volé ce collier à l'hôpital, et il a réapparu à la maison verte. Papa dit qu'il n'y est pour rien. Qu'est-ce qui s'est passé ?

– Les pierres ont dû te retrouver elles-mêmes.

– C'est ça, leur pouvoir ? C'est ça, le don de mon père ?

Odi réfléchit un instant.

– Les pierres l'aiment, dit-il en les frottant entre ses doigts. Il y a de l'amour en ces pierres. Et de la beauté, aussi. Peut-être qu'elles sont attirées par toi. Ou cela pourrait juste être de la chance... Je ne sais pas. Je ne connais aucun autre monde où ce collier existe.

Un instant, il eut l'air troublé, puis son visage s'éclaira.

– Je ne sais pas tout, dit-il avec un grand sourire. Je suis vieux, j'ai visité de nombreux mondes, mais il y a encore des choses que j'ignore. Les esprits des pierres sont très rares. J'imagine qu'un jour, tu découvriras ce qui s'est passé.

Son père avait donc raison. Bea ne pouvait pas perdre ces pierres. Et Odi avait raison, lui aussi. Son père l'aimait. Mais...

– Je ne sais pas comment lui pardonner, dit-elle en jetant

des coups d'œil à Odi. J'imagine que vous allez me dire que je dois d'abord me pardonner moi-même avant de pouvoir lui pardonner ?

– Non, répondit Odi. Tu n'as pas le droit de te pardonner. Tu vas devoir vivre à jamais avec tes crimes.

# 35

Combien d'esprits volés ? Une vingtaine. De meurtres ? Une douzaine. Bea ignorait le compte précis de ces cœurs meurtris, de ces vies interrompues, de ces rêves brisés. Mais le pire était encore que depuis le début, elle savait. Au fond de son cœur, elle savait qu'on lui mentait, mais elle était trop faible – ou trop avide de pouvoir ? –, trop cruelle ou bien trop égoïste pour se rebeller.

Odi avait raison. Quand bien même elle vivrait centenaire, elle ne connaîtrait pas un jour sans éprouver de remords.

Avant de partir, Odi lui tendit une boisson posée par terre devant la porte et la regarda la boire. Les sorciers savaient que Bea représentait maintenant un danger pour elle-même. Ce breuvage l'expédia dans le sommeil, ce qui lui épargna bien des pensées sombres.

Elle dormit pendant trois jours d'affilée, ne se réveillant que pour manger un peu, avaler une nouvelle ration du breuvage et se rendormir. Quand ils la laissèrent finalement émerger, le choc initial était absorbé. Les substances l'avaient aidée, même si la culpabilité et la honte resteraient à jamais gravées en elle.

Bea était suffisamment rétablie pour se lever, pourtant elle craignait de descendre l'escalier. Comment affronter les autres sorciers après avoir commis de tels actes ? Elle refusait de voir son père : elle était encore trop en colère et craignait de lancer de nouveau l'appel. Frey venait chaque jour lui donner des potions et lui parler assez gentiment, même si elle craignait de découvrir le fond de sa pensée. Odi vint lui tenir compagnie une ou deux fois. Tyra ne vint qu'un seul jour. Elle ne dit rien, et se contenta de regarder Bea comme si elle contemplait un assassin. Puis elle partit sans un mot. Bea ne s'attendait pas à la moindre compassion de sa part.

Le matin où ils la laissèrent se réveiller, elle entendit des visiteurs arriver, ce qui lui donna encore moins envie de pointer le bout de son nez. Vers midi, d'autres surgirent. Dans l'après-midi, d'autres encore.

– Qu'est-ce qui se passe ? demanda-t-elle à Silvis.

Silvis fronça les sourcils.

– Odi ne t'en a pas parlé ? Tu le sais, Bea, c'est... si, tu le sais... (Elle fit une grimace.) C'est pour le procès.

Bea sentit un frisson lui parcourir l'échine. Déjà ?

– Il ne commencera que dans quelques jours, tenta de la rassurer Silvis.

Bea baissa la tête. Elle avait si peur.

– Qu'est-ce qu'ils vont me faire ? murmura-t-elle. « Meurtrière, meurtrière », entendait-elle résonner à ses oreilles.

Serait-elle condamnée à mort ?

– Ils devraient d'abord me passer sur le corps, protesta Silvis.

Bea secoua la tête en disant :

– Tu sais que c'est faux.

Silvis ne nia pas.

Quelle que soit l'opinion des autres, Silvis ne la jugeait pas. Pour elle, Bea était toujours aussi merveilleuse. Elle dormait roulée en boule au bout de son lit. À mesure qu'une assemblée de sorciers se constituait au rez-de-chaussée, Silvis passa tout son temps avec elle, ne la quittant que pour aller aux nouvelles.

Jenny était morte peu après la disparition de Bea. Les sorciers l'avaient enterrée dans les bois, n'osant pas se rendre au cimetière tellement Jenny était vieille, plus vieille que ça aurait dû être possible. Si les autorités avaient eu connaissance de ça, la Chasse aurait tout de suite compris.

Silvis était fière que Tyra ait sauvé le père de Bea.

– Les autres ont cherché à l'en empêcher, et elle l'a fait quand même. Je voulais l'accompagner, mais Frey m'a rattrapée. Quel dommage qu'elle n'ait pas réussi à te récupérer, toi aussi !

– Comment l'a-t- elle persuadé de la suivre ?

Silvis eut un sourire las. Elle avait tellement changé depuis la dernière fois que Bea l'avait vue. Deux ans plus tôt, elle n'était qu'une petite fille. Maintenant, elle avait pris de l'ampleur. Elle se tapota le ventre, qu'elle avait bien rebondi. Et elle faisait la même taille que Bea, désormais.

– Elle a de la Poigne, dit-elle.

– Avec ça, c'est tout ? s'étonna Bea.

– Ce poing-là est très convaincant, dit Silvis en riant. Mais non, elle s'est contentée de le charger sur son épaule. Comme j'aurais aimé voir le spectacle à l'hôpital, Bea ! Ça devait être incroyable. Là-bas, ils ont tous cru devenir fous. La Chasse a eu beaucoup de mal à dissimuler tes méfaits. Elle a dû raconter qu'un gaz libéré par erreur avait déclenché une hallucination collective. On trouve pleins de trucs là-dessus sur le Net. Des histoires d'extraterrestres. La terre qui se rebelle. Et même des histoires de sorcières. Tu imagines un peu!

Silvis était aux anges, et elle aurait aimé que Bea le soit aussi. Mais Bea se sentait pour le moment incapable de se réjouir.

Et Silvis? Sa voix? Sa magnifique voix?

Silvis prit un air désappointé. C'était toujours pareil.

– Tu ouvres toujours uniquement les clapiers?

– Oui. Mais je n'ai que treize ans, alors mon don est peut-être encore en gestation. Toi, il t'est bien apparu à treize ans, non? Sinon, je ne serai jamais bonne qu'à libérer ce lapin... Pourtant, elle est belle, ma voix, non?

Bea acquiesça.

– Peut-être que mon don, ce n'est pas celui d'ouvrir des choses. Peut-être que c'est en lien avec la beauté. Ce n'est pas très utile, mais... c'est toujours ça. Comme ton père. Il fabrique de belles choses. C'est un don comme un autre, non?

Bea avait aussi des milliers de questions sur sa famille.

Comme son père le lui avait dit, le golem de sa mère vivait avec Michael – maintenant âgé de trois ans – dans leur ancienne maison d'Hebden. Le golem croyait que son mari l'avait quittée en emmenant Bea. Tous deux lui manquaient, bien sûr, mais pas assez pour lancer des recherches. D'autant que, comme tous les golems, elle avait horreur des sorciers.

L'esprit de Michael était intact. La Chasse l'avait épargné, mais pas par bonté : elle attendait juste qu'il développe un don avant de le prendre. Un peu comme un agneau qu'on engraisse en vue de son sacrifice. Ce n'était qu'une question de temps.

– Il doit bien voir que sa mère est bizarre, dit Silvis. Le pauvre gosse.

Bea ne répondit pas. En vérité, elle s'en voulait encore plus qu'elle n'en voulait à son père.

– Ta mère n'a pas disparu à jamais, dit Silvis. On peut la sauver. Tu dois faire sortir l'esprit du golem de son corps et montrer à son ancien esprit là où se trouve sa place. Comme ça, il n'aura plus le choix, et ta mère redeviendra comme avant.

– Mais on ne sait pas où se trouve son esprit, n'est-ce pas ? dit Bea. Il est peut-être mort. Ce qui est sans doute le cas.

Silvis passa les bras autour d'elle.

– On pense le savoir.

– Tu le sais ? Où elle est ?

Silvis la regarda fixement.

– L'esprit qui t'a sauvée de Lok. On pense que c'est elle. Que c'est l'esprit de ta mère.

Il fallut à Bea un moment pour comprendre ce que Silvis disait.

L'esprit qui l'avait *sauvée* ? Plutôt, l'esprit qui l'avait battue, écorchée vive et laissée pour morte dans un fossé toute une nuit ! Ce serait son adorable mère, qui n'avait jamais levé la main sur elle de toute sa vie ? Impossible !

– Cet esprit t'a sauvée. Il t'a emmenée dans le seul endroit où tu serais à l'abri, reprit Silvis.

Bea secoua la tête. Pourquoi sa mère lui aurait-elle fait subir tout ça ?

Odi le lui expliqua le soir même.

– L'esprit de ta mère t'aime, et il veut te protéger, ce qui est la raison pour laquelle il est venu à ton secours. Mais il est en colère à cause de tes crimes, c'est pourquoi il t'a à ce point maltraitée. Pour toutes ces raisons, je suis sûr que c'est elle. Aucun autre esprit sur terre ne peut t'aimer à ce point. Tu dois comprendre que ce n'est pas ta mère en tant que telle, juste son esprit. Ses souvenirs et son intellect sont toujours dans le golem. Sa vie brute, ses sentiments, c'est le reste.

Bea avait eu si peur la nuit de sa fuite qu'elle ne savait plus ce qui s'était vraiment passé. Elle se souvenait vaguement d'avoir appelé au secours. Aurait-elle convoqué sa mère par accident ?

– Elle est arrivée si vite, dit-elle.

– L'esprit n'a pas la même notion du temps et de l'espace que nous. Mais peut-être aussi que Lok la gardait prisonnière dans l'un de ces morceaux de cristal. Au cas où il aurait besoin d'elle. Même lui, il commet des erreurs parfois, tu sais, dit-il en souriant.

– Et on peut la faire revenir ?

Odi acquiesça.

– Avec un peu de chance, oui.

Bea se redressa sur son lit. Ça faisait une bonne raison de vivre, ça.

– Je dois l'appeler.

– Non. L'appel c'est temporaire. Si ta mère doit rester, ça sera de son plein gré.

– Mais comment ?

Odi soupira.

– Il y a des moyens, mais il faut agir vite. Maintenant que son esprit a été libéré de ce qui le retenait prisonnier, il va s'acheminer vers le monde sous terre. S'il l'atteint, ça sera trop tard. Mais avant ça, Bea, tu as d'autres soucis. Le procès commence demain. Tu vas devoir être forte. Et par-dessus tout, honnête. N'oublie jamais ça. Dans un procès de sorcier, la franchise compte autant que le crime.

– Je ne suis pas prête, protesta Bea, tremblante de peur.

– Tu ne le seras jamais. Mais le procès va quand même avoir lieu. Alors fais la paix avec ton père, Bea, car tu vas avoir besoin de son soutien.

Bea retint ses larmes.

– Qu'est-ce qu'ils vont me faire ? demanda-t-elle.

– Nous avons des lois, et tu les as enfreintes. Tu seras déclarée coupable, ça ne fait pas l'ombre d'un doute. Ce procès va être une épreuve, je ne te le cache pas. Tu vas devoir affronter les familles de tes victimes. Elles ont le droit de savoir comment les leurs sont morts. Elles ne t'accorderont aucune pitié.

Bea hocha la tête. Pourquoi lui accorderait-on de la pitié ? Quelle pitié avait-elle eue pour ses victimes, elle ?

– En revanche, la sentence finale peut être clémente, dit Odi. Comprends bien, Bea. Nous te connaissons. Nous connaissons ton cœur, nous croyons qu'il est aimant et sincère, mais au procès seront là des gens qui réclameront vengeance et punition. Un procès n'est équitable qu'à la mesure de ceux qui te jugent. Je peux répondre pour ton cœur, Bea, mais pas pour le leur.

# 36

Bea rejoignit son père dans le petit salon meublé à l'ancienne de Frey et Tyra : un terrain neutre. Les deux vieux sorciers restèrent devant la porte, au cas où Bea perdrait de nouveau le contrôle d'elle-même.

Elle attendit quelques minutes dehors. Elle avait encore tellement de colère contre son père ! Elle avait beau trouver ça injuste, c'était plus fort qu'elle. Surtout, elle était terrifiée par ce dont elle était capable.

Il était assis sur un petit banc à dossier dans un coin. Il se leva quand elle entra, l'air étrangement strict, et en même temps négligé. Et l'accueillit avec un sourire anxieux.

– Je suis désolée, dit-elle, mais il l'interrompit.

– Non, c'est moi qui t'ai trahie. Comme tu l'as dit, je suis ton père. C'est moi qui suis désolé.

Sa lèvre trembla. Bea pensa : « Oh non, ne pleure pas ! Pourquoi les pères sont-ils toujours absents quand on a besoin d'eux ? »

– Oublie tout ça, dit-elle en s'installant dans un fauteuil près de lui.

– Bea, je voulais juste te dire…, commença-t-il en toussant pour s'éclaircir la gorge, que quoi que j'aie fait ou ferai, et quelles que soient mes erreurs, je t'ai toujours aimée, et je t'aimerais toujours. J'ai vraiment essayé de faire du mieux que je pouvais pour toi. Mais parfois, je me suis trompé.

Bea sourit. Son petit discours était de toute évidence répété.

– Je le sais, dit-elle.

Il avait l'air triste, si triste. Mais ce n'était pas le moment de se laisser aller.

– Tu m'as tellement manqué, ajouta-t-il.

– On peut parler de maman ?

– Elle aussi, elle me manque. Vous tous. Je te croyais morte.

Bea vit sa lèvre se remettre à trembler, mais elle n'était pas d'humeur à accepter la moindre larme. Ni celles de son père, ni les siennes. Les larmes de personne.

– Non, dit-elle d'un ton féroce. Interdiction de pleurer. Je veux que tu sois mon père. Je veux ton soutien.

Il prit une bouffée d'air.

– Je suis là pour toi, dit-il d'un air courageux, ce qui la fit rire.

Il eut l'air choqué. Et fixa un point au-dessus de sa tête.

– Bea, je sais ce que j'ai fait. Et j'en suis désolé. Mais je suis là, maintenant, je connais la vérité, et je te jure que je ferai tout mon possible pour te sortir de là. Pour *nous* sortir de là.

Bea se demanda : « Mais qu'est-ce qu'il peut faire ? »

Elle ne dit rien. La cruauté n'arrangerait rien.

– Je sais que je ne suis pas moi-même en ce moment, reprit-il. J'essaie juste de tenir le coup. J'essaie de tenir le coup pour toi, ta mère et Michael. Pour vous tous.

Bea ne put s'empêcher de hausser les épaules.

– Mais je vais mieux, tu sais, ajouta-t-il. Si tu m'avais vu à mon arrivée ici !

Il la dévisagea, puis mit son poing devant sa bouche et rit

en silence. C'était un rire un peu fou, mais c'est ce qui fit craquer Bea. Là, elle sut qu'elle lui avait pardonné. Elle s'approcha de lui et l'entoura de ses bras. Ils restèrent un moment comme ça, le menton sur l'épaule l'un de l'autre.

– Je veux récupérer mon père, dit Bea.

– Ça va venir, chuchota-t-il. Je suis en train de remonter la pente. Je fais tout pour être fort. C'est long, mais je progresse.

– Mon papa un peu cinglé, dit Bea.

– Oui.

– Pourquoi tu m'as menti sur les souris ?

Il secoua la tête.

– J'ai passé la plus grande partie de ma vie à tenir l'impossible à distance. Alors, face à l'évidence, je me suis effondré. Malgré tout, Bea, je n'ai jamais cessé de t'aimer. Ainsi que Michael et ta maman. C'est ça, mon ancrage. Ça constitue tout ce que je suis. J'ai… J'ai juste besoin d'un peu de temps pour me rétablir.

– Papa, je t'aime.

– Je t'aime, ma Bea.

Ils restèrent encore un peu ensemble. « C'est le début de quelque chose », se promit Bea. Elle allait réunir sa famille. Elle était une incantatrice. Elle pouvait récupérer chacun des membres de sa famille. Et pas seulement. Elle pouvait faire revenir tous les autres.

– Tous les autres, murmura-t-elle avec férocité par-dessus l'épaule de son père, même s'il ne pouvait pas comprendre.

– Oui, oui, dit-il.

# 37

Le lendemain, de nouveaux sorciers arrivèrent. Cachée derrière le rideau de sa fenêtre, Bea scrutait leurs allées et venues. C'étaient des amis ou des parents de ses victimes, mortes ou à l'esprit envolé. Mais qui était qui ? Elle tenta de deviner, et là, les souvenirs de ses actes jaillirent comme un torrent. Alors elle capitula. Ça serait déjà assez dur comme ça à l'ouverture du procès.

La salle d'audience avait un jour été un lieu élégant, avec de beaux meubles, des brocarts, de la vie. C'était depuis devenu un grenier : des quatre grandes lanternes en cuivre suspendues au plafond par des chaînes rouillées, aucune ne fonctionnait. D'immenses meubles sombres et poussiéreux s'alignaient contre les murs, disparaissant presque sous des piles de livres, de chaises, de vases, d'ustensiles de cuisine et autres objets mis au rebut. Où que le regard se pose, il n'y avait que des vieilleries.

Bea s'était attendue à découvrir un tribunal avec un jury et des magistrats, si bien que lorsqu'elle pénétra dans la salle accompagnée par Silvis et son père, elle fut très étonnée. Les sorciers avaient installé un canapé en cuir dans un coin avec une chaise en bois munie d'accoudoirs et deux chaises droites placées à la perpendiculaire. Tout autour, il y avait des fauteuils, des chaises, des bancs et des tabourets pour les sorciers venus assister au procès. En tout, une trentaine de femmes et d'hommes, ainsi qu'une demi-douzaine d'enfants.

Bea était terrorisée. Elle tremblait tellement qu'on dut la soutenir. Elle avait commis des crimes terribles. Qu'est-ce que ça changeait qu'elle n'ait pas voulu mal faire ? Quelqu'un de meilleur n'aurait jamais fait ça, elle en était persuadée. En traversant la salle pour s'installer sur la chaise à accoudoirs, elle sentit tous les regards braqués sur elle.

« Ça ressemble donc à ça, une tueuse, semblaient dire leurs yeux. Elle paraît pourtant si ordinaire. Qui aurait cru que cette jeune fille soit capable d'actes aussi sombres ? »

Elle s'assit, Silvis et son père s'installèrent sur les chaises à ses côtés. Odi prit place sur le canapé avec Frey, ainsi qu'une grande femme pâle aux cheveux gris qui l'observa attentivement.

Odi se pencha vers Bea pour souffler :

– Chaque personne présente connaissait l'une de tes victimes. Ils ont tous déjà eu vent de bribes de ton histoire. Ainsi que de celle de Lok, de la façon dont il t'a séduite et trompée, mais ils ont besoin de l'entendre de ta bouche. C'est ce qui va se passer aujourd'hui. Demain, ils te poseront des questions sur les personnes à qui tu as volé l'esprit, et ceux que tu as aidé à tuer. Frey a été désigné pour te défendre. Cette femme, qui s'appelle Gila, représentera les intérêts des parties adverses.

Bea acquiesça.

– Tout repose sur ton honnêteté, reprit Odi. Je n'insisterai jamais assez là-dessus. Tu dois être totalement franche. Tu comprends ?

– Oui.

– Toujours être scrupuleusement honnête, ajouta-t-il.

Bea vit alors Tyra, assise un peu plus loin, hausser les yeux au ciel. Elle refusa d'y prêter attention.

– Bea, raconte-nous ton histoire, demanda Odi à voix haute. Commence à partir de l'hôpital.

Bea agrippa les accoudoirs du fauteuil, s'éclaircit la gorge et se mit à évoquer les événements des deux dernières années. À mesure qu'elle parlait, le silence devint pesant. Des actes qui lui avaient semblé courageux lui apparaissaient maintenant si lâches. Elle baissait les yeux, surtout quand elle parlait des vols d'esprit et des morts : c'était trop dur de regarder le public en se demandant qui était le fils ou la sœur, l'amoureux, le père ou la mère qu'elle avait tué.

Elle évoqua crime après crime. Silvis lui tenait la main, et son père s'agitait à ses côtés d'un air anxieux. Elle faiblissait parfois, mais ne s'arrêtait pas. Ils firent deux pauses d'un quart d'heure, s'accordèrent une heure pour le déjeuner, que Bea prit avec son père et Silvis. Elle termina son récit en fin d'après-midi.

Elle releva alors la tête et entendit l'un des soupirs las caractéristiques d'Odi. Frey se leva pour s'adresser à l'assemblée de sorciers.

– Nous connaissons tous Lok, commença-t-il. Malgré nos précautions, il n'y a ici presque personne qui n'ait été dupé par lui. Cette enfant n'est pas responsable, c'est une victime. Il l'a isolée, terrorisée, puis il l'a maintenue sous son emprise grâce à un tissu de mensonges. Il a même abusé de son corps. Il lui a tout pris : sa famille, ses amis, son don, son intimité, et de surcroît, il en a fait sa complice. Comment pourrions-nous la déclarer coupable dans de telles circonstances ?

Bea n'avait pas vraiment repensé à leurs relations intimes, et à l'idée que ça soit étalé sur la place publique, elle s'enfouit le visage entre les mains. Elle avait tellement honte. Mais elle était d'accord avec Frey : elle était encore une enfant, et elle avait été trahie.

Il se rassit. Gila se leva.

– Frey a raison, déclara-t-elle. Nous connaissons tous Lok. Personne ne s'étonne plus de ses méfaits. Nous avons malgré tout le droit de nous étonner des crimes que cette jeune femme a commis. En deux ans, elle a anéanti plus de sorciers que la Chasse en une décennie. Certes, Lok a su la convaincre qu'elle se battait pour nous. Mais quand avons-nous jamais utilisé de tels procédés ? Ses actes sont des crimes, quel que soit le but qu'elle poursuivait. Un sorcier ne vole pas un esprit pour le coupler à une machine. Un sorcier ne tue pas. Pourtant, Beatrice a fait tout ça avec une telle conviction ! Ce procès n'est pas pour elle, mais pour ses victimes. Souvenez-vous de ça quand viendra le moment de prendre votre décision en âme et conscience.

Gila parlait haut et fort, et sa voix paraissait bien plus convaincante que le ton posé de Frey, en tout cas aux oreilles de Bea. Tout en gardant la tête baissée, elle risqua néanmoins un petit coup d'œil. Les sorciers étaient impassibles.

Odi annonça la levée de la séance. Bea fut conduite hors de la salle par Silvis et son père en direction des deux pièces qui lui avaient été réservées au premier étage. Quand la porte se referma, elle entendit les sorciers parler entre eux, sans parvenir à saisir le moindre mot.

Le procès reprit le lendemain.

Une fois tout le monde présent, Odi déclara que ce jour-là

serait consacré aux victimes. Bea allait être interrogée à leur sujet. Ça prendrait le temps qu'il faudrait.

– Nous allons procéder de façon chronologique, annonça-t-il. James Thompson, je vous propose maintenant de questionner Beatrice Wilder au sujet de votre fils.

Un homme assis quelques rangs plus loin se leva et s'éclaircit la gorge.

– Mon fils Alan a perdu son esprit au début de l'année à Haltwhistle, dans le comté du Northumberland, commença-t-il.

Bea connaissait ce nom : Alan Thompson. Sa première victime.

– Alan avait vingt-sept ans. Il travaillait dans un magasin d'alcool de Haltwhistle, où il habitait avec Angela, sa compagne. Le meilleur moyen de décrire Alan, c'est de parler de sa gentillesse. Mon fils n'était que bonté. Il n'avait même pas besoin de le prouver, ce dont il ne se privait pourtant pas. On se sentait bien en sa présence, voilà tout. Les esprits l'adoraient. Ils étaient attirés par lui comme les papillons par les fleurs. (Il sourit à cette image.) Ils aimaient être en sa compagnie, j'imagine. Comme nous tous. On se demandait souvent si ça faisait partie de son don. C'est inexplicable, la gentillesse de certaines personnes, n'est-ce pas ? Il n'avait pas un don extraordinaire, juste une affinité avec les esprits des animaux. Il voulait réunir un petit pécule pour acheter un terrain et ouvrir un élevage. Les esprits seraient venus d'eux-mêmes à lui. Lui, il aurait juste parlé de « faveur ». Ils retrouvaient sous sa gouverne des choses que des gens avaient perdues. Pouvaient regrouper du bétail ou des moutons égarés. Mon fils aurait pu dresser des chiens ou des chevaux. Vous voyez ? Comment imaginer que quelqu'un veuille faire du mal à Alan ?

Pourtant un jour, son esprit a disparu. Alors j'aimerais savoir ce qui s'est passé exactement ce jour-là.

Pendant que l'homme parlait, Bea s'accrochait à sa chaise. Elle était paniquée. Elle se rendit compte qu'avant ça, elle n'avait jamais pensé à ses victimes comme à des personnes.

– Je ne peux pas, murmura-t-elle.

Silvis lui serra plus fort le bras.

– Si, tu peux, dit-elle calmement.

De l'autre côté, son père s'agita en s'écriant :

– Est-ce vraiment nécessaire ?

– Oui, affirma Gila. Pour chacun d'entre eux.

Bea regarda Odi, espérant sa compassion.

– Parle, dit-il.

Alors Bea s'exécuta. Elle raconta chaque détail de cette journée. L'immobilité de son père, son silence, la façon dont il luttait contre les larmes, tout ça creusa un trou dans son cœur. Elle voulait baisser les yeux, mais les sorciers insistèrent pour qu'elle regarde le père de sa victime. Pour conclure, il fit état de sa souffrance.

– J'avais deux enfants. La Chasse a pris notre aîné il y a quatre ans. Alan était notre dernier fils. Il habitait dans le quartier, il nous rendait visite tous les jours. Nous étions très proches, alors que maintenant, il est totalement indifférent à notre présence. Il nous manque. Je pense que nous aussi, nous lui manquons. Il a perdu tous ses amis. Même les esprits l'évitent... (Il releva la tête pour regarder Bea.) Ma femme a choisi de ne pas assister au procès. Nous ne voulons pas te nuire, mais chaque jour, nous pleurons notre fils.

Il se rassit. Ses amis le réconfortèrent. Bea était horrifiée, mais elle n'avait aucun moyen de se soustraire aux regards. Chacun semblait lui dire : « C'est toi qui as fait ça. »

Puis le suivant. Et le suivant. Au fur et à mesure de la journée, chacune de ses victimes se mit à incarner une personne pour elle.

Et ça continua. Il y eut plusieurs pauses, quand Bea ou l'un des témoins avaient besoin de souffler un peu. À deux reprises, son père ne put se contrôler et fut expulsé de la salle.

À la fin de la journée, ils avaient évoqué les deux tiers des cas. Bea ne s'était jamais sentie aussi épuisée.

Le lendemain, ça reprit. L'un après l'autre, les sorciers se levaient et donnaient le nom de l'être cher qu'ils avaient perdu. Une mère, une sœur, une épouse, un mari, un amoureux, un frère ou un ami. Tant de vies détruites. Se rappelant les paroles d'Odi, Bea fit de son mieux pour dire la vérité, mais ce n'était pas facile. À chaque mot, elle avait envie d'adoucir la réalité, parfois pour elle, parfois pour les autres. Il n'y a pas toujours de frontière évidente entre le mensonge et la vérité. Bea minimisa ses moments d'euphorie et amplifia le rôle de Lok. Elle insista sur sa haine pour ce qu'il lui faisait faire.

Au final, Odi lâcha l'un de ses fameux soupirs et Frey se leva pour son ultime plaidoirie.

– Bea est consciente des actes qu'elle a commis. Personne ici présent ne peut prétendre le contraire. Personne ici présent ne peut douter qu'elle n'est pas une tueuse. C'est Lok qui devrait répondre de tels actes, pas elle. Elle le croyait mort, car c'est ce qu'on lui avait dit. Elle n'était pas préparée à subir un assaut de sa part. Si Bea est coupable, alors nous aussi. Gila prétend que personne ici n'aurait commis les crimes de Bea, mais inspectez votre cœur. Son crime, si crime il y a, est celui-ci : elle est devenue un enfant soldat. Or, nous sommes en guerre. Et en temps de guerre, les règles changent. Si ses actes avaient été dirigés vers les bonnes cibles, serait-elle à cette place aujourd'hui ? Seriez-vous en train de la juger ? Nous accordons aux soldats des latitudes différentes qu'en temps de paix. Parfois, ils commettent des erreurs, et les conséquences peuvent être terribles. Mais si nous pouvons juger nos soldats qui commettent des actes répréhensibles, il ne serait pas juste de les juger pour leurs erreurs. Bea est des nôtres. Elle est de notre bord. Sa culpabilité saute aux yeux. Elle devra la porter jusqu'à sa tombe. Faites en sorte que cette punition soit suffisante.

Il se tut pour laisser aux sorciers le temps de réfléchir à ses paroles. Puis il reprit :

– Il s'agit là d'un cas où nous pouvons de façon raisonnable et en toute sincérité faire preuve de clémence, conclut-il.

Gila se leva à son tour.

– Regardez autour de vous, dit-elle. Combien êtes-vous ? Une quarantaine. Quarante-sept très exactement, si l'on compte les enfants. Si cette jeune femme, car je ne parviens pas à la considérer comme une enfant, si cette jeune femme n'avait pas commis de tels actes, combien serions-nous ? Pensez-y. Pensez à ceux que vous avez perdus. Fils, sœur, mère, père, frère, amant. Disparus à jamais. Beatrice se dit désolée. Elle ne savait pas, elle ne voulait pas. Moi, je dis qu'elle savait. Pas que ces gens étaient contre nous, certes, mais elle savait qu'elle faisait quelque chose de mal. Les sorciers ne se battent pas de cette manière. Nous ne volons pas des esprits ! Cette jeune femme a enfreint la plus essentielle de nos lois. Frey prétend qu'elle n'était qu'une enfant soldat. Mais comment appelons-nous les soldats qui se retournent contre les leurs ? Quel est le mot, déjà ? Ah oui, traître. Beatrice Wilder est une traîtresse à nous tous, à notre cause, à chacun de nous ici présent.

Elle fit face à Bea.

– Ton instinct aurait dû te commander de ne pas agir. Même un petit enfant connaît la différence entre le bien et le mal. Faire confiance à quelqu'un au-delà du raisonnable, ce n'est pas un crime. Voler des esprits, ça l'est. Au même titre que tuer. Tu es coupable, Beatrice. Tu le sais, n'est-ce pas ?

Tout ce que Bea réussit à faire, ce fut hocher la tête.

Gila se détourna et fit signe à l'assemblée des sorciers.

– Elle vient elle-même d'admettre sa culpabilité.

# 38

Dans l'assemblée, chaque personne se vit délivrer deux morceaux de papier, un blanc et un noir. Une vieille boîte en bois passa de main en main pour que chacun puisse glisser le papier de son choix dans la fente. Puis la boîte fut renversée sur une table à la vue de tous. C'était inutile de compter : sur une quarantaine de papiers, seuls deux étaient blancs.

Silvis s'agrippa au bras de Bea, qui secoua la tête. Elle avait été déclarée coupable. Pour de bon. Et pourtant, elle n'en revenait pas parce que… parce qu'on ne perd jamais complètement espoir, n'est-ce pas ?

Son père s'écria :

– Mais vous avez tous entendu ce qui s'est passé ! Ce n'était pas elle, c'était Lok ! Vous auriez dû la mettre en garde. Vous auriez dû la protéger…

Il était enragé. Frey l'attrapa et le fit se rasseoir.

– Contrôlez-vous, lui ordonna-t-il.

Le père de Bea lui lança un regard noir, mais se rassit en enfouissant sa tête dans ses mains.

De l'assemblée, Tyra lança d'un ton monocorde :

– C'est une tueuse.

Il y eut un silence lourd dans la salle. Bea eut l'impression qu'on avait aspiré tout l'air de son corps. Mais c'était vrai. Elle était une tueuse.

– Elle va se punir elle-même, dit Frey. Chaque jour du reste de sa vie. Bea n'est pas mauvaise, nous le savons tous.

– La punition n'est pas pour elle, mais pour ses victimes. C'est à ça que sert la justice, déclara Gila. C'est pour ça que nous sommes tous ici.

Odi hocha la tête puis se leva. Silvis, qui avait cru ne jamais en arriver là, hurla :

– Tout ce que vous lui ferez, vous devrez me le faire aussi !

– Tu ne comprends donc pas ce qu'elle a fait, gamine ? répliqua Gila d'un ton furieux. Ces golems qu'elle a laissés derrière elle sont les créatures les plus misérables sur terre. Leurs familles et leurs amis ne représentent rien pour eux. Nous non plus. Leurs souvenirs ne signifient rien. Ils ne savent plus aimer, partager, ressentir du bonheur ou de la tristesse. C'est pire que la mort. Ils ont perdu leur esprit à tout jamais.

Le père de Bea était tout rouge, prêt à parler de nouveau, mais Bea l'en empêcha.

– Papa, je suis coupable, déclara-t-elle. Tout le monde est d'accord. Alors arrête.

Son père fondit en larmes. Tyra lui fit un petit signe de tête, puis baissa les yeux.

– Dans ce cas, la sentence sera l'exil, déclara Odi.

– Non ! cria Silvis.

Mais Bea était tellement soulagée qu'elle faillit s'évanouir.

– Tu devras partir loin d'ici, reprit Odi. Aucun sorcier ne pourra t'accueillir, te saluer ni te proposer de l'aide ou du confort. Sinon, il devra partager ton destin.

– Mais ça revient à la condamner à mort ! s'exclama Silvis. La Chasse va la capturer !

– C'est la loi, répondit Odi.

– Elle est forte, elle peut s'en sortir. Elle l'a déjà fait une fois, n'est-ce pas ? déclara Gila.

– Ce n'est pas simplement une sentence cruelle, mais stupide, déclara Frey. La Chasse va lui voler son esprit. Vous lui offrez sur un plateau le don et les pouvoirs de Bea. Ça ne revient pas simplement à signer sa sentence de mort. Ça signe aussi la nôtre.

Gila acquiesça.

– En effet, c'est pourquoi elle ne doit pas être exilée n'importe où.

– Et où, dans ce cas ?

– Dans un endroit où la Chasse ne la retrouvera jamais, répondit-elle en lançant un regard glacial à Bea. Au centre d'une montagne. Dans la fosse d'un océan. Sur la lune. Ça m'est égal. Plus loin ça sera, mieux ça sera.

Dans le silence stupéfait qui suivit, Odi s'éclaircit la gorge.

– Ce que tu veux, c'est exiler son esprit, précisa-t-il.

– On a déjà fait ça, insista Gila.

– Et son corps ?

Gila répéta à Odi :

– On a déjà fait ça.

– Mais ça signifie la mort ! protesta Frey.

Gila fit un signe de tête, l'air de dire « et alors ? ».

Bea se remit à trembler. Tous les yeux étaient tournés vers elle.

– Non, supplia Silvis. Vous ne pouvez pas faire ça.

– Nous le pouvons et nous le ferons.

– Peut-on voter ? supplia son père.

– On ne vote pas au sujet de la loi des sorciers, déclara Odi.

C'est la loi, voilà tout. (Il regarda Bea d'un air grave.) Bea, acceptes-tu cette sentence ?

Surprise par la soudaineté de sa question, Bea réussit à se lever.

– Un peu de compassion, dit-elle. M'accorderiez-vous un peu de compassion ?

– Ce n'est pas prévu par la loi, répondit Odi.

– Dans ce cas, puis-je m'exprimer ? demanda-t-elle.

– Tu en as le droit. Cela fait également partie de la loi, dit Odi à Gila, qui s'apprêtait à protester.

Gila haussa les épaules, comme pour dire « de toute façon, ça ne changera rien ».

Bea tremblait toujours, mais elle s'efforça de se tenir droite et de regarder ses bourreaux droit dans les yeux.

– Je me suis fait une promesse l'autre jour, dit-elle. Je voudrais vous la faire, à vous aussi. La voici : je les ramènerai tous. Jusqu'au dernier. Chaque esprit volé. Même si vous m'enfermez au centre de la terre, j'essaierai quand même.

– Ce n'est pas possible, lança quelqu'un.

– Je suis une incantatrice. C'est tout ce que j'ai en mon pouvoir pour réparer mes actes. Je n'arrêterai pas, sauf si on m'entrave. J'irai les chercher sous terre s'il faut...

– C'est interdit, grogna Gila.

– Qu'est-ce que j'ai à perdre ? Je briserai toutes vos lois si nécessaire, mais je les ramènerai, je le jure.

« ... Je suis allée trop loin », pensa-t-elle. Mais elle était sincère. Ça lui avait pris ses dernières forces de dire ça. Elle tira sur la main de son père. Il la regarda de son siège. Il était blême.

– Vous voyez ? fit Gila. Elle ne comprend toujours pas ce qu'elle a fait. Vous venez de l'entendre. Elle est prête à enfreindre nos lois. À défaire tout ce qui nous est cher. C'est ça, sa seule repentance. Réponds à la question, ma fille. Acceptes-tu ta sentence ? Partiras-tu en exil, ou devrons-nous t'y contraindre ?

Bea se tint le plus droite possible.

– Je l'accepte. Je ne sais pas si je suis capable d'en appeler à mon propre esprit, mais je vais essayer. Je vous demande juste une journée pour dire au revoir.

– Pas à moi ! s'exclama Silvis. Je veux rester avec toi, donc je pars, moi aussi. C'est la loi, n'est-ce pas ?

– Tu es une idiote, cracha Gila.

– Moi aussi, dit son père en lui prenant la main.

– Vivre au cœur d'une montagne ? Pour l'éternité ? ricana Gila. Vous avez une idée de ce que ça signifie ?

Frey se leva.

– Je vous accompagne, moi aussi. Je vais donc subir le même sort que vous. Nous partirons ensemble en exil.

Odi inclina la tête en arrière et éclata d'un rire tonitruant.

– Dois-je préparer des sandwichs pour le voyage ? Parce que moi aussi, je reste à ses côtés. Donc je pars en exil. Qu'en dites-vous ? Tyra ?

Tyra se leva et s'approcha d'eux.

– Viens ici, mon enfant, dit-elle.

Inquiète, Bea obéit. Elle sentit Tyra s'agenouiller à ses pieds et passer ses bras autour de ses jambes.

– Je t'offre mon réconfort, dit-elle. Je te rejoins donc dans l'exil. La loi est sans pitié, alors moi, je te pardonne, Bea. Parce que je sais que toi, tu ne te pardonneras jamais. Chaque jour, tu songeras à ce que tu as fait, aux esprits que tu as volés, à ces vies détruites par ta faute. C'est un fardeau terrible que tu devras porter, mais le jour où on se pardonne soi-même, c'est celui où on perd son humanité. Ce jour-là, je te jure que je te traquerai et que je t'abattrai comme un chien. Tu viens de promettre de retrouver ces âmes perdues. Je n'oublierai pas ton serment. Tu es un soldat, même si je n'en reviens pas de dire ça. Moi aussi, j'en suis un, et à partir de ce jour, je suis ta camarade. Je me battrai à tes côtés, je ne t'abandonnerai jamais. Je le jure. Je pars avec toi en exil.

Bea passa les bras autour du cou de Tyra et la serra très fort. Tyra sentait mauvais : elle ne se lavait pas très souvent, et elle buvait beaucoup. Mais Bea n'avait jamais été aussi heureuse d'avoir quelqu'un comme elle à ses côtés.

Gila, qui regardait la scène d'un air incrédule, explosa alors de rage.

– Quel numéro ! s'exclama-t-elle. Vous aviez tout prévu ! Il n'y avait aucune chance d'obtenir une vraie condamnation. Vous avez tourné ce procès en ridicule.

Odi regarda les autres sorciers.

– Justice a été rendue, déclara-t-il. L'accusée a fait preuve de repentance. Une certaine pitié lui a été accordée, et nous avons également montré notre solidarité. C'est un procès juste ! Nous ne vous demandons pas de vous joindre à nous, mais ce serait plus facile si vous nous accordiez l'exil dans notre propre maison, plutôt que d'enfermer nos esprits à jamais.

Un rugissement s'éleva parmi les sorciers, certains défendant cette idée, d'autres y étant furieusement opposés, les premiers poussant des cris de triomphe, les autres de colère. Tyra leva la main de Bea au-dessus de sa tête et déclara :

– La victoire ou la mort !

Elle se retourna, attrapa Bea par la taille et la souleva dans les airs, puis elle fit un gros baiser velu sur la joue de Bea en concluant :

– Tu es merveilleuse !

# 39

La discussion se poursuivit pendant des heures. Certains étaient à ce point remontés qu'ils refusèrent de saluer les habitants de Salem Row. En revanche, d'autres décidèrent de se joindre à eux dans leur exil. D'autres encore, dont Gila faisait partie, étaient résolument contre, mais refusèrent de lever le camp.

– Je ne peux pas vous faire partir, mais me demander de partir ? Je m'y oppose, dit-elle.

Un repas était organisé le soir même. Il n'avait pourtant rien d'une fête : il s'agissait d'un hommage aux victimes de Bea. Malgré leur désaccord, Gila et deux autres sorciers insistèrent pour obtenir une place à table.

Après le procès, Bea s'était réfugiée dans sa chambre : elle était épuisée, et s'endormit aussitôt. Frey vint la réveiller environ une heure avant le repas. Il lui apportait une toge.

– Il est de coutume que tu portes ça, puisque tu as bénéficié d'une certaine clémence, déclara-t-il en lui tendant la toge blanche cintrée à la taille, munie d'un haut col. Ce soir, tu serviras le vin à table.

Bea gémit, mais se leva. Elle souffrait de la tête aux pieds.

Sans doute la tension, lui dit Frey, puisqu'elle n'avait fait aucun exercice physique depuis des jours.

Enfin, il lui tendit un sac rempli de cendres.

– C'est la dernière chose à faire, mais tu n'as pas le choix. Cela peut paraître idiot, pourtant ce rituel a toujours cours parmi nous. Tu dois te couvrir de cendres de la tête aux pieds.

Puis il sortit pour la laisser se préparer.

Bea suivit ses consignes : elle renversa le sac de cendres sur sa tête, enfila la toge et descendit, pieds nus, pour servir le vin au dîner.

Il restait seize convives sur la quarantaine de sorciers présents au procès, dont Gila et deux de ses compagnons, ceux qui refusaient la solution de l'exil collectif à domicile. Quand Bea voulut les servir, ils posèrent une main sur leur verre. Les autres, en revanche, acceptèrent avec joie. Personne n'adressait la parole à Bea. Même Silvis avait interdiction de fraterniser, si bien que Bea passa le repas en silence, tandis que les sorciers portaient toast sur toast à leurs disparus.

Cependant, comme ils commençaient à quitter la pièce, Gila lui fit signe d'approcher. Bea s'immobilisa près d'elle, et la vieille sorcière lui tendit son verre. Bea la servit de bon cœur.

– Ne crois pas que je te pardonne. Ce n'est pas le cas. Ne t'imagine pas non plus que j'approuve la situation. Je n'accepte ce vin que pour te contraindre à respecter ta promesse. Tu veux les ramener tous jusqu'au dernier, comme tu l'as dit. Pour autant, tu ne dois pas briser nos lois. Elles ont une raison d'être. Une fois qu'un esprit a gagné le monde sous terre, il entame sa transformation. Il n'est plus le même qu'avant, si bien que le ramener à la vie est dangereux. De plus, il pourrait entraîner d'autres esprits avec lui, des esprits qui n'ont rien d'humain. C'est ce qu'on appelle des démons. Ça n'a rien à voir avec le diable, même si, vu les dégâts qu'ils occasionnent, tu pourrais très bien les confondre. Ceux qui ont rejoint le monde sous terre doivent y rester. Tu comprends ? Alors tu dois renoncer à cette partie de ta promesse. Consacre ta vie à ramener ceux dont les esprits sont encore ici, et laisse les morts à la mort. Personne n'est jamais revenu intact du monde sous terre pour reprendre le cours de sa vie. Si tu suis ce chemin, tu ne feras qu'amener de nouvelles malédictions sur nos têtes.

Bea se tourna vers Odi, qui écoutait non loin.

Celui-ci hocha la tête.

– Je le promets, déclara Bea.

Gila posa son verre sans le boire et sortit. Bea attendit en silence que tout le monde soit parti, puis Silvis et son père lui firent monter l'escalier jusqu'à sa chambre, où son amie l'aida à se déshabiller et à se coucher.

Deux jours plus tard, Odi les réunit tous pour discuter des moyens d'accomplir les promesses de Bea.

Bea crut d'abord qu'ils voudraient tout de suite s'en prendre à Lok et à la Chasse, puisque c'étaient eux qui détenaient les esprits des sorciers isolés. Mais à son grand soulagement, ils décidèrent de commencer par quelque chose de plus simple : récupérer l'esprit de sa mère. Bea n'avait pas volé cet esprit-là, bien sûr, mais au moins, il était accessible.

Bea et son père étaient ravis. Une fois de plus, elle n'en revenait pas de la générosité des sorciers.

L'esprit de Kelsey s'était réfugié dans un sureau mort près du fossé où elle avait jeté Bea, puis avait pris la forme d'une ruche. L'hiver arrivait, si bien que les abeilles se préparaient à l'hibernation : l'esprit entamerait bientôt son étrange voyage vers le monde sous terre. Autrement dit, il fallait agir vite.

Bea pensait souvent à son ancienne maison d'Hebden Bridge. Ce que ça devait faire à sa mère, de posséder encore ses souvenirs et son intelligence, sans qu'ils ne signifient plus rien pour elle. Se rendait-elle compte du vide de son existence ? Et Michael, qui vivait seul avec elle ? Comprenait-il que sa véritable mère avait disparu ? Tout ce qui restait, c'était un corps capable de se déplacer, de parler, mais pas de ressentir.

Michael devait bien s'en rendre compte. Sans comprendre lequel, il devait deviner qu'il y avait un problème.

Les sorciers savaient où se trouvait l'esprit de sa mère, ainsi que son corps. Pour réunir ces deux entités, il fallait les mettre en présence et chasser l'esprit du golem. Puis, si son esprit le désirait, il réintégrerait Kelsey, qui redeviendrait alors elle-même.

L'entreprise n'était pas sans risque. La Chasse savait que Bea allait chercher à entrer en contact avec sa mère : son ancienne maison était certainement surveillée, et pas simplement par les voisins. La Chasse avait également à sa disposition des espions de toutes sortes, comme Lars le lui avait expliqué. Des oiseaux, par exemple. Mais les sorciers allaient devoir passer outre. Ils décidèrent qu'il valait mieux amener son esprit au corps de Kelsey plutôt que le contraire.

– Il nous faut un endroit pour recueillir son esprit, déclara Odi. Un fétiche. Quelque chose où il pourrait se sentir bien. Une idée ?

Il n'y avait pas de réponse évidente. Toutes les possessions chères à Kelsey étaient encore à Hebden, sous la garde de son golem. Tenter d'y voler quelque chose ne ferait qu'alerter la

Chasse. Deux incursions là-bas, c'était trop. Même Tyra, qui adorait se battre, n'y était pas favorable.

Le père de Bea proposa d'aller à Manchester acheter un beau cadeau, mais Frey déclina cette idée.

– Un esprit se moque bien des cadeaux. Il faut quelque chose qu'il connaisse.

– Une boîte à chaussures ? proposa Bea.

Sa mère conservait toutes ses photos d'enfance dans des boîtes à chaussures. Cela ne paraissait guère respectueux comme sanctuaire destiné à un esprit, son père était contre, mais il n'avait pas de meilleure idée.

Ils optèrent donc pour une boîte à chaussures.

Il fallait remplir la boîte avec ce qui avait été le symbole de leur vie familiale, sans pour autant disposer d'objet à elle. Bea avait perdu son téléphone depuis longtemps. En revanche, son père possédait encore le sien, avec plein de messages et de photos. Exactement le genre de choses qui aiderait à ce que l'esprit ait envie d'intégrer le fétiche.

Bea et son père réunirent tout ce qui pouvait plaire à Kelsey. Son père se sépara de son alliance et imprima des photos prises avec son téléphone. Il téléchargea aussi tous leurs échanges par SMS, que Bea mit sur une clef USB.

Ayant abandonné sa boutique d'Hebden, il ne possédait plus le moindre bijou, mais il fabriqua un bracelet ensorcelé, ainsi que des boucles d'oreilles en fil de cuivre ornées de pierres, de débris de bois et même d'un gland. Bea inspecta ces bijoux, mais n'y vit pas la magie qu'il avait mise dans son collier. Ça ressemblait juste à son père : un objet un peu fou. Peut-être qu'après tout, il n'avait trouvé les pierres du collier que par un heureux hasard.

Kelsey adorait les livres et la poésie, elle en écrivait d'ailleurs, alors ils en ajoutèrent dans la boîte. Elle aimait aussi recopier des poèmes et les encadrer au mur. Le père de Bea passa plusieurs heures à en retranscrire un sur un rouleau. Enfin, ils choisirent deux livres, un roman de Jane Austen et un mince recueil des poèmes de Sylvia Plath, que Kelsey vénérait.

Ils décorèrent la boîte avec des photos, des SMS et des e-mails, des dessins dans ses couleurs préférées. Bea finit par se dire que sa mère allait vraiment aimer cet objet.

Son père lui aussi semblait satisfait. Pendant qu'ils travaillaient, il était concentré et joyeux, mais dès qu'ils eurent fini, il parut de plus en plus anxieux. Alors que les autres organisaient une cérémonie pour attirer l'esprit, il faisait les cent pas en se rongeant les ongles et en jetant des coups d'œil à la boîte comme si c'était un ennemi.

Ce soir-là, la pluie se mit à tomber. Ce qui n'était pas de bon augure pour la cérémonie du lendemain, car les abeilles seraient réticentes à quitter leur ruche. Frey avait prévenu Bea : l'humeur de son père dépendait beaucoup du temps qu'il fait. En effet, vers vingt et une heures, il explosa. Bea lisait dans sa chambre quand elle l'entendit hurler en bas :

– C'est n'importe quoi ! Même un scarabée ne voudrait pas entrer là-dedans !

Puis il lança des coups de pied et de poing dans les murs. Elle craignit qu'il s'en prenne au fétiche. Quand elle arriva dans le salon, il avait déjà disparu, et la boîte gisait par terre. Bea fondit en larmes. Pourtant, au fond d'elle-même, elle savait que son père avait raison.

Il était dehors, sous la pluie battante, tandis que Tyra le maudissait du seuil de la porte.

– Va le voir, lui ordonna Odi.

– Espèce de crétin ! grogna Tyra.

Pourtant, elle prit un imperméable accroché dans l'entrée et se précipita sous la pluie. Bea voulut la rattraper, mais…

– Toi, tu restes ici, ordonna Odi. Tu ne dois pas risquer de tomber à nouveau entre de mauvaises mains. C'est trop dangereux. Tyra va s'occuper de lui.

Une heure passa, puis deux. Frey voulut que Bea aille au lit, mais elle refusa catégoriquement. Elle s'assit à la fenêtre, guettant leur retour. Silvis la rejoignit sans un mot, se plaça de l'autre côté de la fenêtre, retira ses pantoufles, posa ses pieds nus sur ceux de Bea et sortit un livre.

L'attente fut longue. La pluie et le vent surgissaient par vagues. Frey s'installa près d'elles vers minuit, et une ou deux heures plus tard, Odi arriva à son tour. Mais ce ne fut qu'à l'aube que la porte s'ouvrit en grand et que son père entra en titubant. Il était gris de fatigue et couvert de boue. Il s'affala dans un fauteuil, s'endormant aussitôt. Derrière lui, Tyra ressemblait à un golem de glaise. Elle avait un sac sur l'épaule.

– Sacrée nuit ! s'exclama-t-elle.

Elle prit place sur un vieux banc d'église le long d'un mur et présenta ses bottes boueuses à Silvis, qui s'accroupit pour les lui enlever. Puis elle retira sa cape. Elle ouvrit son sac et déroula un sac-poubelle sur la table. Qui contenait un crâne récemment exhumé, couvert de terre. Odi l'examina de près.

– Où est-ce que tu as récupéré ça ? demanda Frey.

Tyra se laissa aller sur le banc.

– Ce crétin a couru sur la colline sans se soucier de la pluie jusqu'à se mettre à gratter une tombe comme un chien qui cherche son os. J'ai réussi à le convaincre de récupérer des pelles, et on s'y est mis tous les deux. Vous nous auriez vus ! On aurait dit deux goules. Heureusement, par un temps pareil, il n'y avait personne dehors. Ça faisait longtemps que je ne m'étais pas amusée comme ça !

– Qui c'est ? demanda Frey.

Tyra se pencha pour tapoter le crâne d'un doigt.

– Il y avait un esprit de poétesse là-dedans, dans le temps, dit-elle.

Frey poussa un gémissement. Tyra leva les yeux vers Odi, qui retournait le crâne entre ses mains.

– Alors ? lança-t-elle. Il a vraiment trouvé quelque chose d'intéressant, ou j'ai juste perdu mon temps ?

Odi sourit, puis déclara :

– C'est parfait.

– Mais pourquoi ? Il contient toujours un esprit ? demanda Bea en essayant d'observer le crâne avec son œil de sorcière.

– L'esprit a disparu, dit Odi, mais je pense qu'il a laissé malgré tout un peu de poésie.

Il introduisit un doigt à l'intérieur du crâne et en retira un caillou boueux, qu'il tint entre ses doigts.

– C'est de la poésie, ça ? demanda Bea.

– Cette femme a écrit de très beaux poèmes. Et celui-ci est resté inachevé, dit Odi en essuyant la pierre sur sa manche. (La pierre se mit tout à coup à briller dans des tons pourpres, rouges et bleus.) Au fil du temps, c'est devenu un bijou. Ton père est merveilleux, Bea. Si ça ne fonctionne pas pour ta mère, rien ne fonctionnera.

Le lendemain midi, le crâne trônait sur la table, nettoyé, poli, ses dents brossées et passées à l'or fin, ses orbites peintes du bleu le plus profond, ses joues rouges, son sommet orange :

les couleurs préférées de Kelsey. Bea et son père avaient passé la matinée à le décorer. Ils glissèrent des photos de famille dans la cavité, collèrent des rubans à son sommet, peignirent de petites images sur son front, et enfin le déposèrent sur un coussin, telle une couronne.

Odi avait placé le bijou au fond de la gorge, là où autrefois se trouvait la langue. Il sourit.

– Écoutez, dit-il.

Ils tendirent tous l'oreille et, en effet, on entendait une voix, celle de la poétesse disparue. Bea perçut des murmures, un chant très faible mais si beau. Elle ne comprit pourtant pas le moindre mot.

– Ce n'est pas une langue de ce monde, expliqua Odi avec un sourire. Merci Jamie et merci Tyra. C'est merveilleux. Il n'y a rien d'autre à faire. Tout est prêt.

# 40

Ils se mirent en route le lendemain matin. En tête, le père de Bea portait le fétiche. Puis venaient Odi, Tyra et Frey, et enfin Bea et Silvis. Une pluie fine tombait, mais l'air était doux. Le sureau mort était toujours enraciné au bord d'une clairière au milieu de chênes rachitiques, de myrtilles, de bruyère, de fougères et de joncs. Des abeilles cherchaient quelques dernières traces de nectar dans le lierre non loin, mais la plupart étaient au chaud dans la ruche. Le père de Bea sortit le fétiche de la boîte pour le déposer un peu à l'écart de l'arbre, puis il s'assit sur un coussin enveloppé dans un gros sac en plastique noir, car l'attente pouvait être longue. Les autres s'installèrent avec lui, à part Odi, qui alla s'agenouiller devant le sureau.

– C'est parti, murmura Frey. Bonne chance à nous tous.

La pluie perlait sur leurs manteaux, même si le soleil faisait parfois une apparition parmi les nuages. Odi, Tyra et Frey se mirent à chanter et à psalmodier à voix basse.

Bea attendait ce moment depuis si longtemps. Ces deux années à la maison verte... L'entraînement, l'exercice, les missions... On l'avait dupée, on lui avait menti, on avait abusé d'elle, mais rien de tout ça ne l'avait détournée de son but : réunir sa famille.

Les heures passèrent. Un merle surgit et se posa sur l'herbe avant d'apercevoir le groupe assis en cercle et de s'envoler à tire-d'aile avec des cris paniqués. Bea finit par se désintéresser de la scène. Elle sommeillait presque lorsqu'elle fut réveillée par un coup de coude de Silvis, qui lui montra l'arbre. Il y avait du mouvement sous une branche.

– Les abeilles, chuchota-t-elle.

En effet. Elles bourdonnaient autour d'un petit trou dans le tronc. D'autres sortirent du vieil arbre creux.

– Ta mère se montre enfin, croassa Tyra.

Frey lui demanda de se taire, et elle se mit une main sur la bouche.

Le bourdonnement grandit. Bientôt, les abeilles s'échappaient du tronc comme si l'arbre les crachait. Elles volaient de plus en plus nombreuses dans la clairière. Elles furent bientôt des centaines, voire des milliers. L'air était rempli de petits points noirs qui produisaient un vrombissement puissant.

Bea sentit un picotement sur sa main : une abeille s'y était posée. Elle résista à la tentation de l'écraser.

Les abeilles se rapprochaient de Jamie et du fétiche. L'essaim n'était plus qu'à trois ou quatre mètres – un nuage d'insectes encerclait le père de Bea, faisant voler ses cheveux à force de battement d'ailes. Le bourdonnement se fit de plus en plus fort. Son père regarda Bea en souriant.

– Tu l'entends ? demanda-t-il. Sa voix, au milieu des abeilles. Tu l'entends ?

Bea écouta avec attention et, en effet, les abeilles bourdonnaient avec la voix de sa mère. Elle sourit à son tour. Oui ! Ça allait marcher ! Mais à cet instant, elle sentit quelque chose sur sa main. Il y avait là une dizaine d'abeilles. Ne devaient-elles pas plutôt être attirées par le fétiche ?

– Ne bouge pas, Bea, dit calmement Frey.

Elle obéit, même si ce n'était pas facile. Les abeilles se posaient maintenant sur ses bras, mais aussi ses cheveux, ses mains, et surtout son visage. D'autres continuaient à arriver.

Tout autour d'elle, le bourdonnement atteignit un pic.

– Bea, dit Frey, je veux que tu te lèves très doucement et que tu t'éloignes. D'accord ? Vas-y, maintenant.

Bea s'exécuta. Les abeilles s'envolèrent et se mirent tout à coup à bourdonner plus fort et plus furieusement. Bea se tourna, et là, elles attaquèrent. La première la piqua au visage. Le reste de l'essaim autour de son père se précipita sur elle en un nuage sombre.

– Cours ! cria Frey.

Bea s'enfuit, mais l'essaim était plus rapide. Elle tenta de se protéger le visage, en vain, car les abeilles la piquaient encore et encore. Elle fut alors saisie par-derrière et enveloppée dans un manteau. Elle reconnut l'odeur de son père. Il courut jusqu'à Salem Row en la portant sur son dos, poursuivi par les abeilles. Ce n'était pas seulement à Bea qu'elles s'en prenaient maintenant, mais aussi à toute personne qui tentait de s'interposer. Quand les sorciers eurent regagné Salem Row, ils étaient tous couverts de piqûres, mais pas autant que Bea, dévisagée et boursouflée.

Frey lui appliqua une potion médicinale pour apaiser la douleur.

Bea était dans tous ses états.

– Elle me hait, elle me hait ! se lamentait-elle.

– Elle ne te hait pas, la rassura Frey. Elle est en colère contre toi. Ce n'est pas pareil.

Il continua à tamponner son visage puis ajouta :

– Si elle avait voulu nous rejoindre, Bea, elle l'aurait fait. Ça ne va pas marcher.

Les autres attendaient autour de la table de la cuisine que Frey s'occupe d'eux. Quand Bea voulut protester, Odi la coupa :

– C'est son choix et son droit, ma petite. Nous lui avons offert une demeure en ce monde, et elle l'a déclinée.

– Elle n'a pas vraiment dit non, insista Bea. Elle allait venir. Puis elle s'est mise en colère à cause de moi. Vous devez recommencer sans moi.

Odi regarda Frey, qui haussa les épaules.

– On peut refaire une tentative, dit-il.

Ce qu'ils firent. Cette fois, les abeilles ne quittèrent même pas leur ruche.

– Elle a commencé son voyage vers le monde sous terre, déclara Odi. Ce serait dangereux d'insister davantage. Comme Gila te l'a dit, il y a toutes sortes d'esprits dans le monde des morts. Nous avons tout tenté, mais tu dois respecter sa volonté. Le moment est venu de dire adieu à ta mère. De la laisser reposer en paix.

# 41

Les sorciers s'efforcèrent de soutenir Bea, même si Tyra insista pour dire que ce n'était qu'un contretemps dans cette guerre. Sa mère avait refusé de revenir, autant de raisons pour reprendre le combat. Il restait tant d'âmes à sauver.

– Souviens-toi de ta promesse, dit-elle. Tu as une mission. Tu dois maintenant te concentrer sur les autres.

Bea fit de son mieux. Elle discuta de plans, d'options. Mais elle était à bout. Elle avait été trompée par Lok, humiliée au cours du procès. Puis elle avait échoué à ramener sa mère. Pendant trois jours, elle s'obligea à faire semblant. Le quatrième, elle resta au lit.

Frey voulut la faire descendre au petit déjeuner, en vain. Elle dit oui, mais ne bougea pas. Puis son père vint s'asseoir au bord de son lit et tenta de lui parler, mais elle se contenta de rester, le visage face au mur. Il redescendit tout seul.

Dans l'après-midi, Tyra monta et rugit dans la pièce :

– C'est quoi ces conneries ? Tu crois que Lok va se rendre à toi sans que tu lèves le petit doigt, peut-être ? Espèce de fainéante, tu dois partir à sa recherche ! Tu as intérêt à te lever et à...

Odi vint lui ordonner de sortir. Il attendit qu'elle ait descendu l'escalier, puis s'assit au bord du lit et posa les mains sur le dos de Bea. Qui n'eut aucune réaction.

Il lui tapota le dos à plusieurs reprises et partit. Un peu plus tard, Frey monta avec un breuvage.

– Il est temps que tu prennes soin de toi, dit-il comme elle acceptait de boire. Repose-toi. Tu es en sécurité ici, et nous aussi. Tu te relèveras quand tu seras prête.

Bea vida le verre et se rallongea. Frey marqua un temps d'arrêt à la porte.

– Je sais que ça ne va pas t'aider pour l'instant que je te dise ça, mais tu ne te sentiras pas toujours aussi misérable.

Il referma doucement la porte derrière lui et la laissa tranquille.

Il avait raison : elle ne se sentit pas mieux. À quoi était-elle donc bonne ? À tuer ses amis et à laisser tomber les autres. Elle avait même échoué à sauver sa mère. Alors à quoi bon continuer à vivre ?

Silvis était de sortie ce jour-là, mais à son retour, elle alla aussitôt voir Bea, son manteau encore sur le dos.

– Je veux qu'on me laisse tranquille, lança Bea.

– Je sais, répondit Silvis en se déshabillant. Mais je reste quand même.

Elle passa là des heures. Elle ne demanda rien, elle ne parla pas, elle se contenta de lire en se blottissant de temps en temps contre Bea, qui trouva un peu de réconfort dans la présence de son amie.

Quatre jours plus tard, elle entendit des pas dans l'escalier. La porte grinça, et une paire de bottes fit craquer le plancher. Tyra buvait depuis des jours en ville, selon Silvis. Bea avait le dos tourné. Tyra l'observa en silence. Puis il y eut un bruit feutré sur le tapis quand elle y traîna une chaise. Et s'assit.

Bea ne bougea pas. Peut-être que si Tyra la croyait endormie, la vieille sorcière finirait par s'en aller. Elle finit par s'assoupir pour de bon, et quand elle se réveilla, tourna la tête d'un coup. Tyra était encore là, les bras sur les cuisses, à la regarder.

Formidable.

Bea se retourna face au mur. Il y eut un nouveau long silence.

– J'imagine que tu n'es pas au courant de la nouvelle, dit enfin Tyra. On fait tellement attention à la pauvre petite Bea ! Eh bien voilà. Ta série de meurtres n'est pas terminée.

Bea se figea. Ce n'était pas possible. Elle n'avait pas quitté Salem Row.

– Tout le monde ne parle que de ça, reprit Tyra. Lok a repris du service. Un jour, il est à Carlisle, le lendemain à Leeds, à Manchester, à Burnley, à Halifax. Dans tout le nord-ouest du pays. Ses victimes, je les connaissais presque toutes. Des gens adorables. Tu te souviens de Gila ? Eh bien, son esprit a été remplacé par celui d'une souris. Une souris ! On ne peut pas reprocher à Lok de manquer de sens de l'humour, hein ? Alors ma chère Bea, tu continues à bien t'amuser, hein ?

Bea pivota d'un coup.

– Mais ce n'est pas moi, je n'ai pas bougé d'ici ! s'exclama-t-elle.

– Oh, mais ça parle, en fait, ce machin ! Même si c'est juste pour se défendre, évidemment. Tu n'as pas besoin de faire quelque chose, ma chère. C'est déjà fait. Tu es à l'origine de cette malédiction. Tu n'as même plus besoin de lever le petit doigt pour tuer des gens.

– Ce n'est pas moi !

– Bien sûr que non. C'est Lok. Qui d'autre ? Tous ces esprits que tu as volés pour lui, dit Tyra en secouant la tête d'un air dégoûté. En ce moment, les autres cherchent à recenser les nouveaux pouvoirs dont il dispose. Il a acquis le don de localiser les sorciers, puisqu'il s'attaque aux communautés l'une après l'autre. Il doit avoir à sa disposition plusieurs Corbeaux, vu sa rapidité. Tu peux être fière de toi, espèce de garce.

Tyra crachait presque. Bea n'en croyait pas ses oreilles. Comment la situation pouvait-elle encore empirer ? Toujours plus de morts et plus d'horreur.

– Mais pourquoi tu me racontes ça ? gémit-elle.

– Parce que je pense que tu dois savoir. Je pense que tu *mérites* de savoir.

– Je te déteste !

– Moi aussi. Et tu sais ce que je déteste le plus ? C'est la façon dont tu as baissé les bras. Tu pleurniches dans ton lit comme la minable que tu es. Tu as subi un échec, et voilà ce que ça donne : « Oh, je suis tellement déprimée. »

Bea n'en revenait pas qu'on lui parle comme ça.

– Mais j'ai essayé, pourtant, non ? protesta-t-elle. Je n'ai même pas réussi à ramener ma mère. J'ai le droit d'être déprimée. Ça n'a pas marché ! hurla-t-elle, perdant finalement patience.

Il y eut des bruits de pas dans l'escalier.. On montait pour voir ce qui se passait.

– Petite garce, tu nous as abandonnés. Tu m'as abandonnée, tu nous as tous abandonnés, tu as abandonné ta propre mère ! aboya Tyra. Je te méprise !

Quelqu'un frappa à la porte. Tyra se leva pour la maintenir bloquée avec un pied.

– Qu'est-ce qui se passe là-dedans ? hurla Frey.

Tyra regarda Bea et cracha pour de bon. La salive atterrit sur la poitrine de Bea. Ce fut la goutte d'eau qui fit déborder le vase. Elle se jeta sur Tyra, cherchant à lui griffer les yeux avec ses ongles, mais celle-ci l'en empêcha rien qu'avec sa main normale, et la tint à bout de bras en la secouant.

– Tu crois que tu peux me battre ? siffla-t-elle.

Avec la Poigne, cette fois, elle plongea les doigts dans le mur et en ressortit de la pierre écrasée.

– J'ai la Poigne, fillette. Alors t'en prends pas à moi !

Bea était éberluée par une telle force. La vieille sorcière la jeta sur son lit, et elle se tapit contre le mur.

– Qu'est-ce que tu veux de moi ? supplia-t-elle. J'ai essayé, j'ai vraiment essayé !

Mais Tyra était folle de rage. Elle se pencha d'un coup, la saisit par la gorge et la hissa à hauteur de son visage.

– Tu es une incantatrice, bordel ! siffla-t-elle pour que les gens de l'autre côté de la porte ne l'entendent pas. Ta mère est en train de quitter ce monde, et toi, tu restes là à rien faire.

– Mais..., fit Bea, ahurie. Odi a dit non.

– Odi a dit, Odi a fait, la railla Tyra. Ce vieux crétin qui ne sait même pas dans quel monde il se trouve. Tu es une incantatrice. Alors rappelle-la !

Elle sortit un bout de papier de sa poche, qu'elle glissa dans la chemise de Bea.

– Tu peux encore récupérer ta mère. Il te suffit de lui dire où aller.

Elle regarda Bea tétanisée devant elle, puis la lâcha d'un coup sur le lit et ouvrit la porte. Frey, Odi et Silvis se trouvaient derrière.

– Qu'est-ce qui se passe ? demanda Frey.

– Juste une petite discussion, répondit Tyra.

Elle agita les bras pour les disperser comme un troupeau en protestant :

– Circulez, il n'y a rien à voir. Et laissez-moi passer.

Silvis se faufila sous son bras pour foncer dans la chambre.

– Qu'est-ce qui s'est passé ? demanda-t-elle à Bea.

Mais Bea refusa de parler. Silvis grimpa sur le lit et l'observa d'un air inquiet. Les autres partirent en se disputant dans l'escalier.

Bea se contentait de regarder le plafond. Elle réfléchissait à toute allure.

– Il y a de nouveaux morts, dit-elle enfin.

Silvis poussa un soupir.

– Elle te l'a dit.

Bea la regarda.

– Pourquoi ce n'est pas toi qui me l'as dit ?

– On ne savait pas si...

– Si quoi ?

– Si tu pourrais supporter cette nouvelle. Bea, tu as déjà tellement souffert.

– Combien ? demanda Bea.

Silvis agita la tête.

– Bea...

– Dis-moi.

– De toute façon, tout le monde le sait, maintenant, fit Silvis en baissant la tête. Une douzaine, apparemment.

– Morts ou transformés en golems ?

– Les deux. Les plus forts sont tués pour qu'on ne puisse pas leur rendre leur esprit.

– En combien de jours ?

– Une semaine. Mais Bea, ça s'est arrêté. Depuis un jour ou deux.

Bea secoua la tête. Bien sûr, ça allait recommencer.

– Bea, on veut tous combattre Lok, lui voler son esprit. C'est notre seul espoir. Mais regarde-toi ! Tu arrives à peine à te lever. Tu as perdu ta mère. Tu dois surmonter cette épreuve. On essaie de te laisser un peu tranquille.

– Et pendant ce temps, d'autres sorciers meurent, dit Bea.

– À l'impossible nul n'est tenu. Ton esprit est meurtri. On ne fait rien de bien dans ces conditions.

Bea se recoucha. Silvis la regarda en fronçant les sourcils.

– Ce n'est pas le bon moment. Tu raterais tout ce que tu entreprendrais, insista-t-elle. Laisse-toi un peu de temps. Tu es notre ultime chance. Écoute ton esprit. Tu es prête ?

– Non, répondit Bea. Mais des sorciers sont en train de mourir. Je ne peux pas laisser faire ça.

Silvis l'enlaça.

– Comme j'ai dit, ça s'est arrêté pour l'instant. Sois raisonnable, Bea. Attends d'avoir au moins une petite chance de réussir. Tu me le promets ?

Bea accepta. Silvis l'embrassa, puis quitta le lit.

– Je vais aux toilettes et je reviens. Tu veux quelque chose ?

– Un toast au fromage, demanda Bea.

Sa mère disait toujours que quand on n'a pas le moral, un toast au fromage, c'est le meilleur remède. Autrefois, ça marchait toujours.

Silvis quitta la chambre, heureuse d'avoir une mission, tandis que Bea extrayait de sa chemise le papier que Tyra y avait glissé. Elle lut :

*Ce soir. Pas un bruit. On se retrouve dehors.*

# 42

Silvis réapparut et passa la nuit roulée en boule sur le lit de Bea à la manière d'un chat. Bea respirait paisiblement. D'ailleurs, elle finit même par s'endormir, mais se réveilla juste après minuit.

Silvis dormait profondément quand Bea quitta le lit. De crainte de réveiller son amie, elle se contenta d'attraper un pantalon de pluie et un manteau au passage. Puis elle enfila une paire de bottes en caoutchouc et sortit dans la nuit. Dehors, il faisait humide. Le vent agitait les arbres, faisant tomber leurs dernières feuilles. Elle referma tout doucement la porte derrière elle et partit en direction du sentier qui menait à la clairière où l'esprit de sa mère se cachait dans le sureau mort.

Tyra l'y attendait avec son père.

– Qu'est-ce qu'il fait là ? demanda Bea.

– Il pourrait avoir à te protéger, répondit Tyra avec un air sévère. Alors ? Tu crois que tu peux le faire ?

– Non, répondit Bea.

Tyra grogna.

– J'ai le fétiche, dit-elle en tapotant un sac à son épaule. Alors on y va, l'incantatrice.

– Tu n'es pas obligée de faire ça…, commença son père.

– Jamie, dit Tyra par-dessus son épaule, tais-toi.

Il lança un regard à Bea, qui lui fit un signe de tête. Tous trois partirent en direction de l'arbre creux.

Il faisait nuit noire. Tyra ne voulait pas la moindre lumière pour éviter d'attirer l'attention.

– Sers-toi de ton œil de sorcière, ordonna-t-elle à Bea.

L'esprit des êtres vivants tout autour d'eux luisait de vie, mais Jamie n'en voyait que très peu, si bien qu'il se mit à trébucher dès qu'ils quittèrent le chemin. Tyra dut le guider par la main comme un enfant.

Dans la nuit, la clairière était invisible pour un œil normal. Les branches de l'arbre mort se détachaient sur le ciel, mais à part lui, la vie était partout. Pour ceux capables de la voir, il s'agissait d'une vraie cascade de lumière.

Tous trois attendirent quelques instants dans la clairière.

– Frey dit qu'elle a commencé à descendre vers le monde sous terre, chuchota Bea d'un air anxieux.

– Dans ce cas, elle va ramener beaucoup d'énergie avec elle depuis le monde sous terre, déclara Tyra. Elle ne va pas être très contente.

Jamie secoua la tête.

– Je ne comprends pas pourquoi Kelsey est à ce point en colère contre Bea, dit-il.

– Bea a volé des esprits, tué et couché avec l'ennemi, répondit Tyra en haussant les épaules, comme si c'était évident.

Le vent agitait les arbres, et l'air froid les mordait presque. Bea en voulait à Tyra de l'obliger à commettre un nouveau délit, mais elle lui faisait confiance à cause de sa franchise, de sa brusquerie, de son envie de se battre. Si Tyra pensait qu'elle devait faire ça pour affronter Lok, alors elle le ferait. Peut-être qu'elle devait juste apprendre à être aussi dure qu'elle.

– Une mère furieuse, ça donne un esprit puissant, dit Tyra. Elle risque de s'en prendre encore plus fort à toi. Tiens, dit-elle à Jamie en lui tendant le fétiche. Si c'est toi qui le tiens, ça augmente nos chances. Tu es celui qu'elle est le moins susceptible d'attaquer. Bea, c'est quand tu veux.

Bea leva les bras tandis que les deux autres reculaient. Elle le sentit venir d'un coup, le pouvoir de l'appel, comme s'il l'attendait à ses pieds, comme si la terre savait que tel était son devoir. Depuis les profondeurs du sol, il remonta. De plus en plus proche.

– TOI, MA MÈRE, JE T'APPELLE À MOI. JE T'APPELLE ET J'EXIGE !

L'arbre explosa. Bea et Jamie furent projetés en arrière par une lumière rouge sang. L'esprit se dressait au-dessus des arbres. Une force démoniaque.

– Envoie-le-lui, Jamie ! hurla Tyra. Le fétiche !

Le fantôme gronda tel l'orage. Elle y voyait sa mère. Ses traits déformés lui donnaient l'apparence d'un masque de démon tibétain. Sans cesser de rugir, il souffla de l'air brûlant. De rage ou de douleur, Bea l'ignorait. Il se transformait en force pure. Il aspirait de la mousse, de la terre, des rochers, du bois mort.

Bea poussa un cri aigu, et l'esprit aussi, juste avant de se jeter sur elle.

Bea voulut renouveler l'appel, mais elle sentit sa bouche tout à coup remplie de terre. Puis elle fut projetée au sol. Cette fois, l'esprit ne cherchait pas à la protéger. Cette fois, elle allait mourir. Des branches, des mottes de terre, des pierres s'abattirent sur elle, la faisant valser comme un pantin. Un caillou gros comme une balle de tennis la heurta à l'épaule. Elle se recroquevilla dans l'attente du coup fatal, et là, sentit un poids dans le dos. Son père avait bondi sur elle, s'interposant entre l'esprit et elle. Les coups s'interrompirent. L'esprit recula. Quelque part, alors qu'il était si proche de l'autre monde, l'esprit avait reconnu celui pour qui son amour était évident.

– Appelle-le, brailla Tyra.

Bea cracha ce qu'elle avait dans la bouche, et prononça :

– JE T'APPELLE ET J'EXIGE QUE TU RENTRES À LA MAISON...

Mais elle eut beau appeler, l'esprit de sa mère refusait de se laisser enfermer en ce monde. Il hurla de nouveau et la terrassa. Couché sur elle, son père gémit en prenant les coups à sa place. Mais il n'était pas mort. Pas encore.

– JE T'APPELLE ET J'EXIGE..., s'époumona Bea.

Avec un cri aigu, comme s'il se déchirait en deux, l'esprit approcha enfin du fétiche par terre.

– JE T'APPELLE, répéta Bea.

Et tout à coup, l'esprit se glissa à l'intérieur du crâne. Il y eut un tourbillon de poussière, d'insectes, de bois pourri, de terre, de brindilles et de feuilles mortes pendant une minute, puis le crâne réapparut, ses orbites luisant d'une puissante lueur blanche.

Tyra surgit des rochers où elle s'était cachée.

– Je t'ai eue, garce! mugit-elle en abattant son poing sur le crâne. Je t'ai eue! On t'a eue!

Elle s'empara du crâne et se mit à danser en le montrant au ciel.

– On t'a eue, on t'a eue! hurlait-elle tandis que Bea et son père tentaient de retirer tout ce qui leur était tombé dessus. Jamie saignait, comme Bea. Ils étaient blessés. Tyra se tourna vers eux avec un sourire extatique.

– Bea, tu es formidable! s'écria-t-elle en serrant le crâne contre elle comme s'il s'agissait d'un trésor.

En boitant, Bea se dirigea vers le fétiche, suivie de son père.

– Je crois qu'elle m'a reconnu, dit Jamie.

– Sans doute, fit Tyra. Alors, Bea? Tu es toujours déprimée? Tu es encore capable d'agir, tu vois. Tu viens de récupérer ta mère.

Quand ils revinrent à Salem Row, les autres étaient levés : l'éclair et l'explosion avaient réveillé la moitié d'Heptonstall.

– Elle a réussi! Elle a réussi! criait Tyra.

Mais Odi et Frey avaient le visage sombre.

– Tu l'as arrachée du monde sous terre, commença Frey.

– Oh, ça va. Elle n'y était pas encore entièrement. Je la tiens dans ma Poigne. Elle n'ira plus nulle part, dit Tyra en exhibant le crâne.

Elle gambadait en tenant le crâne au-dessus de sa tête.

– Elle l'a fait, elle l'a fait, elle l'a fait! On va fêter ça, dit-elle en poussant les autres pour se précipiter dans la maison.

Mais Silvis était furieuse.

– Tu es sortie sans moi, reprocha-t-elle à Bea.

– C'était trop dangereux, répondit Bea.

– Tu aurais pu mourir, dit Odi.

Bea haussa les épaules. La belle affaire!

– Tu aurais pu détruire toute la ville, dit Frey.

– Mais ça n'a pas été le cas, n'est-ce pas? répondit-elle en emboîtant le pas à Tyra en direction de la maison.

# 43

Les sorciers se rassemblèrent dans la cuisine. Tyra avait posé le crâne fétiche au centre de la table, puis elle était allée à la cave chercher une bouteille de liqueur de pomme distillée par Frey.

– On doit fêter ça, déclara-t-elle en disposant des verres sur la table.

Bea regardait le crâne, et le crâne regardait Bea. Elle avait réussi à capturer l'esprit de sa mère. Elle ignorait si c'était une bonne chose, elle ignorait ce qu'il contenait vraiment. Tout ce qu'elle savait, c'est que si elle n'était pas sortie de son lit cette nuit-là, elle y serait peut-être restée à jamais.

Frey pointa un doigt vers le crâne en déclarant :

– Ce n'est plus ta mère, ça.

Bea l'observa, le nez plongé dans son verre, tout en prenant une gorgée.

– C'est ce qu'il y a de plus approchant, répondit-elle.

– C'est tout ce que tu trouves à dire ? protesta-t-il, furieux. J'espère que tu n'as pas l'intention de lui faire réintégrer son corps.

– Bien sûr que si.

Frey se tourna vers Tyra.

– À quoi tu joues ? Tu sais combien c'est dangereux. Va savoir ce que cet esprit ramène de sous la terre. Tu t'en moques ?

– Mais regarde, on l'a récupérée ! Elle est là ! C'était plus efficace que tes potions de merde !

Frey lui décocha un regard furieux.

– Tu es une imbécile, conclut-il.

Puis il se tourna vers Jamie.

– Tu n'as aucune idée du jeu dangereux auquel tu joues, dit-il. Il y a autant de chances qu'elle te haïsse que de chances qu'elle t'aime encore. À condition qu'elle commence même par te reconnaître.

Jamie était blanc comme un linge.

– Je voulais juste récupérer mon épouse, balbutia-t-il.

– Tu n'as pas récupéré ton épouse ! hurla Frey. Cette chose ici, ça peut être n'importe quoi. Et si elle ne voulait plus être ta femme ? Et si elle t'en voulait pour ce que tu as fait ? s'écria-t-il en jetant un coup d'œil dégoûté au crâne. Cette saloperie pourrait tous nous réduire en miettes, si elle s'échappe. Et je te promets qu'elle va essayer.

– La Poigne la tient, déclara Tyra.

Frey regarda Odi, qui se tenait face à lui.

– Tu ne dis pas grand-chose, fit-il remarquer.

Odi haussa les épaules en déclarant :

– Ce n'est plus de mon ressort.

– C'est vrai, toi, tu as un milliard d'autres mondes où te réfugier si ça tourne mal. Alors pourquoi ça t'inquiéterait ?

– Ça ne fonctionne pas comme ça, et tu le sais, rétorqua Odi.

– Qu'est-ce qu'on va faire de ça ? Ils ne peuvent pas lui faire réintégrer son corps, quand même !

– Nous n'en savons rien, dit Odi.

Frey était de toute évidence choqué.

– Tu plaisantes. On ne peut pas permettre ça. Tu sais combien ces choses sont puissantes.

– Bea en a appelé à l'esprit de sa mère, nous avons donc de bonnes chances de penser qu'il s'agit bien là de sa mère. Elle avait commencé son voyage sous terre, elle a peut-être perdu quelques souvenirs et, en effet, elle peut avoir ramené certaines choses d'en bas. Mais nous verrons ça le moment venu. Peut-être qu'elle redeviendra tout simplement la même personne.

Frey le scruta.

– Que vois-tu, Odi ? demanda-t-il. De quelle manière ce machin va nous attaquer ?

Odi se gratta la tempe.

– Les possibilités en ce qui concerne ce monde sont en train de se réduire à toute vitesse, déclara-t-il. Je ne vois déjà plus qu'une vingtaine ou une trentaine d'issues. Puis… (Il haussa les épaules.) Puis je ne vois plus que du noir.

– Une fin ? Celle de ce monde ? Des sorciers ? De Salem Row ?

– Cela peut-être n'importe laquelle de ces hypothèses, reprit Odi. Peut-être toutes en même temps. Il y a une autre possibilité : c'est peut-être juste ma fin.

Frey lança à Tyra :

– Quelle solution tu préfères ? demanda-t-il d'un ton sarcastique.

– Moi, je préfère continuer à me battre, répondit Tyra en levant son verre. À l'avenir.

Silvis leva son verre. Odi, Jamie et Bea aussi. Mais Frey refusa.

– Je ne boirai pas à ça, bouda-t-il.

– Dans ce cas, je boirai à ta place, déclara Tyra en attrapant son verre. Bea, tu es une guerrière, tu n'as pas peur d'enfreindre les règles. Tout comme moi. Demain, nous essaierons de replacer l'esprit de ta mère dans son corps. Tu te rends compte, un peu ?

Le plan était simple : se rendre à l'ancienne maison de Bea, faire fuir l'esprit du golem de Kelsey, lui rendre son esprit, et rentrer chez eux. Voilà tout. Mais dangereux, aussi. Pourtant, pour la première fois depuis très longtemps, les sorciers étaient de nouveau dans la course.

Il leur fallait se déguiser pour approcher la maison : la moitié d'Hebden devait être sur ses gardes. Il leur faudrait aussi de puissants fétiches pour dissimuler leurs esprits de sorciers. Odi devrait mobiliser tous ses talents, mais il déclara pouvoir y parvenir. Pas longtemps, toutefois.

– À chaque sort, il y a un antidote. C'est un peu comme dans une partie d'échecs. Et nos adversaires sont rapides. Je ne peux vous accorder que quelques heures.

– C'est suffisant pour ce qu'on a à faire, déclara Tyra.

Comme Odi se mettait au travail dans son atelier, Frey, qui refusait de changer son programme, envoya Bea et Silvis chercher des bocaux vides dans le cellier. Il avait congelé des fruits d'été pour les transformer en confiture. Et là, pour la première fois, les filles se disputèrent. Tandis que Silvis lavait les bocaux poussiéreux, Bea s'en prit à elle.

– Tu ne peux pas nous accompagner, lança-t-elle.

Silvis répondit sur un ton amusé :

– Dans ce cas, tu devras m'en empêcher.

– C'est trop dangereux.

– La vie est dangereuse. Je viens.

– C'est idiot. De toute façon, à quoi tu vas servir ?

Silvis se figea, et Bea eut le temps de voir à quel point elle l'avait blessée. Elle regretta aussitôt ses paroles, mais c'était trop tard. De toute façon, n'était-ce pas ce qu'elle voulait ?

– Silvis. Tu ne peux pas nous aider. Tu vas juste être...

– Dans vos pattes ? termina Silvis. C'est pour ça que tu es allée chercher l'esprit de ta mère sans me prévenir ? Parce que tu ne veux pas que je t'encombre ?

Bea poussa un gémissement, attrapa Silvis par le bras et essaya de l'obliger à se retourner, mais celle-ci résista.

– Non ! Parce que c'est trop dangereux. Et que je tiens à toi !

– D'accord.

Bea secoua la tête. Tout à coup, elle se sentait très en colère.

– Tu le sais, pourtant, Silvis. Mais bon, d'accord, oui, c'est vrai aussi, je ne veux pas t'avoir dans mes pattes. Qu'est-ce que tu serais capable de faire ? D'ouvrir la porte du clapier ?

Silvis se raidit. Bea vit sa colère, mais elle refusa de céder.

– Peut-être qu'un jour tu seras assez forte, insista-t-elle, mais pas cette fois. Je suis désolée. Je ne veux pas que tu viennes. Tu n'es encore qu'une enfant...

– Mais qu'est-ce que tu racontes ? protesta Silvis en se retournant, les yeux luisants de larmes. Tu n'as pas à me donner d'ordre. Essaie, et tu verras, conclut-elle.

Là, elle fit tomber deux bocaux sur le carrelage, qui se brisèrent.

– Regarde ce que j'ai fait à cause de toi, ajouta-t-elle en partant en courant.

Bea s'en voulait. Elle n'avait pas été très diplomate. Mais plus tard, Silvis la remercierait.

Elle aborda le sujet avec les autres. Tyra n'aurait jamais refusé à quelqu'un de se battre. Frey, en revanche, était d'accord avec Bea. Un partout. Elle était sûre qu'Odi pencherait en leur faveur, tant il tenait à sa petite-fille. Mais à sa grande surprise, il soutint Silvis.

– Qui sait, elle pourrait nous être utile, dit-il.

Bea et Frey étaient furieux, mais en vain. Car comme d'habitude, Odi demeura inflexible. Bea aurait été capable d'argumenter pendant des heures, tant elle refusait de mêler Silvis à ses crimes. Pourtant, même Frey finit par se résigner. Silvis avait gagné.

# 44

Un très grand et très vieil homme avec une barbe grise et un chapeau de feutre arpentait Moss Lane à côté d'une petite femme replète vêtue d'un pantalon. Il portait une valise contenant le crâne décoré d'une ancienne poétesse. Un garçon d'une quinzaine d'années les accompagnait, lui aussi en costume, ainsi qu'une fille plus jeune, de dix ans environ, vêtue d'un chemisier blanc et d'une jupe plissée.

Des témoins de Jéhovah et autres évangélisateurs passaient souvent dans Moss Lane distribuer des tracts et parler de Dieu, alors les sorciers avaient choisi ce déguisement. Pendant ce temps, le père de Bea et Frey gardaient Salem Row. Jamie voulait venir, mais Odi avait refusé, car personne ne savait comment il réagirait en présence de son épouse, pas même lui. Il avait pleuré et pesté, mais c'était comme ça.

De là où ils se trouvaient, ils avaient vu sur tout Hebden. Autrefois, Bea s'arrêtait souvent à cet endroit pour reprendre son souffle après avoir gravi la colline. À l'époque, elle ignorait tout des sorciers et du second monde. Cette fois, ils étaient quatre à tenter de réunir le corps et l'esprit de sa mère.

Elle était terrifiée. Autant par le golem de sa mère que par son esprit. À condition que ça soit vraiment celui de sa mère…

Même son ancienne maison la terrifiait, car elle était remplie de souvenirs. Bea craignait même de revoir son petit frère Michael. À quel point aurait-il changé ?

Et puis, quelles étaient leurs chances ? Odi avait déclaré que ça se finirait mal, et pourtant il était là.

Et ce n'était que le début. Après ça, Bea devrait affronter la Chasse pour récupérer les esprits qu'elle avait volés. Puis, un jour, s'attaquer à Lok lui-même.

Elle avait pris de tels risques, commis tant de crimes dans l'espoir de sauver sa famille. Et maintenant, elle se retrouvait devant chez elle pleine d'incertitudes, sans véritable plan. La Chasse était si forte. Et Lok... Comment vaincre un sorcier capable de prendre n'importe quelle apparence et d'avaler des esprits ?

Elle se sentait désemparée. Elle était prête à demander son avis à Odi lorsqu'il lui fit un clin d'œil. Bea fut surprise. Qu'est-ce que ça voulait dire ? Qu'il avait finalement un plan ? Ou que pour lui la vie n'était qu'une vaste plaisanterie ?

C'était sans la dernière hypothèse qu'il fallait retenir.

Près d'elle, Tyra tapota l'attaché-case où elle avait glissé des brochures et deux bibles.

– Prêts ? lança-t-elle.

– Prête, dit Bea.

– Prête, dit Silvis d'une voix tremblante.

– Tout est en place, déclara Odi.

Tyra lui répondit d'un coup d'œil, mais il descendait déjà Moss Lane.

Ils tournèrent à gauche dans Beech Road. Numéro un, deux, trois, quatre... et enfin, cinq. Le perron. Il restait quelques roses près de la porte, rouges d'un côté pour le Yorkshire, blanches de l'autre pour le Lancashire. Bea prit une grande bouffée d'air afin de se calmer, car elle avait très envie de dépasser Odi pour tourner la poignée de la porte et entrer.

Odi jeta un dernier coup d'œil pour s'assurer qu'ils étaient tous là.

– Tout va bien ? demanda-t-il.

Bea regarda Silvis, dont le visage était gris. Ses yeux exprimaient sa peur... Mais c'était elle qui avait voulu venir. Elle acquiesça.

– C'est parti, lâcha Tyra.

Odi frappa. Dans la maison, un gros chien se mit à aboyer furieusement. Bea se crispa. De tout ce qu'elle avait vécu, rien ne lui faisait plus peur que le chien géant de la Chasse qui l'avait prise entre ses mâchoires.

Il y eut du bruit dans le couloir, et une immense masse grise apparut derrière la porte en verre. Elle bondit, les pattes contre la porte, plus grande qu'un humain. Et aboyait très fort.

Puis d'autres pas, plus légers, sur le parquet : Kelsey. Tout à coup, Bea aurait voulu être n'importe où ailleurs. Un bruit de serrure. La poignée de la porte qui tourne, la porte qui s'entrebâille...

La chaînette. Avant, sa mère ne la mettait jamais. Elle observa les épaules larges d'Odi. Oui, c'était bien le visage de sa mère. Elle paraissait avoir minci. Si seulement elle avait pu en être consciente, elle en aurait été ravie.

– Merci de nous recevoir, dit Odi. Nous avons de bonnes nouvelles à vous annoncer. Souhaitez-vous les connaître ?

Les yeux de Kelsey allaient de l'un à l'autre. Bea se recroquevilla sur elle-même. Malgré le fétiche, malgré le déguisement, elle ne parvenait pas à croire que sa mère ne la reconnaîtrait pas.

– Votre jeune garçon n'a pas l'air très heureux d'être là, fit remarquer Kelsey en arrêtant son regard sur Bea.

Elle avait une drôle de voix. Plus nerveuse, plus aiguë ? Bea n'aurait pas su dire. Odi fit signe à Bea, qui s'avança en souriant et déclara :

– Nous aimerions vous expliquer la raison de notre présence.

Sa mère plissa les yeux et l'examina de plus près.

– Nous venons en amis, dit Tyra en se penchant et en s'efforçant de faire un sourire, ce pour quoi elle n'était vraiment pas douée.

Derrière la porte, le chien aboya. Sa mère fit un signe de tête.

– D'habitude, je ne laisse personne entrer, mais venez, dit-elle.

Elle retira la chaînette et leur ouvrit tout en continuant à les observer d'un air curieux. Si Bea avait un instant espéré que cette personne soit encore sa mère, elle avait maintenant la preuve que non : en aucun cas, Kelsey n'aurait accepté des évangélisateurs chez elle.

Elle s'était déplacée sur le côté. Odi sourit, souleva son chapeau et entra dans la maison. Bea s'arrêta sur le seuil et tenta de faire signe à Silvis de rester à l'écart, mais celle-ci secoua la tête en avançant la première. Bea lui emboîta le pas avec Tyra.

Sa mère tenait fermement le chien par le collier. La bestiole était aussi grande qu'un poney, mais avec des crocs de fauve, se dit Bea.

– Il est gros, pourtant il est gentil, dit sa mère. N'est-ce pas, mon bonhomme, ajouta-t-elle en lui tapotant les flancs.

Elle sourit à Bea, mais ne semblait toujours pas la reconnaître. Sa fille ne put s'empêcher de se sentir trahie.

Ils attendirent tous dans l'entrée que Kelsey referme la

porte. Puis le chien leur montra le chemin de la cuisine. Et là, surgit une silhouette. Un petit garçon de trois ans.

Michael. Bea le reconnut sans hésiter, et il lui fallut tout son courage pour ne pas se précipiter sur lui. Il la regardait en fronçant les sourcils. Elle lui sourit. Il sursauta. Kelsey était à quelques pas, alors Bea se risqua à prononcer tout bas :

– Michael.

Le petit garçon, encore à moitié caché par le chien, s'avança vers elle. Pouvait-il percevoir son esprit ? Il était si petit, la dernière fois qu'elle l'avait vu.

Kelsey les dépassa.

– Allez, viens, dit-elle au petit garçon en l'entraînant vers la cuisine.

Mais il s'échappa et courut vers Bea. Elle le prit dans ses bras pour le serrer contre elle. Michael se blottit aussi fort qu'il put, et Bea essaya d'avoir l'air surprise, tout en retenant ses larmes. Kelsey les observait.

– Il adore les petits, déclara Odi, mais Bea l'entendait à peine.

Son petit frère avait enfoui la tête dans son cou.

– Ce n'est pas ma maman, ce n'est pas ma maman, lui murmurait-il d'un ton terrorisé. Je n'aime pas cette dame.

Bea continua à le serrer dans ses bras en respirant profondément. Elle voulut parler, mais elle avait la gorge si sèche qu'elle ne put émettre qu'un croassement. Odi s'avança pour éviter que Kelsey voie son désarroi et fit des compliments sur la maison, si jolie et si bien entretenue. Puis il pénétra dans la cuisine. Bea le suivit, le petit Michael toujours dans les bras. Leur mère fronçait les sourcils. Odi venait de franchir le seuil, Bea regardait partout autour d'elle quand Tyra la dépassa et enfonça un poing dans le dos d'Odi, juste sous les côtes. Le grand homme s'immobilisa, puis inclina la tête.

– Ah, fit-il d'une petite voix étrange. Ce monde...

Il était à moitié tourné vers Bea et lui souriait tandis que Tyra retirait son poing.

Bea découvrit alors la lame qu'elle tenait : affûtée, crochetée – et couverte de sang. Sur plus de vingt centimètres de long.

Odi tomba à genoux en tendant un bras.

– Silvis, croassa-t-il tout en regardant Bea. Silvis.

Elle courut vers lui alors qu'il s'effondrait sur le tapis. Bea ne put que reculer, le petit Michael dans les bras. De tous les scénarios qu'elle avait imaginés, jamais elle n'aurait pensé à ça. Elle regarda le géant à terre. Déjà, des couleurs et des formes s'échappaient de lui : ses souvenirs.

– Les voici, tes ténèbres, mon bonhomme, dit Tyra.

Elle repoussa Silvis, plaqua Odi par terre et planta la lame juste sous son crâne pour remonter jusqu'au cerveau.

Tout à coup, ce fut le chaos. À l'instant de sa mort, tout le quitta : ses souvenirs, ses rêves, des idées d'allez savoir quand. La maison, le sol, la ville elle-même tremblèrent sous cette violence et, pendant plusieurs minutes d'affilée, ils furent tous cloués au sol.

Quand Bea se releva, Michael et Kelsey hurlaient. Silvis était couchée sur le dos, le chien aboyait, et l'ennemi contrôlait la situation.

– Va te cacher, sale rat, ordonna Tyra à Kelsey, et obéissante, voire reconnaissante, celle-ci plongea sous la table.

Elle se blottit sous les chaises, dos contre le mur, et guetta avec inquiétude à travers les barreaux des chaises. Michael avait la tête enfouie dans l'épaule de Bea, il se cachait les yeux. Le chien était assis, mais il grognait, ses yeux allant de Tyra à Bea, sans savoir qui attaquer. Derrière eux, Silvis se mit à crier.

– Cours, idiote ! dit Bea.

Mais c'était trop tard. Elle entendait déjà les motos sur la colline. Elle enjamba le corps d'Odi pour se placer entre Silvis et Tyra, qui essuyait sa lame sur la nappe.

– Charge-toi de lui ! ordonna Bea à Silvis en lui tendant Michael.

Son petit frère se mit à hurler en s'accrochant à elle. Silvis réfléchit un instant, puis alla se mettre avec Michael sous la table avec Kelsey.

– Quelle cachette minable ! lâcha Tyra.

Bea releva le menton pour l'affronter.

– Bonjour Lars, dit-elle.

Tyra la regarda avec un sourire sardonique.

– Je t'ai bien eue, hein ?

Tout à coup, il se mit à changer : il devint plus grand, plus mince. Ses cheveux passèrent de gris à roux. Au bout de quelques instants, il était beau et souriant, comme au jour de leur rencontre au skatepark. Bea comprit alors trois choses : un, elle le haïssait. Deux, malgré ça, elle l'aimait. Trois, elle était prête à tout pour le tuer.

Elle sentit un immense calme l'envahir. Elle devait réfléchir avant d'agir.

– Quand as-tu pris possession du corps de Tyra ? demanda-t-elle.

– Ah ah ! On l'a retrouvée ivre morte dans un fossé un soir pendant que tu passais ton temps à pleurer dans ton lit. Elle buvait beaucoup trop depuis bien trop longtemps. Je l'ai repérée à l'odeur. C'est l'un de mes nombreux nouveaux talents, dont je te remercie. Tu te souviens du sorcier renifleur ? Non ?

Je t'ai peut-être menti à son sujet, cela dit, fit-il avec des yeux brillants. Elle a hurlé jusqu'à ce qu'on immobilise son fameux poing. Puis elle est allée au Corbeau assez docilement. Avec son esprit en moi, l'Épouvantail ne peut plus faire la différence. Facile. Une fois qu'on sait y faire, Bea, plus rien n'est difficile. (Il sourit en inclinant la tête sur le côté.) Je sais que je suis un mauvais garçon. Mais on s'est bien amusés, tous les deux, non ? Qu'est-ce qu'on s'est amusés !

– Tu aurais pu nous attaquer à Salem Row.

– Oh non, c'est bien trop dangereux. Avec toi et Odi. Frey a peut-être l'air d'une mauviette, mais il a plus d'un tour dans son sac, lui aussi. Et bien sûr, mes amis ne pouvaient pas m'aider là-bas à cause de l'Épouvantail. Une invention merveilleuse, n'est-ce pas ? Ma première invention ! Ici, j'avais plus de chances de remporter la bataille. Avec la petite Silvis, cette idiote, qui a voulu venir, et le petit Michael, vous êtes maintenant tous à ma merci. Peut-être qu'on peut trouver un accord. Ton esprit contre les leurs. Parce que Bea, tu n'imagines pas comme j'adorerais avoir ton esprit.

Alors qu'il parlait, la porte de la maison s'ouvrit, et des pas se firent entendre dans l'entrée.

– Voici les renforts. Non que j'en aie besoin, désormais. Je suis devenu une armée à moi tout seul, grâce à toi, ma petite Bea.

Le Chasseur surgit en personne.

– Tu l'as, dit-il en souriant.

Mais ce n'était pas lui le chef.

– Attends-moi dehors, lui ordonna Lok. Encercle la maison. Personne ne doit entrer ni sortir. Elle est à moi.

Le Chasseur bougonna, mais baissa la tête et s'exécuta. Ils l'entendirent transmettre des ordres dans la cour. Les motos rugirent, les chiens grondèrent. Bea sentait son cœur voleter dans sa cage thoracique comme un oiseau fou de terreur.

– Ils sont nombreux dehors, la prévint Lok. Tu n'as aucune chance de t'échapper. Alors ? Je pense que tout est fini, non ? Toi, ma petite, tu es mon but ultime. Maîtriser l'appel. Le Corbeau est bien trop lent et peu efficace. Avec ton esprit, ma Bea, je pourrai appeler tout ce que je veux, quand je le veux. Voilà ce que je te propose : et si tu capitulais ? Odi est mort. Quelle plaie, ce frère, quand même ! Je ne savais jamais dans quel monde le chercher.

Il donna un coup de pied au corps du vieil homme à terre et reprit :

– Dommage. J'aurais bien aimé avoir son esprit. Mais il était trop dangereux.

Et là, il sourit, comme si tuer était une chose tout à fait normale.

– Tu dois vraiment me détester, dit Bea, qui cherchait à gagner du temps pour se calmer.

– Non, Bea, je t'aime ! Je t'aime toujours ! Je suis tombé amoureux de toi dès le jour où tu es montée sur mon skate, et encore plus quand j'ai compris ce que tu étais. Je sais, je t'ai menti, mais je n'ai jamais cessé de t'aimer. C'est toujours le cas.

Horrifiée, Bea agita la tête.

– Mais l'amour ne change pas grand-chose, reconnut Lok. Alors, tu veux bien ?

Il se pencha pour attraper la valise d'Odi, maintenant tachée de son sang, l'ouvrit d'un coup et examina le fétiche qui contenait l'esprit de la mère de Bea.

– Quel beau boulot ! Je pourrais faire de très méchantes choses avec ça, tu sais. Frey avait raison quand il disait qu'elle ne fait plus partie de ce monde.

Il sortit le crâne de la valise et l'agita près de son oreille.

– Elle a l'air vraiment très en colère, en plus. Mais elle n'est pas obligée de rester là-dedans. On pourrait lui faire regagner son corps. Réunir ta famille, c'était ton souhait le plus cher. Mais sans toi, bien sûr. Et ta petite copine ! Regarde la pauvre Silvis, avec sa jolie voix. Qu'est-ce qu'on va faire d'elle ? Quelque chose de gentil ou de méchant ? C'est à toi de voir, Bea. Et Michael, le petit Michael. Gentil ou méchant ? Qu'en dis-tu ? Tu n'as pas la moindre chance contre moi, tu le sais, n'est-ce pas ? Parce que j'ai la Poigne.

Tandis qu'il parlait, Bea se préparait. Odi gisait dans une mare de sang. Dire qu'elle avait cru qu'il saurait toujours s'en sortir. Blottie dans un coin, Silvis tremblait comme une feuille. Elle était désespérée. Et là, Bea comprit pourquoi Lok parlait de la Poigne : il pouvait s'en servir pour tenir son propre esprit à l'intérieur. Bea avait perdu avant même de se battre. Malgré tout, elle devait essayer. Là, chez elle. Comme l'avait dit Odi, parfois, on n'a pas le choix.

Elle se concentra, leva les bras...

– Oh non, fit Lok. Le problème, c'est que ça va me faire mal. Et du coup, ça ne va pas du tout me mettre dans de bonnes dispositions.

– JE T'APPELLE ET J'EXIGE, TOI, MAÎTRE DES MENSONGES, ÊTRE AVIDE DE POUVOIR ET TRAÎTRE, HOMME AUX DEUX VISAGES, JE T'APPELLE ET J'EXIGE QUE TU TE PRÉSENTES ICI DEVANT MOI.

Lok s'inclina en grinçant des dents.

– Il ne me quittera pas, siffla-t-il. La Poigne de Tyra le tient. Mon esprit est ancré en moi.

Bea localisa assez facilement son esprit. Il était placé dans son second visage. Elle l'attrapa et tira, tira, tira...

Mais c'était comme vouloir arracher une épée scellée dans la pierre, ou déraciner une montagne.

Lok hurla de douleur. Pourtant ils savaient tous deux qu'il ne céderait pas. Bea avait autant de chances d'attraper la lune au lasso que de capturer l'esprit de Lok.

Et pourtant, elle insista.

– Tu le sens ? rugit-il. Tu sens à quel point je suis fort ? Ça suffit, ma fille. Je suis aussi vieux que les montagnes, et aussi méchant que le diable. Tu ne peux pas me vaincre.

C'était vrai, et elle le savait. Mais Bea avait un dernier atout. Puisqu'elle avait le lien avec son esprit, il devrait lui obéir. Elle fit une dernière tentative…

– ESPRIT DE LOK, HOMME AUX DEUX VISAGES, MAÎTRE DES MENSONGES, ASSASSIN DE SON PROPRE FRÈRE, TRAÎTRE, JE T'APPELLE ET J'EXIGE : MONTRE-TOI ET PARLE.

Lok haleta de rage, mais n'eut d'autre choix que d'obéir. Il se retourna pour lui montrer son second visage, siège de son esprit, qui migra vers Bea : elle le vit se déplacer sous sa veste. Il apparut dans le cou et se réfugia dans les cheveux, d'où il la regarda d'un air malheureux.

Il était vieux, si vieux ! Si vieux et si laid. Bea ne doutait pas d'avoir affaire à l'esprit de Lok. Que lui-même ne pourrait jamais voir.

Ce visage la regarda tristement et déclara :

– Il ne fera pas preuve de la moindre pitié. Tu as perdu.

– J'EN APPELLE À…, commença Bea.

– Tu sais que tu ne parviendras pas à me faire sortir de là, dit le visage. Je suis dans la Poigne de Tyra.

– ESPRIT DE LOK, JE T'APPELLE ET J'EXIGE QUE TU ME DISES COMMENT JE PEUX AVOIR RAISON DE TOI.

Il y eut un bref silence. Bea crut qu'il allait lui répondre que c'était impossible.

– Ne lui dis pas, cria Lok par-dessus son épaule. Tu n'as pas le droit !

Le visage baissa les yeux, puis les releva.

– Je ne peux pas te le dire. Je suis l'esprit de Lok, alors je ne peux pas dire la vérité. C'est contre ma nature. Je ne sais même pas ce que c'est que la vérité.

– J'EN APPELLE À TOI, répéta Bea.

Le visage resta silencieux un long moment. Puis il dit :

– C'est difficile, Bea, de me livrer au moment où je possède tout.

– J'EN APPELLE À TOI.

– Tu n'auras pas le temps.

Dès qu'il prononça ces mots, Bea sentit la peur l'envahir. Était-ce vrai ? Son sort était-il en train de s'affaiblir ?

– J'EN APPELLE À TOI MAINTENANT ! rugit-elle.

– Très bien, voici ma réponse, Bea, grogna le visage. Tu ne peux pas me vaincre. Seuls ceux qui savent ouvrir les portes, briser les barrières, détruire les prisons le peuvent. Seuls ceux capables de trouer les clôtures, casser les cadenas, faire sauter les verrous peuvent me vaincre. Car je contiens tant d'esprits. Et maintenant, ma petite Bea, ce sont les derniers mots que tu entendras, parce que tu vas mourir.

Comme il parlait, le second visage redescendit, et Lok tenta de se retourner. Bea le vit la foudroyer du regard par-dessus son épaule, rouge de colère.

L'esprit lui avait répondu sous forme d'énigme, mais Bea avait compris. C'est Odi qui lui avait soufflé la solution avant de mourir.

« Silvis », avait-il dit.

– ESPRIT DE SILVIS, BRISEUSE DE SERRURES, OUVREUSE DE PRISONS, DESTRUCTRICE D'ENCLOS, CHANTE ! CHANTE, SILVIS, JE T'APPELLE ET JE L'EXIGE.

La voix lui répondit. Silvis, qui tenait toujours Michael, n'avait plus le choix : Bea l'avait appelée. Elle ouvrit la bouche, et en sortit sa seule note, mais si pure. Lok se prit le ventre à deux mains. La voix de Silvis s'élevait dans les airs, parfaite. Autour d'eux, les murs, le sol sous leurs pieds, le verre des fenêtres, se mirent à vibrer. Sa voix s'éleva plus claire et plus forte que jamais, emplissant la vallée de sa musique. Libéré de toute enveloppe corporelle, sous forme d'esprit pur, le don de Silvis était parfait.

Lok était paniqué.

– Arrête, supplia-t-il. Ne la laisse pas faire, Bea. Souviens-toi de notre amour !

– PLUS FORT, MA BELLE SILVIS, PLUS FORT, appela Bea.

La voix s'éleva encore plus. Les vitres volèrent en éclats, mais il n'y eut pas le moindre bruit : l'air n'avait d'oreilles que pour Silvis.

Les cages à souris dans la maison voisine s'ouvrirent, et leurs prisonnières s'échappèrent. Les trappes d'un clapier quelques rues plus loin se soulevèrent d'un coup. Les lapins pointèrent leur museau et cherchèrent un moyen de fuir. Dans tout Hebden, les portes s'ouvrirent, et des chiens se précipitèrent joyeusement dans la rue.

Qui aurait cru qu'après toutes ces batailles un chant ait raison de Lok ? Il résonna à la perfection dans l'air pendant plusieurs minutes. Les arbres, les pierres, la terre, et même les nuages vibraient. Dans le jardin, les esprits des membres de la Chasse les quittèrent. Et là, leurs corps tombèrent : des golems, tous jusqu'au dernier.

Dans la maison, Lok luttait, mais il n'y avait pas moyen d'échapper au don de Silvis enfin libéré. Il se mit à enfler comme un ballon, il s'agrippait à ses côtes. Ses vêtements se déchirèrent, des fissures apparurent sur son ventre et son dos, puis craquèrent. La vie s'échappait de lui. Il rugit de douleur. Enfin, sa peau éclata comme une chrysalide. Tout à coup jaillirent une multitude d'esprits, une marée d'esprits, une cascade de vies, qui revinrent au monde par centaines. Ils quittaient le corps corrompu de Lok. Certains montèrent au ciel, d'autres partirent vers le monde sous terre. Certains restèrent là, perdus. Bon nombre d'entre eux trouvèrent refuge dans le jardin, ils rejoignirent les corps de ces hommes et de ces femmes qu'on avait contraints à servir la Chasse.

Silvis s'approcha de Bea et ouvrit la bouche encore plus grand. Sur sa hanche, Michael essayait de l'imiter. Le chant se répandit par cercles concentriques depuis Moss Lane sur Hebden, les vallées et collines environnantes, Édimbourg, la lande et au-delà. Des clapiers, des prisons, des remises, des aquariums, toutes les barrières qui emprisonnaient le vivant s'ouvrirent. Des boîtes qui contenaient des trésors depuis un millénaire surgirent à la surface de la terre, et leur contenu se répandit, telle une marée d'or. Silvis chantait toujours la plus pure des notes, qui continua à s'élever, atteignit un point culminant, et s'abaissa enfin. Elle finit par se taire, même si son écho flotta toute une journée dans l'air.

Et au milieu de ce torrent de vie, de cette foule qui se réveillait, les deux jeunes filles et le petit garçon se réunirent. Puis une mère surgit de sous la table pour rejoindre ses enfants.

# REMERCIEMENTS

Écrire des livres est une activité dévorante. Je me demande d'ailleurs si un ami digne de ce nom ne devrait pas en fait m'en tenir à l'écart. Mais peut-être que mes amis m'y encouragent afin que je les laisse un peu tranquilles. Je suis néanmoins reconnaissant à tous ceux qui m'ont apporté leur soutien pour ce livre.

Je remercie tout particulièrement Martin Riley, toujours prêt à inventer une bonne histoire. C'est comme si elles sortaient toutes seules de son esprit. Vu ma passion pour les livres, comme j'aimerais avoir sa facilité à y travailler et à les rédiger.

Je remercie également Lucy Christopher, qui a reçu ce manuscrit lorsqu'il n'était encore qu'à l'état embryonnaire, et qui l'a pourtant parcouru avec tant d'attention. Elle m'a été d'une aide précieuse.

Caradoc, mon agent, lit toujours très vite mes écrits, et il me fait des retours si pertinents. C'est un plaisir de discuter avec lui. Sans oublier Millie, de la même agence, dont l'aide est très précieuse, elle aussi.

Andersen Press a également été d'un grand soutien, ce dont je leur sais gré. Klaus Flugge ne m'a finalement pas poignardé avec son coupe-papier, malgré les années qu'il m'a fallu pour écrire ce livre. Je suis tout aussi reconnaissant à mes éditrices, Chloe, ainsi que Charlie Sheppard, à qui ce roman est dédié. Mes premiers livres s'écrivaient presque d'un trait, je ne faisais ensuite que des modifications mineures, mais récemment, mes textes se faisant plus touffus, je n'y parviendrais jamais sans une éditrice talentueuse. Charlie, c'est grâce à toi que j'ai réussi !

J'aimerais également remercier Cora Lynn et Mel Rogerson d'avoir proposé leurs noms au cours d'une vente de bienfaisance, et d'avoir même payé pour ça. J'espère que vous appréciez vos personnages, même si l'un d'eux n'a finalement aucune existence, même fictionnelle.

Et enfin, je remercie l'adorable Anita, que je préfère à n'importe quel livre.

## L'AUTEUR

**Melvin Burgess** est né dans le Sussex, en Grande-Bretagne, en 1954. Dès sa sortie de l'école, à l'âge de 18 ans, il commence une carrière de journaliste et travaille occasionnellement dans le bâtiment et l'imprimerie. Il se met vraiment à écrire vers 20 ans et c'est quinze ans plus tard que son premier roman est publié. Aujourd'hui, considéré comme le parrain de la littérature pour adolescents en Angleterre, il est reconnu pour son écriture sans concession, au réalisme controversé mais toujours chaleureux et empreint d'humour. Ses livres ont été adaptés à la scène, à la télévision et au cinéma et sont traduits dans le monde entier. Burgess a remporté de nombreux prix, dont la Carnegie Medal. Il vit à Hebden Bridge, dans le West Yorkshire, avec sa compagne.
Retrouvez Melvin Burgess sur son site internet anglophone : www.melvinburgess.net

# Découvrez d'autres romans de Melvin Burgess

# Junk

La vie de Nico, entre un père violent et une mère alcoolique, est devenue intolérable. Il décide de fuir et entraîne avec lui son amie Gemma. Mais comment survivre dans la rue quand on n'a que quatorze ans ? Ils rejoignent un squat, sont pris dans l'engrenage de la drogue. Une descente aux enfers qui fait d'eux des junkies.

Une lecture bouleversante et nécessaire.

« Je pense qu'il est préférable que les jeunes n'entendent pas parler de la drogue pour la première fois le jour où quelqu'un essaiera de leur en vendre. » Melvin Burgess

# La dose

La récession dure depuis des décennies. Alors que le chômage et la pauvreté dominent chez les jeunes, qui ne croient plus en l'avenir, une drogue révolutionnaire appelée le Raid déferle sur Manchester. Elle offre une vie de rêve et tous les possibles pendant 7 jours puis conduit inexorablement à la mort. Quand la rock star Jimmy Earle meurt sur scène en plein concert après avoir ingéré la fameuse gélule, c'est le déclic pour des milliers de fans dont Adam, 17 ans, qui est dans la foule avec sa copine, Lizzie. Mais le garçon ne tarde pas à regretter son geste...

Un thriller qui repousse les limites et pimente d'humour noir une réalité hostile.

# La première fois

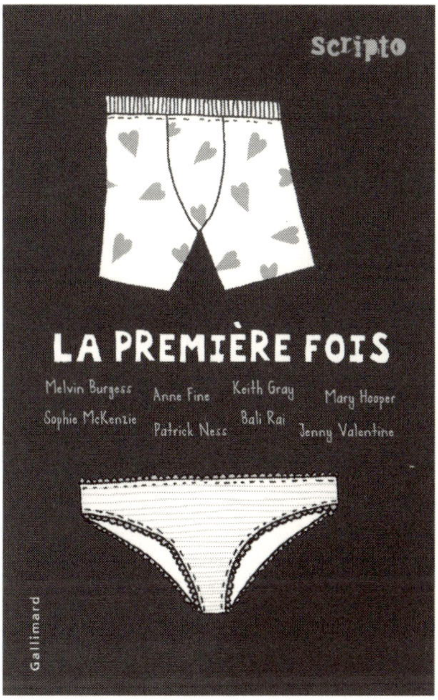


Faire l'amour la première fois.

Huit histoires pour en parler sur tous les tons

Graves ou légères, drôles, poignantes ou tendres, des situations très différentes évoquent tout ce que vous voulez savoir sur la perte de la virginité et dont vous n'avez pas envie de parler avec vos parents.

Par les plus grands auteurs de la littérature pour adolescents d'aujourd'hui : un indispensable!

*Des textes de Melvin Burgess, Anne Fine, Keith Gray, Mary Hooper, Sophie McKenzie, Patrick Ness, Ball Rai, Jenny Valentine*

# Nicholas Dane

Quand Nicholas perd sa mère d'une overdose, il se retrouve seul. Très vite, il est envoyé dans un foyer pour garçons. À quatorze ans, il y découvre d'abord la violence, l'humiliation, les punitions. Alors qu'il croit trouver auprès de Mr Creal, le directeur adjoint, un peu de réconfort et de douceur, Nick finit par comprendre qu'il devra payer de sa personne... Sous l'emprise de la perversité, il n'a plus qu'une solution : tenter de fuir.

Construit avec une grande sensibilité et une irrésistible intensité dramatique, Nicholas Dane affronte un sujet particulièrement tabou. D'une honnêteté absolue, le nouveau roman du grand Melvin Burgess nous aide à comprendre ces scandales cachés et leurs victimes : des adolescents sacrifiés qui tournent mal. Une lecture dérangeante, violente mais salutaire et inoubliable.

# Le visage de Sara

Sara veut devenir célèbre. La célébrité est son obsession. La chirurgie esthétique, son fantasme. Aussi, quand la légendaire star de rock, Jonathan Heat, propose de la prendre en main, c'est comme si son rêve devenait réalité. Mais s'il y avait un prix insoupçonné... Et Sara est-elle prête à aller jusque-là ?

Melvin Burgess se glisse avec un talent étonnant dans la peau d'une jeune névrosée, obsédée par son image. Un thriller psychologique décapant et provocateur qui se dévore d'une traite.

Le papier de cet ouvrage est composé de fibres naturelles, renouvelables, recyclables et fabriquées à partir de bois provenant de forêts gérées durablement.

Mise en pages : Dominique Guillaumin

ISBN : 978-2-07-512219-1
Numéro d'édition : 344581
Dépôt légal : octobre 2019
Imprimé en Italie par Grafica Veneta S.p.A.